VQ

Benedikt Feiten wurde 1982 in Berlin geboren und ist in München aufgewachsen. Sein Romanpojekt »35 Schritte« wurde mit dem Literaturstipendium der Stadt München ausgezeichnet. 2016 erschien sein Debütroman »Hubsi Dax« bei Voland & Quist. Seine Dissertation zu Musik und Transnationalität in den Filmen von Jim Jarmusch wurde von transcript veröffentlicht. Er ist Cellist und Trompeter der Band *my boys don't cry*.

Verlag Voland & Quist GmbH, Berlin, Dresden und Leipzig, 2019

Korrektorat: Kristina Wengorz
Umschlaggestaltung: Nina Bachmann
Satz: Fred Uhde
Druck und Bindung: CPI books GmbH, Leck

www.voland-quist.de

SO ODER SO
IST DAS
LEBEN
BENEDIKT
FEITEN
ROMAN
VOLAND & QUIST

Der große Anton Lobmeier raucht eigentlich nur noch aus einem Grund. Er raucht, damit er weiß, was er als Nächstes tut. Wenn sich seine Freundin von ihm getrennt hat. Wenn sein Vater anruft, um ihm zu sagen, dass seine Mutter gestorben ist. Wenn die Polizei ihm mitteilt, dass seine beste Freundin verschwunden ist. Er raucht, damit er dann nicht verloren ist. Dann weiß er, was er als Nächstes tut.

Er greift mit zittriger Hand in die rechte Hosentasche, zieht die Blättchen zwischen seinem zerkauten Personalausweis, verlebten Geldscheinen und zusammengefalteten Einkaufsbelegen hervor. Er kramt noch einmal tiefer, an klebrigen Münzen vorbei, bis seine Finger an der krümeligen Naht der Tasche einen Filter zu fassen kriegen. Er legt den Filter in das Papier und holt den Tabak aus der hinteren Hosentasche, entkräuselt die platt gesessenen Blätter und verteilt sie ungleich der geraden Linie des Falzes entlang. Er nimmt die Streichhölzer aus der Schachtel, erwischt ein oder zwei bereits benutzte, findet eines mit unversehrtem Kopf, es verglimmt sofort, aber beim zweiten oder dritten Versuch klappt es. Er zündet die krumme Zigarette an. Er zieht und inhaliert tief. Er weiß, was er tut, wenn seine Welt Risse bekommt.

1

Ich rauche aber natürlich auch sonst. Fast hätte mir James mit seiner überschwänglichen Begrüßung die Kippe aus der Hand geschlagen. »Der große Anton Lobmeier«, sagt er und breitet die Arme aus. Ich schaffe es, die Umarmung mit einer Hand an seiner Schulter abzuwenden. Er fragt: »Wie geht's dir denn?«, und betont dabei das »geht's« einfühlsam. Als ich keine direkte Antwort parat habe, beginnt er zu spekulieren, es sei ja bestimmt nicht leicht für mich, jetzt, wo Doro einen neuen Freund habe.

»Ja, ja, schon gut«, versuche ich, ihn zu bremsen.

Wahrscheinlich hätte ich mich ja auch deshalb in der WG schon länger nicht blicken lassen. Aber das solle ich doch bald mal wieder machen, der Neue sei eh nicht oft da, er käme vor allem halt nachts.

»Schon gut, James.«

Er kriege da natürlich schon einiges mit, sein Bett stehe an der Wand zu ihrem Zimmer, wie ich ja selbst am besten wisse.

»Schon gut.«

Aber sie höre sich dabei irgendwie anders an als bei mir.

»Schon gut, schon gut.«

»Irgendwie … nicht so glücklich.«

»Okay.«

Wann ist James wohl das britische Taktgefühl abhandengekommen? Ich halte ihm die Hand hin, aber er schließt die Arme um mich, greift mir in den Nacken und sagt, dass alles schon wieder werde.

»Wie heißt er?«, frage ich.

»Andi.«

Ich kenne ihn nicht, aber als er den Namen ausspricht, fühle ich einen Stich, obwohl ich nichts mit ihm verbinde. Jeder andere Name hätte genauso einen Stich gegeben, nur weil der neue Freund dadurch ein Stück echter wird.

»Es kommt schon alles in Ordnung.«

Weg ist er. Aber es ist doch schon alles in Ordnung. Ich trage ein Trikot von Tasmania Berlin, weiß, mit hellblauem Kragen, ein Trikot von den Königen unter den Verlierern, dem einzigen Verein mit einer Bundesligasaison ohne Auswärtssieg, den meisten Niederlagen, der längsten erfolglosen Serie, den meisten Gegentoren, dem Spiel mit den wenigsten Zuschauern.

»Das macht dann einen Euro und achtzig Cent«, sagt die Verkäuferin und steckt die Brezeln in eine knisternde Papiertüte.

Ich lasse das abgezählte Geld in die Schale fallen, aber das Eurostück rollt seitlich herunter, und wir schauen der Münze nach, die wie einem unsichtbaren Ziel entgegen den Glastresen entlangfährt, Schwung verliert und mit einer letzten entschlossenen Drehung in dem feinen Spalt zwischen den Glasplatten verschwindet, um nach einem kurzen, dramatischen Fall mit Entschiedenheit die Oberfläche eines Sahnetörtchens zu durchdringen.

»Bitte entschuldigen Sie«, setze ich an, und sie sagt: »Das macht doch nichts, das haben wir gleich«, und ringt zwischen

Ungläubigkeit und professioneller Höflichkeit um Fassung. Sie hebt das Törtchen aus der Auslage und betrachtet es, unschlüssig, ob sie mit den Fingern hineingreifen soll. Ich krame nach einem weiteren Euro, aber sie sagt: »Nein, nein, das passt schon«, und schaut mich an, als wolle sie mit ihrem Problem allein gelassen werden. Ich fühle mich bestätigt. Sie hat erkannt, wer ich bin.

Ich stehe auf meinem Balkon, denke zu viel nach und wünschte, Sophia wäre bei mir. Sie hätte mich vielleicht dazu gebracht, damit aufzuhören. Kopf hoch. Ich solle mehr an mich glauben, hat sie immer gesagt, aber es ist schwer, jemandem zu vertrauen, der einen schon so oft im Stich gelassen hat. Sophia würde verhindern, dass alles den Bach runtergeht. Oder zumindest, dass es sich so anfühlt. »Was willste machen«, hätte sie gesagt. So wie sie eigentlich immer nur mit drei Floskeln gesprochen hat:

»Weißte Bescheid.«

»Merkst' was?«

»Was willste machen?«

Die ersten beiden waren endgültige Punkte, die sie hinter abgeschlossene, für sie bewiesene und unveränderliche Tatsachen setzte. Auch »merkst' was?« war keine Frage im eigentlichen Sinn, sondern Hinweis auf eine versteckte Wahrheit, natürlich von ihr selbst erkannt, definiert, eingeordnet. »Was willste machen?« war die einzige ihrer Phrasen, die wirklich eine Reaktion erforderte. Die erwartete Antwort, »Da kannst' nix machen«, aber nur Vorlage für ihren bestimmten Abschluss: »Genau.«

»Haste gehört? Nora macht mit Sven Schluss, und acht Monate später kriegt sie ein Kind von 'nem neuen Struppi. Merkst' was?«

»Martin ist auch so ein Arbeitnehmer. Kugelt sich die Schulter aus und fährt mit dem Auto selber ins Krankenhaus. Und dann am nächsten Morgen geht er arbeiten. Keine Krankschreibung. Nix. Da weißte Bescheid.«

»Tina, kennste, ne? Kriselt so mit Flo. Fährt sie in Urlaub, eine Woche Portugal, die ganze Zeit wird sie von Männern angesprochen, weißte? Hat alle Gelegenheit, aber reißt sich zusammen, hat Prinzipien, will treu bleiben. Gibt also nicht nach, flirtet bisschen, weißte, aber fängt nichts an. Fliegt zurück nach München, und am nächsten Tag macht Flo Schluss.« Sie seufzt.

»Was willste machen.«

»Da kannst' nix machen.«

»Genau.«

Ich stoße mit dem Ellenbogen hinter mir etwas vom Tisch. Es zerklirrt in Tausende kleine Teile, sodass ich nicht mehr erkennen kann, aus welcher ursprünglichen Form sich die Scherben herausgelöst haben.

Mein Vater ruft an, um mir zu sagen, dass er gleich kommt, um mir irgendwelche Tomaten vorbeizubringen, die von seiner Gemeinschaftsgärtnerei übrig sind. Das macht er immer so. Ich verstehe den Sinn hinter den Anrufen nicht. Wenn er sich meldet, ist er jedes Mal schon so nah, dass er sich, wenn er mich nicht erreichen würde oder ich ganz woanders unterwegs wäre, kaum Weg sparen würde. Andererseits hilft mir die Information, dass er gleich vor der Tür steht, auch nicht wirklich weiter. Vielleicht glaubt er, ich bräuchte genau zwei Minuten, um mich auf seinen Besuch einzustellen. Vielleicht denkt er auch erst zwei Straßen von meiner Wohnung entfernt daran, dass es unhöflich sein oder ungelegen kommen könnte, einfach aufzutauchen. Bis zum Klingeln habe ich also gerade genug Zeit, eine verrauchte Jeans aus dem Wäschekorb anzuziehen und mit der Zahnbürste dreimal quer über die Schneidezähne zu fahren.

»Hey.«

»Hallo. Na?«

Er geht ein paar Schritte in mein Wohnzimmer. Ich setze mich an den Tisch, aber er bleibt unentschlossen in der Mitte des Raumes stehen. Das macht mich unruhig.

»Willst du was trinken?«, frage ich.

Er winkt ab, er müsse ohnehin gleich wieder los, sei nur zufällig in der Nähe gewesen.

»Und die Tomaten hast du auch zufällig dabeigehabt?«, frage ich zurück und bereue das gleich, weil er sich angespannt rechtfertigt, er hätte ja morgens noch nicht gewusst, ob er es schaffe, habe die Tomaten nur für den Fall mitgenommen, dass. Wenn er geahnt hätte, dass mich das gar nicht interessiere, hätte er sich das natürlich auch sparen können.

»Tut mir leid«, sage ich und biete ihm an, sich zu setzen, wenigstens kurz, aber er schüttelt den Kopf, stellt die Tomaten auf die Anrichte, demonstrativ, als wolle er sagen: »Mehr wollte ich ja gar nicht von dir, kein Gespräch, keine Nähe, nur Tomaten vorbeibringen, hier hast du sie.«

»Also dann.«

Jetzt wäre es ausnahmsweise einmal gut, wenn meine Schwester da wäre; bei Lisa ist nämlich alles immer geordnet, Struktur vor allem anderen. Dieses Unausgesprochene, das würde bei ihr nicht durchgehen, die würde was sagen wie: »Das klang ja jetzt aber schon ein bisschen komisch bei euch beiden, was ist denn da los?« Und dann käme vielleicht auch mal was auf den Tisch. Aber sie hat ein eigenes Leben mit Kind und Mann in Hamburg und eine abbezahlte Eigentumswohnung und einen Neuwagen, das ist immerhin schon mehr Substanz als die meisten anderen Lobmeiers zustande gebracht haben. Ihre Ratschläge gibt sie mir schlaglichtartig und unaufgefordert per Telefon, eine Einordnung meines Lebens aus der Ferne, plötzlich, wenn ich an einer Supermarktkasse stehe oder am Bankomaten Geld ziehe. »Du hattest doch einen guten Job«, sagt sie, »du hattest doch Perspektiven«, und das stimmt, und ich weiß selbst nicht, wie ich ihr erklären soll, dass mich das alles nicht mehr interessiert.

Mein Vater ist wieder zur Tür raus und lässt einen vertraut undefinierten Zustand zurück, weil wir beide nichts aussprechen oder zulassen, weil er nicht sagt: »Ich fühle mich einsam«, weil er nicht sagt: »Ich brauche jemanden zum Reden«, weil er nicht sagt: »Mir war gerade danach, dich zu sehen.«

Als Mama mit all ihrem überbordenden Temperament noch da war, war mein Vater derjenige, der moderiert hat, abgewiegelt, gebremst, versöhnt. Aber jetzt ist er reizbar geworden. Ich frage mich, ob das daher kommt, dass er nach einer neuen Rolle sucht. Keine Reibung mehr. Keine Impulse. Nichts, das er abfangen und in sanfte Bahnen lenken müsste.

Aber es hängt sicher auch mit dem Internet zusammen, das die alte Serie *Alarm für Ramersdorf 81* gerade neu entdeckt hat. Insgesamt gibt es ja überhaupt nur sechs Folgen. In den Achtzigerjahren wollte der Bayerische Rundfunk das

Münchner Lokalkolorit von Helmut Dietls Serien wie *Monaco Franze* und *Der ganz normale Wahnsinn* mit der amerikanischen Coolness von *Starsky & Hutch* verbinden. Heraus kam eine unentschlossene Krimireihe um das Ermittlerduo aus dem bärbeißigen bayerischen Kommissar Raudinger mit Koteletten, Jeansanzug und 5er BMW, der gegen seinen Willen mit dem trotteligen, vergesslichen Kollegen Flopenski, genannt »Floppe«, aus Berlin ein Team bilden muss.

In einem wiederkehrenden Gag spricht der zerstreute Floppe in einer hektischen Situation – ein Gangster ist im Begriff, sich davonzumachen, ein Notruf geht ein, ein Zeuge ist in Gefahr – den ungestümen Raudinger zögerlich an. Der brüllt ihm ein unbeherrschtes »Was ist denn jetzt schon wieder?« entgegen, und Floppe sagt schüchtern: »Ich müsste vorher noch mal ganz kurz auf Toilette«, worauf die Kamera ganz nah an das Gesicht des wutentbrannten Raudingers fährt und Floppe geduckt entschuldigend aus dem Raum huscht. Floppe, das ist mein Vater.

Über das klassische ungleiche Ermittlerduo hinaus reizt die Serie auch einige andere Klischees des Krimigenres aus. Türen werden eingetreten. Die Münchner High Society und ihr implizites Kokaingeschnupfe werden übertrieben arrogant und ohne jede Tiefe gezeichnet. Gerade bei Raudingers Reibungen mit den Snobs und Floppe wird klar, dass der Zuschauer sich mit ihm identifizieren soll, gegen überheblichen Geldadel, gegen intellektuelle Umständlichkeit, gegen gesellschaftlichen Wandel in jeder Form.

Die Dialoge sind schief. Der Jargon wechselt ständig zwischen Anbiederung an die Jugendsprache, wie in Floppes locker gemurmeltem »Geil dich mal wieder ab«, und moralisierenden bis pathetischen Ansprachen Raudingers: »Das Teufelszeug hat schon so manches arme Schwein in den Abgrund gerissen.«

Aber gerade wegen seiner Schwächen und Brüche ist *Alarm für Ramersdorf 81* jetzt wieder aufgekommen. Gerade wegen des belehrenden Duktus, wegen der misslungenen Lockerheit, wegen dem, was die Serie will und nicht erreicht, ist sie ideal, um sie ironisch zu zitieren, um sie beim Kiffen anzuschauen, um mit ihren Dialogen spontan Situationen zu kommentieren. Und zufällig vorbeilaufende Passanten rufen meinem Vater hinterher: »Hey! Hey, Floppe! Musst du nicht vielleicht noch mal ganz kurz auf Toilette?« Er hat das Pech, sich selbst auch nach all den Jahren noch ähnlich zu sehen.

Anfangs hat er noch versucht, solche Kommentare wegzulächeln und abzuwinken, aber neulich wollte er eine Dose nach spottenden Jugendlichen treten. Sie war mit Sand gefüllt, um einen Zeitungsaufsteller an seinem Platz zu halten, und er hat sich den kleinen Zeh gebrochen. Der unverbesserliche Hannes Lobmeier. Auch er kann seiner Bestimmung nicht entkommen. Ich gehöre zu einer Dynastie von Verlierern, und ohne Mama haben wir kein Gegengewicht mehr. Denn Mama ist tot, an einem Hirninfarkt gestorben, von einem Moment auf den anderen in einer Kneipe umgekippt, neben der Jukebox, die *The Boys are Back in Town* von Thin Lizzy gespielt hat. Umgeben von Stammgästen, die erst noch gelacht haben, ist sie einfach eingesackt, und es hat einige Momente gebraucht, bis alle verstanden, dass etwas ernsthaft nicht in Ordnung war. Und es hat nicht lange gedauert, bis sie eine Fußnote wurde, eine Stammtischanekdote, haste das gehört, hier hat's mal eine umgehauen, direkt neben der Jukebox. Wir dachten, die wär besoffen, aber die war tot. Direkt. Hirnschlag oder so. Gar nicht mal alt. Mitte fuffzig.

Was willste machen?

Da kannst' nix machen.

Genau.

2

Meine Wohnung ist voller Feuerzeuge. Und was mache ich den ganzen Tag? Feuerzeuge suchen. Das kleine Apartment, die Spüle, in der sich Teller stapeln, die Kisten mit achtlos hineingestopften Dingen. Ich gehe nach draußen und zünde eine Zigarette an. Der Balkon voller sich wirr ineinander verschränkender Gegenstände, alte Turnschuhe auf dem Rost des Grills, ein Nokia-Handy in Originalverpackung, leere Weinflaschen, eine vergammelte Jalousie. Mein Blick fällt auf die Hanteln, und sie kommen mir absurd vor. Nichts davon brauche ich noch. Das meiste ist unbenutzbar. Aber ich war noch nie gut darin, kaputte Dinge loszulassen. Auf dem Fensterbrett steht Sophias Hanfpflanze. Eigentlich sollte ich nur kurz auf sie aufpassen. Aber erst vergaß Sophia, sie abzuholen, dann verschwand sie, und jetzt gieße ich sie schon seit fast einem Jahr.

Wieder drinnen kommt mir der Raum noch beengender vor. Vielleicht sollte ich mich um etwas Größeres kümmern. Ich weiß, dass eine kleine Wohnung mir eigentlich nicht peinlich sein sollte, trotzdem steigt ein Hauch des alten Gefühls, selbst Kleinigkeiten als persönliches Versagen zu empfinden, in mir auf. Kurze Stiche von vergessenen Ambitionen: Frauen, die sich abwenden, als ich sie nach Feuer frage. Fußballtrainer, die Aufstellungen ohne meinen Namen vorlesen. Werturteile von anderen generell. Ein Mädchen, das »Verpiss dich« sagt, sobald ich im Club auf sie zutanze. Marmeladen, Brötchen und Joghurts, die ich gekauft habe, ohne selbst zu frühstücken, nur damit ich sie jemandem anbieten könnte, der über Nacht bliebe. Immer wieder landeten sie im Müll, lange nach Ablauf ihres Verfalldatums.

Diese Enttäuschungen sind lang her und weit weg. Mit jedem weiteren Atemzug finde ich wieder zu meiner erlösenden Gleichgültigkeit, endlich. Ich bin genau da, wo ich sein sollte.

Wie ich früher so besorgt um alles war, das betrachte ich inzwischen wie von außen. Wenn ich mich jetzt an die Zeit erinnere, bin ich mir fast nicht mehr sicher, dass es ich es bin, der sie erlebt hat. Da ging der große Anton Lobmeier. Da strampelte er sich ab. Da gab er alles. Da versuchte er auf einer WG-Party, Sophia zu beeindrucken, von der er noch nicht wusste, dass sie seine beste Freundin werden würde.

Ich stand in die Ecke gedrängt mit ihr, und ihr Blick flackerte unruhig durch den Raum. Der schleppende Anfang der Party war überwunden, die Salatschüsseln waren ausgekratzt, die Zeit, in der die Gäste sich schüchtern nach bekannten Gesichtern umgesehen hatten, war vorbei. Niemand fragte mehr zaghaft denjenigen, der am nächsten am Kühlschrank stand, wie er noch mal heiße, sorry, und ob er noch ein Bier herausgeben könne. Inzwischen drehten alle, ohne zu fragen, Zigaretten von herumliegendem Tabak, durchsuchten ungehemmt die Schränke nach Hochprozentigem, Mischgetränken und Limetten.

»Ich arbeite in einer großen Marketingagentur«, hörte ich mich sagen, das Feld sei nicht so kreativ, aber man lerne die betriebswirtschaftliche Seite kennen, das wäre ja auch nicht so schlecht, und für den Lebenslauf sei es, wie man ja wisse, sinnvoll, Erfahrung in einem Bereich zu sammeln, der in alle möglichen Richtungen offen sei, dann könne man den nächsten Schritt woanders machen, denn es sei ja kein Geheimnis, dass es innerhalb von Unternehmen immer schwer sei aufzusteigen, gehaltstechnisch sowieso, aber auch von der Position her. Deshalb versuchte ich ja auch nebenher, ein paar andere Standbeine aufzubauen, ein kleines Start-up vielleicht, es sei noch nicht spruchreif, aber das Konzept stehe schon im Groben, und gerade in München müsse man ja schauen, wo man bleibe, ein Drittel des Gehaltes, das wisse man ja, sollte in etwa für die Miete vorgesehen sein, aber was man da schon an Kohle ranschaffen müsse, sei ja nicht mehr feierlich, wenn man nicht gerade bei einem Konzern angestellt sei, oder Software-Entwickler. Deshalb wohnte ich ja auch mit meiner Freundin hier in der WG, auch wenn das natürlich etwas unangemessen sei, als Festangestellter mit Universitätsabschluss, aber es wäre ja nur auf Zeit. Es dauere eben ein bisschen, bis man hier was finde.

Nichts davon war eine Antwort auf ihre ursprüngliche Frage: »Na, wie geht's so?«

»Was ist denn mit deinem Mitbewohner los?«, wandte sie sich folgerichtig nicht an mich, sondern an James, der lachte und schulterzuckend ein Bier aus dem Kühlschrank angelte. »Mach dich mal locker.« Sie klopfte mir auf die Schulter und ging aus der Küche in Richtung Wohnzimmer, zum Rest der Party.

»Wer ist die denn überhaupt?«, fragte ich James.

Er zuckte mit den Schultern und hatte nur Vages anzubieten. Sophia, die Freundin einer Freundin, mal aufgetaucht und jetzt irgendwie immer dabei, aber das sei doch auch nicht so wichtig.

Ich nahm die Rumflasche aus James' Hand, goss ein paar Fingerbreit auf die Eiswürfel in meinem Glas, viertelte eine Limette, warf die Stückchen hinterher und hatte dabei das nagende Gefühl, all das könnte ich ruhiger und kontrollierter und erhabener tun, wenn ich an einer großen Arbeitsfläche in einer offenen Küche in einer eigenen Wohnung stünde, statt es umständlich zwischen beiseite geschobenen Bierflaschen mit aufgedunsenen Zigarettenstummeln darin zu erledigen.

Durch den Türrahmen sah ich, wie Sophia etwas zu Doro sagte. Doro lachte auf und drehte sich in meine Richtung, merkte, dass ich sie anschaute, und warf mir einen stummen Kuss zu, ihre Miene irgendwo zwischen amüsiert und entschuldigend.

»Deine Freundin?«, fragte ein Kumpel von James, und ich nickte, fragte mich, ob er Doro hübsch fand, ob ich eine hübschere Freundin haben sollte oder ob sie für mich eigentlich zu hübsch war und ob das alles jemals aufhören würde. Ich stellte das Gulasch auf den Balkon, weil kein Platz mehr im Kühlschrank war.

»Scheiß auf die Mucke«, sagte Sophia, »können wir nicht mal was anderes hören? Anton, du hast doch bestimmt was.«

»Ja«, sagte ich und strich Doro abwesend über den Rücken, »schau halt einfach im Schlafzimmer.«

»Die ist lustig«, sagte Doro.

»Ich find die seltsam.«

»Ein Tape. Ey, wer hat denn jetzt noch Tapes! Was ist denn da drauf?«

»Das ist keine Musik.« Ich lief rüber und griff nach der Kassette in Sophias Hand, aber sie zog sie zurück.

»Was denn dann? Ich will das jetzt hören.«

Sie lachte und versuchte, ihr Handgelenk aus meinem Griff zu winden. »Was ist denn dann drauf«, fragte sie, »Liebeslieder?«

Es sei nur was für mich selbst, langweilig für andere, sagte ich, griff noch mal danach und entlarvte meine Worte als verzweifelten Ablenkungsversuch. Sie wich zurück und stieß mit dem Fuß eine leere Weinflasche um. Es klirrte, und die Leute schauten auf, einer lachte aus der anderen Ecke des Raumes.

»Was ist da drauf? Wir wollen das hören. Spiel's ab.«

»Na gut.« Ich ergab mich und ließ los.

Sophia grinste, die Kassette rastete mit einem Klacken ein, sie drückte die schwere Play-Taste.

»… zuversichtlich. Ich ruhe in mir selbst.« Meine Stimme hangelte sich an den Worten entlang, versuchte, jede Silbe sicher zu setzen, versuchte, sich selbst von etwas zu überzeugen, und gerade das machte es umso offensichtlicher, dass ihr der letzte Rest an Sicherheit fehlte.

»Bist du das? Haha.«

»Ich bin tatkräftig. Ich fühle mich zuversichtlich. Ich ruhe in mir selbst. Ich bin tatkräftig …«

»Was ist das denn?« James stand im Türrahmen. Zwei Freundinnen auf der Couch fingen an zu kichern.

»… ich ruhe in mir selbst.«

»So lustig ist es auch wieder nicht«, wollte ich sagen, »dass jetzt alle lachen. Okay, Leute, wir können es wieder ausmachen, habt es ja gehört.« Aber ich blieb stumm.

»Ich bin Anton Lobmeier.« Das Lachen wuchs zu einem Dröhnen heran, noch mehr Gäste drängten neugierig ins Zimmer.

»Der große Anton Lobmeier. Ich bin Anton Lobmeier. Der große Anton Lobmeier. Ich bin tatkräftig …«

James kriegte schon fast keine Luft mehr, Doro konnte nicht an sich halten, obwohl sie die Tapes schon Dutzende Male gehört hatte, nur Sophia lachte nicht, sondern musterte mich wie ein Kuriosum, halb verblüfft, halb entgeistert. Endlich löste ich mich aus der Starre, ging aus dem Raum und merkte erst dabei, dass ich mir keine Haltung für diesen Gang zurechtgelegt hatte. Stolz, gleichgültig, entspannt mitlachend, das alles wäre besser gewesen als die resignierte und allgemein gefügige Art, in der ich jetzt hinausschlich und etwas von Bier und Kühlschrank murmelte, während mich die abgehackten Laute der Lacher, dumpf, hell, klar, spitz, aus der Tür trieben. Der große Anton Lobmeier.

3

Die Schlagzeilen, mit denen der Zeitungsständer die Passanten konfrontiert, stellen die wichtigsten Fragen zur jüngsten Finanzkrise, aber ich kenne die Antworten schon und helfe immer gerne. Ist mein Geld jetzt in Gefahr? Natürlich. Wie kann ich meine Rücklagen schützen? Gar nicht. Wohin kann ich mich wenden? Nirgendwohin. Wer bringt mich durch die Krise? Niemand. Ist Europa noch zu retten? Nein. Was kann ich machen? Nix.

Der FC Bayern hat Hannover 96 zu Hause souverän mit zwei zu null geschlagen. Ein perfektes Beispiel der Dominanz des deutschen Rekordmeisters. Ohne Spektakel, aber auch ohne einen Moment, der den geringsten Glauben aufkommen ließe, irgendetwas könnte anders laufen, als man es erwartet hatte. Es ist schon fast niemand mehr wütend darüber. Die Menschen wenden sich anderen Dingen zu. Nehmt das, ihr kämpfenden Underdogs. Akzeptiert eure Rolle, so wie ich meine akzeptiere. So läuft das hier und nicht anders. Alles unter dem Champions-League-Titel ist Versagen. Das hier ist München.

Es gibt nichts Schöneres, als Ambitionen loszulassen. Ich bin schon wieder fünf Minuten zu spät, aber Svenja verliert kein Wort darüber. Sie freut sich arglos, dass ich so belastbar bin, weil sie nicht weiß, woher meine Belastbarkeit kommt, nämlich daher, dass mir alles restlos egal ist. Gleichgültigkeit ist der Schlüssel zur Produktivität als Angestellter im Spätkapitalismus, da ist es vollkommen bums, ob man Key-Accounter ist, oder auf einem Fahrrad Essen ausfährt. Bis auf das eine Mal, als ich die Lieferbox in der U-Bahn vergessen habe, mache ich einen perfekten Job. Und selbst das ist nicht aufgefallen. Ich war sowieso schon auf dem Rückweg gewesen, niemand musste vergeblich auf sein Kateressen am Sonntagabend warten, und ich konnte sie gleich am nächsten Tag im Fundbüro wieder abholen.

»So etwas kommt wahrscheinlich sogar Ihnen nicht alle Tage unter?«, fragte ich den melancholischen Mitarbeiter.

Aber er winkte ab. »Eine Kuckucksuhr, Skistiefel, eine Tuba, ein signiertes Porträt von Franz Josef Strauß … und das alles nur in den letzten Wochen.« Als ich das Formular unterschrieben hatte, seufzte er und murmelte, mehr als dass er es wirklich zu mir sagte: »Was die Leute so alles verlieren, ohne es zu bemerken.«

Ich übernehme auch Aufgaben, die die anderen Fahrer ungern machen, wie die Garage zu fegen oder die Fahrräder zu flicken.

»Macht dir das sicher nichts aus? So was Anspruchsloses zu erledigen?«, fragt Svenja.

Aber ich kenne wirklich anspruchslose Arbeit. Mails beantworten, Telefonate führen, Excel-Tabellen mit Abschlüssen befüllen, Präsentationen vorbereiten, das ist die wirklich stupide Arbeit, das ist der wahre Gipfel der Sinnlosigkeit. Weil sie nicht nur stressig ist, wenn sie in ausreichender Menge über dir ausgekippt wird, sondern weil sie auch noch deinen Kopf erstickt, weil sie dich so in Beschlag nimmt, dass du nicht mal die Freiheit hast, zwischendurch an etwas anderes zu denken. Jede Stunde mit dem Besen in der Hand ist anspruchsvoller. Vorausgesetzt natürlich, du hast etwas, worüber du nachdenken kannst. Und davon habe ich wirklich genug.

Die Borsten des Besens zeichnen feine Spuren auf dem Asphalt. Staub lässt sich nie ohne Rest bewegen. Ich überlege, ob ich Doro wirklich etwas zum Geburtstag schenken sollte. Vielleicht übertrete ich eine Grenze, vielleicht ist es auch überflüssig. Aber Gewohnheiten sind zäh. Buch und Kalender liegen neben Packpapier und Tesafilm. Sie erwähnte, dass sie einen Terminkalender für die Küche brauche. Der Klappentext klang, als könnte sie das Buch mögen. Ich habe es nicht gelesen, also hat es nichts mit uns zu tun. Nichts, was für uns stünde.

Ich hätte gern zu ihr gepasst. Aber ich bin der große Anton Lobmeier. Der Typ, der ins Gäste-WC kotzt, in Boxershorts rauskommt und durch das Gekicher sagt: »Ich hab nichts zu verlieren.« Ich bin der Typ, der sich das Knie verletzt, als er nach einem misslungenen Putt beim Minigolf versucht, den Schläger durchzubrechen. Der den Schläger über die Hecke wirft, in die Windschutzscheibe eines BMW. Der dann monatelang die Reparaturrechnung abbezahlen muss. Und einen leicht verbogenen Minigolfschläger für fünfzehn Euro. Wer so etwas nicht aushält, der darf nicht Minigolf spielen. Das ist dann nichts für den. Da spielt man eben nur gegen sich selber. Das kann die Leute schon fertigmachen.

Ob sie noch weiß, wie wir am Ende nebeneinandergelegen haben? Undurchdringbar. Ich hatte sie an mich gedrückt und Angst, dass sie mich nicht mehr liebte. Und vielleicht hatte sie dieselbe Angst. Neulich fiel mir plötzlich etwas von ganz früher ein. Wir saßen am Frühstückstisch, und es war das erste Mal, dass ich überhaupt mit zu ihr gekommen war, und ich habe versucht, nicht darüber nachzudenken, was das bedeutet.

»Wer is'n das in der Küche?«, hatte ihre damalige Mitbewohnerin James auf dem Flur gefragt.

Und James sagte: »Das? Ach, einer, den Doro aufgerissen hat.«

Sie hat mich aufgerissen. Vielleicht stimmt das. Irgendwas hat sich geöffnet und geht jetzt nicht mehr zu.

Die kleinen Momente, in denen sie sich gefragt hatte, ob da noch mehr war, ob da noch mehr sein sollte, die kleine Berührung durch ein schüchternes Lächeln, das flüchtige Gefühl einer Verbindung, das kann ich alles abschütteln, dreimal tief durchatmen, klopfe mir selbst auf die Schulter, kein Schmerz ist es wert, dieser Sehnsucht zu folgen, und ich habe sie ja, ich hege sie ja in mir, ein kleiner Kompressor rattert mit jedem Aufwallen ein bisschen stärker, aber es gibt keine Verbindung nach außen, und dann lasse ich ihn eben wummern, bis ihm der Sprit ausgeht, und dann ist alles wieder ruhig. Und das hatte ich doch gewollt.

»Hey, kannst du einspringen? Mir geht grad ein Fahrer ab. Sieht ja eh schon gut aus hier.«

»Klar.«

Ich stelle den Besen in den Schuppen. Svenja gibt mir den Zettel, und ich überfliege die Daten. In zehn Minuten bin ich beim Restaurant. Die Bestellung führt mich zu einem ziemlich noblen Afghanen. Das ist immer der erfüllendste Moment, wenn der Laden voll ist und ich reinkomme. Jacke und Rucksack in grellem Pink, mein auffälliger Anblick ist den gut gekleideten Gästen noch ein bisschen unangenehmer als dem Personal. Hier kommt einer, der das Ambiente kaputt macht, und ich kann mir die Erleichterung, wenn ich wieder raus bin, nur vorstellen. Sie schauen mich an, beiläufig, ein kurzes Schaudern: Auch wenn nicht alles perfekt läuft, sind sie wenigstens nicht ich. Ganz so, als hätten sie keine Hölle, aus der sie ausbrechen könnten. Aber mir ist nichts unangenehm, und auch sie sollten sich freuen, in ihren gedeckten Farben, ich bestätige das, was sie sind, gebe ihnen Legitimität. Umgekehrt ist das natürlich genauso. Win-win, Freunde.

Ich trete in die Pedale, einen isolierten Kasten mit hochwertigem Lammfilet an Joghurt-Limonen-Soße auf den Rücken geschnallt, die Autos überholen mich, Ampeln rot, gelb, grün, ich bin Teil dieses Flusses. Eine schwere Tür, der Summer gibt sie frei, ich nehme immer zwei Stufen auf einmal.

»Moment«, sagt eine Frau hinter der einen Spalt weit geöffneten Wohnungstür, »ich muss kurz mein Geld … Ah ja.« Sie macht die Tür auf.

»Äh, Herr Lobmeier?«

Sie ist verblüfft, aber wie sollte sie es auch nicht sein, wenn der Key-Account-Manager, mit dem sie eine Zeit lang einen stets vertrauensvollen Dialog geführt hat, plötzlich in einer grellen Allwetterjacke vor ihr steht, außer Atem und verschwitzt, das Lamm in Styroporschalen in einer Plastiktüte hilflos vor sich her gestikulierend. An ihren Namen kann ich mich nicht erinnern.

Ob das so eine Art Sabbatical sei, will sie wissen. Eine Auszeit? Mal was anderes machen? Eine Selbstfindungsphase?

»Nein, nein, ich habe noch nie so in mir selbst geruht.« Ich bemerke die Abwesenheit eines früher vertrauten Gefühls. Ich habe aufgehört, mich zu schämen, und manchmal fällt mir das noch auf. Wie schön das ist. Die Bedeutung, mit der die Mails der ehemaligen Kollegin früher aufgeladen waren, kommt mir jetzt völlig absurd vor. »Ich erwarte Ihre Antwort bis morgen um 16 Uhr. Können wir das finalisieren?« Obwohl es nur um Kleinigkeiten ging, konnte ich sofort aus ihrem Tonfall herauslesen, dass es in Wirklichkeit nur um sie ging, ihre Hetze, ihren Stress, ihr Leben. Ich, ich, ich.

»Und was machen Sie inzwischen so?«

»Homeoffice nach der Babypause«, erklärt sie, bedankt sich und kramt nach Münzen, obwohl sie die Bestellung schon online bezahlt hat.

»Das ist doch nicht nötig«, wehre ich ab, aber sie besteht darauf, »doch, doch«, und gibt mir erst zwei Euro und dann noch einen Euro und nach einem kurzen Zögern weitere zwei: »Also dann.« Sie schließt hastig die Tür.

»Miriam Kubitz« steht auf dem handgeschriebenen Türschild. Jetzt erinnere ich mich auch. Ich habe gegen einen Menschen verloren, der Kringel auf dem I macht. Besser geht's gar nicht.

»Wenigstens kannst du dich richtig kaputtmachen, manche Leute können noch nicht mal das.« Das hat Sophia zu mir gesagt, als Doro mich verlassen hatte, und man musste immer eine tiefere Bedeutung hinter ihren Witzen vermuten, allein schon, weil sie einem selten mehr gab.

Dass sie sich kurz, nachdem sie das sagte, vom Balkon übergeben musste, bedeutete nicht, dass es nicht stimmte. Sie war schon immer jemand, der keine Übergänge kannte. Nicht über einen leichten Schwips zum Glühen zum Betrunkensein und dann die Lichter ausschießen, sondern die ganze Zeit stocknüchtern und schlagartig völlig besoffen. Auch beim Tanzen war es so, sie hat nie abgewartet und geschaut, was andere machen, dann mitgewippt, dann ein bisschen die Hüfte bewegt, sondern hat auf einmal das Glas auf den Tisch gehauen, ist aufgestanden und hat sich reingestürzt.

Wie ein binäres Energiebündel. Da ist sie nüchtern, da ist sie besoffen. Da ist sie gleichgültig, da ist sie wütend. Da ist sie da, da ist sie weg. Da ist sie lebendig, da ist sie tot. Würde ihr ähnlich sehen.

Als Sophia noch da war, hat sie alle nervös gemacht. Mit ihrem beharrlichen Keine-Kinder-kriegen-Wollen. Mit ihren wechselnden Freunden. Mit ihrer WG. Mit ihrem ständig prekären Leben und dem Fünf-Jobs-an-der-Steuer-Vorbei-jonglieren. Aber vor allem mit ihrer unverschämten Gelassenheit und ihrer restlosen Gleichgültigkeit gegenüber der Tatsache, dass man das doch eigentlich nicht machen konnte. Oder zumindest nicht lange. Oder sich geringstenfalls dabei schlecht fühlen musste.

»Die ist ja jetzt auch Mitte dreißig.«

»So langsam müsste man ja mal …«

»Hat die eigentlich Rücklagen? Die erbt doch auch nichts.«

Aber jetzt, wo sie weg ist, vermissen alle sie. Als Gegengewicht. Als Möglichkeit, dass es eben doch anders geht. Als kleine Ausflucht, und sei es nur in Gedanken.

Sophia hatte eine Art, die Welt zu ordnen, um die sie alle beneideten. Ständig erfand sie komplizierte Begriffe für die alltäglichsten Dinge. Wie das ertappte Umfokussieren.

»Ah ja«, hatte ich gesagt, als sie davon sprach, »wenn man wegschaut, weil einem was unangenehm ist.«

»Nein, der Verlegenheitsweggucker ist noch mal was ganz anderes«, wischte Sophia meine Vermutung weg. Sie mochte es nicht, wenn sich jemand in ihre Konstrukte einmischte. »Beim ertappten Umfokussieren hat dich jemand dabei erwischt, wie du ihn anstarrst. Muss nicht mal absichtlich sein. Kann aber natürlich. Derjenige schaut von seinem Buch auf, oder von seinem Handy oder was weiß ich, und bemerkt, dass du ihn gerade ansiehst. Das ist der klassische Fall fürs ertappte Umfokussieren. Nur Amateure würden sofort wegschauen. Damit gibst du das Eingeständnis, dass du heimlich geglotzt hast, dass du jemanden ausgiebig gemustert hast. Nee, das geht gar nicht. Was du idealerweise tust: Du lässt es zu, dass eure Blicke sich so einen Atemzug lang begegnen. Jetzt ist natürlich nicht jeder Atemzug gleich lang, klar, aber das ist eine ganz gute Hausnummer, so allgemein betrachtet. Dann lässt du deinen Blick wegwandern, ganz langsam, und fokussierst auf etwas anderes. Deshalb Umfokussieren. Fortgeschrittene können dabei ein bisschen die Augen zusammenkneifen oder die Stirn in Falten legen. Wenn es perfekt rüberkommt, sieht es so aus, als hättest du dich in Ruhe im Raum umgeschaut, wer ist alles da, was gibt es zu sehen, und hättest dann mit einem Mal was entdeckt, was dich interessiert. Das, was du dann fokussierst, muss auf jeden Fall hinter dem oder der Beglotzten liegen, denn sonst wirkt das ganz schnell unnatürlich. Wenn du auf einmal eine Stehlampe mitten im Raum völlig konzentriert ins Visier nimmst oder ein Tablett mit Häppchen anschaust, als hättest du noch nie aufgespießte Oliven gesehen. Das geht gar nicht. Übrigens muss im Rücken des Beglotzten gar kein Objekt sein, du kannst dir einfach was vorstellen. Es darf nur nicht so weit außerhalb der Blicklinie liegen, und du darfst das mit dem Augen zusammenkneifen und interessiert wirken, nicht übertreiben, damit sich der andere nicht umdreht. Nur wenn hinter ihm gar nichts ist, 'ne weiße Wand oder so, dann musst du aufpassen. Ist mir mal passiert. Ertappter Umfokussierer ins Nichts, und dann dreht der Kerl sich so fragend um. Junge, das war peinlich. In so 'nem Fall muss man dann eben den Blick weiter ganz ruhig wegwandern lassen. Das ist zwar fast so wie unschuldig pfeifen und weiterschlendern, aber der scheinheilige Zwitscherer ist bestimmt seit den Dreißigerjahren nicht mehr unironisch aufgeführt worden, und es ist immer noch besser, als ganz das Gesicht zu verlieren.«

So war ihre Welt eben aufgebaut, und in sich ergab das Ganze ein schlüssiges System. Am Anfang wusste ich das noch nicht. Da dachte ich, sie wäre einfach nur eine von den losgelassenen Gestalten, die ziellos durch die Nächte streifen, ein zufälliges Zusammentreffen nach dem anderen, bei dem immer sie Eindruck bei den anderen hinterließ, während sie sich kaum daran erinnern konnte, wem sie begegnet war, Berührungen nur an der Oberfläche.

4

»Ach, ach, ach«, sagte eine heisere Stimme von der Bank vor der Kneipe, »der große Anton Lobmeier.« Ich brauchte ein paar Augenblicke, bis ich Sophia wiedererkannte, als wir uns das erste Mal nach der WG-Party begegneten. Ich fragte sie, was sie hier mache.

Sie sagte, sie warte darauf, dass etwas passiere. »Und zack, da kommst du vorbei. So ein Zufall. Willst du eine Zigarette?«

Meine letzte Kippe hatte ich als Teenager geraucht.

»Nein danke, ich rauche nicht.«

»Er raucht nicht«, sagte sie lächelnd zu sich selbst und zündete ihre Kippe an. »Besser so. Du denkst, du rauchst die Zigarette«, sie machte mit dem Arm eine ausholende Geste, und die Glut zog einen Bogen durch die Luft, »aber die Zigarette raucht dich. Ist ungesund. Aber was soll man machen? Es gibt Struktur. Gliedert den Tag. Setz dich.«

Ich setzte mich zögernd, die Hände in den Hosentaschen, und scharrte mit den Füßen im Kies.

»Was ist denn mit dir los? Mach dich mal locker. Komm mit rein.«

»Da läuft Hip-Hop.«

»Und weiter?«

»Ich weiß nicht«, sagte ich, »Hip-Hop ist irgendwie so redundant.«

»Redundant? Mann, du bist ja auf Zack. Redundant«, äffte sie mich nach. »Sonst noch was rausgefunden? Heavy Metal ist so laut, und Streichquartette haben nicht genug Wumms, um einen Club richtig zum Kochen zu bringen.« Sie schüttelte den Kopf. »Wenn man eine Schleife hat, die gut klingt, wo sich Ende und Anfang anfassen, dann kann das auch ewig so weitergehen, warum sollte man da irgendwas dran ändern? Und Texte gibt's auch noch, ganz nebenbei. Was hast du denn überhaupt gegen Redundanz? Gehst da immer in dein Büro, wenn ich mich richtig erinnere, Rechner rauf, Rechner runter, zwischendrin liebloses Rumgeklicke, und jetzt erzählst du mir, dass dich Redundanz langweilt.«

Damit hatte sie irgendwie recht. Jedenfalls war die Diskussion so begonnen und auch wieder beendet. Ich seufzte. Es war mir schon immer unangenehm, wenn Menschen aus dem Stegreif Theorien über mich parat hatten, und noch unangenehmer, wenn sie zutrafen. Und Sophia hatte nicht wenige Theorien. Ich verstand nicht alles, was sie sagte, aber ein paar Punkte blieben hängen. Ich müsse mich locker machen. Ich solle mal »richtig abfucken«, was auch immer das hieß. Ich hätte Pech, hier zu wohnen, weil das ausgerechnet in dieser Stadt schwierig sei. Ich solle mich doch nur mal umschauen. Alle gingen um elf ins Bett. Ihrer Ansicht nach sei ich viel zu angespannt, und es gäbe nur zwei Arten, das zu ändern: loslassen oder verdichten. Als ich fragte, was sie mit verdichten meinte, winkte sie ab.

»Egal. Ich laber nur. Hör gar nicht auf mich.«

Obwohl ich sie übergriffig fand, machte sich ein Gefühl in mir breit, das ich nicht kannte. Hier war jemand, dem ich nicht imponieren musste. Hier war jemand, der sich wirklich für mich interessierte. Das lag ehrlicherweise auch daran, dass ich sie nicht wirklich ernst nahm. Denn wer war sie schon? Jemand mit Freiheit aber ohne Plan. Ihre Meinung konnte mich nicht verletzen. Das Risiko, etwas Persönliches von mir zu teilen, kam mir nicht mehr so groß vor. Also sagte ich, das mit dem Lockermachen, das hätte ich noch nie gekonnt. Ich hätte eben Angst, nicht zu genügen. Dass ich es nie gut genug machen würde.

»Kenn ich, kenn ich«, sagte Sophia und nickte, als habe sie das ohnehin schon gewusst. Sie nahm einen tiefen Zug von der Zigarette, ließ den Rauch langsam über ihre Lippen in die Nacht gleiten, und ich sah zu, wie seine Formen sich langsam verflüchtigten.

»Pass auf: Wenn du alles weggibst, was bleibt dir?«, fragte Sophia.

»Na, ich.«

»Was, ich?«

»Zum Beispiel mein Körper.«

»Mh.«

Eine falsche Antwort. Sie schüttelte den Kopf und schnippte die Zigarette auf die Straße.

»Gib den auch weg, was bleibt dir?«

»Meine … Seele?«

Das amüsierte sie. Seele. Sie lachte laut auf. »Gib die weg, was bleibt dir?«

»Nichts.«

Sie schüttelte den Kopf, atmete heftig aus und schaute mir eingehend in die Augen.

»Alles!«

Hätte ich mir ja denken können. Kneipenphilosophischer Quatsch. Keine Substanz, keine Lehre, alles und nichts. Sie öffnete ihren Tabakbeutel, fischte einen Filter heraus und drehte eine neue Zigarette.

»Also, ich muss dann auch mal wieder …«

»Ja, ja. Kein Problem«, sagte sie und klopfte mir auf das Knie. »Du bist in Ordnung.«

Sie zündete die Zigarette an. Ich stand auf und hob die Hand zur Verabschiedung. Konnte das wirklich sein, dass ich in Ordnung war? Der hilflose Anton Lobmeier. Im Weggehen blickte ich über meine Schulter. Sophia rutschte ein paar Zentimeter die Bank hinunter, sodass ihr Kopf auf der Lehne lag, schaute in den Nachthimmel, nahm einen tiefen Zug und summte die Melodie eines Liedes, das ich nicht kannte.

5

Ich höre Kenny Dorhams Version von *Alone Together* in den Kopfhörern. Allein zusammen, eine unüberwindbare Einsamkeit, eine Grenze, die immer da ist, egal, wie gut man sich versteht, nicht nur, weil man nicht eins werden kann, sondern, weil da immer etwas ist, was dich in deine Einsamkeit zurückwirft. Ich schaue auf die Uhr. Für meinen Job in der Marktforschung bin ich knapp dran, meine Bahn fährt in fünf Minuten. Zum Glück ergänzen sich die Schichten beim Lieferservice gut damit, irgendwie muss ich ja Miete bezahlen, es fehlte nur noch ein Nachtwächterjob im Hotel, dann hätte ich vielleicht mal ein bisschen Geld übrig. Und vielleicht bräuchte ich dann auch die Wohnung gar nicht mehr.

Die Schiebetür lässt mich erst nach draußen, als ich ganz nah an sie herantrete. Es regnet am Giesinger Bahnhof. »Nur wenn du es ausprobierst, weißt du, was nichts für dich ist«, sagt ein Plakat von der deutschen Handwerkskammer, und das mitgedachte Scheitern in der Erwartung rührt mich. Ausprobieren, was nichts für mich ist. Nicht ausprobieren, weil es ja das Richtige sein könnte. Das gefällt mir sehr, endlich eine Kampagne, die sich an mich richtet. Wahrscheinlich reagiert sie auf den Ruf der Handwerksberufe, es hat wohl jemand in einer Umfrage herausgefunden, dass die meisten Schulabgänger der Ansicht sind, sie seien nicht so für das

Praktische geeignet. Und das, bevor sie ihre Untauglicheit überhaupt unter Beweis gestellt haben. Kein romantisiertes Bild von ehrlicher Arbeit mit den Händen, mit greifbaren Ergebnissen. Nicht das bodenständige Handwerk. Kein Eskapismus zum Feierabend für die schreibtischgekrümmten Büromenschen, man könnte doch Möbel aufpolstern oder Schmiedearbeiten machen. Vielleicht etwas schreinern, etwas Bleibendes schaffen.

Vierzehn Handwerke, fünfzehn Unglücke, sagt man. Da geht es darum, sich nicht zu verzetteln, darum, eine Sache zu perfektionieren und nicht mehrere halb gar zu beherrschen.

Das Plakat sagt aber das Gegenteil. Es kann uns alle beruhigen. Außerhalb der Büros wartet eine ganze Welt der Rückschläge und der Entfremdung, die wir noch gar nicht kennen. Eine schier endlose Aneinanderreihung sinnentleerter Tätigkeiten, von denen wir noch nicht mal gehört haben. Talente, von denen wir gar nicht wussten, dass sie nicht in uns schlummern. Probier dich durch die Dinge nach dem Ausschlussverfahren. Damit du dann an einer Flex, einer Schubkarre, einem Bandschleifer, einem Stanzer stehen kannst, bis nach der dritten Kaffeepause die Erkenntnis kalt einfährt: Das ist auch nichts für mich. Vielleicht liegt es an mir, dass das Plakat so trist wirkt. Vielleicht ist es das Wetter. Vielleicht ist es aber auch nur Giesing.

»Bitte alles aufmerksam durchlesen«, sage ich und gebe dem Mann den Fragebogen.

»Na, aber sicher doch.« Er nimmt das Blatt. Eine schwere Uhr am sonnengebräunten Handgelenk mit weißen Haaren, ein noch schwereres Rasierwasser, die verblassende Aura der

Wirtschaftswunderzeit. Beige Farbtöne, die Jacke, die Hose, ein hellblaues Poloshirt. Statt den billigen Filzstift der Marktforschung zu verwenden, macht er seine Kreuze mit einem schweren marmorierten Kugelschreiber, den er aus seiner Westentasche angelt. Alter fünfundsechzig bis achtzig. Beruf Rentner. Keine Allergien. Keine Unverträglichkeiten.

»Dann können wir ja loslegen.«

Ich stelle den ersten Joghurt vor ihn und schaue auf die Uhr, während der Mann sich Löffel um Löffel reinschiebt. Ein seltsam abdichtendes Geräusch, jedes Mal wenn er den Mund schließt, als rette er seine Beute vor der lauernden Außenwelt. Der große Anton Lobmeier bekommt Geld dafür, Leuten beim Joghurtessen zuzusehen.

»Im Vergleich zu anderen Joghurts schmeckt dieses Produkt viel schlechter, schlechter, etwa gleich, etwas besser, viel besser?«

»Etwa gleich.«

Eine drei, guter Mann, denke ich, etwa gleich, alles ist etwa gleich. Hat er sich überhaupt wirklich damit auseinandergesetzt? Er muss doch eine Meinung haben!

Ich hole den zweiten Joghurt und rattere durch die Fragen. Der Mann nimmt sich sehr viel Zeit zu antworten, fragt immer wieder, ob er noch mal probieren könne, wägt hunderttausend Dinge in seinem Inneren ab, ein Orkan der Unsicherheit, und dann kann er sich nur die kleinsten Tendenzen abringen. Etwa gleich. Ein bisschen schlechter. Etwas besser.

»Wie sehr stimmen Sie dieser Aussage zu? Dieser Joghurt ist süß. Überhaupt nicht, ein bisschen, unentschlossen, stimme etwas zu, stimme stark zu?«

»Stimme … was war das? Stimme etwas zu.«

Dann hätten wir jetzt noch ein Feld offen für Anmerkungen.

»Gibt es etwas, das Sie noch positiv empfunden haben?«

»Die Farbe.«

Alles klar, schreibe ich auf.

»Und negativ?«

»Der Pfeffer.«

»Der Pfeffer?«

»Der Pfeffer.« Der sei ja nun doch ungewöhnlich, in so einem ganz üblichen Vanillejoghurt.

Wie er darauf kommt? Na die schwarzen Punkte, sieht man ja. Von meiner Anregung, es könnte sich um Vanilleschote handeln, hält er nichts.

»Das habe ich doch schon auch geschmeckt, junger Mann.«

Alles klar. Negativ: starker Pfeffergeschmack. Auch etwas, das gar nicht da ist, kann stören.

6

An dem, was fehlt, sind schon manche gescheitert. Das, was fehlt, gewinnt auf Dauer immer über das, was da ist, so ist das mit sehnsüchtigen Menschen. So war Doro, so war Sophia, so war ich. Es gibt nicht viele Menschen, die sich nach wenig sehnen.

Zeit heilt alle Wunden, das sagt man so hin, aber die Zeit schleift auch ab, zersetzt, lässt Dinge verwittern, Risse entstehen. Man sollte nicht zu sehr auf sie vertrauen. In unseren glücklichsten Momenten waren Doro und ich füreinander da. Ich konnte sie beruhigen, wenn eine Deadline nahte. Wenn ich einen Durchhänger hatte, imitierte sie Oliver Kahn oder andere bekannte Fußballer. Zog scharf Luft zwischen den Zähnen ein. Sagte: »Ja gut, ein Lobmeier will natürlich immer gewinnen, ganz klar, wir müssen jetzt einfach zur Mentalität zurückfinden, zum unbedingten Willen …« Das munterte mich jedes Mal auf. Wie unangestrengt wir uns guttaten. Wenn ich dagegen an die bitteren Augenblicke denke, scheint es mir unerklärlich, wie das eine mit dem anderen verbunden sein soll.

Ich hörte, wie etwas Kleines, Hartes mit einem hellen Schlag ins Waschbecken fiel, Doro fluchte im Badezimmer. Wir hatten die Räume zu Schlaf- und Arbeitszimmer gemacht, und obwohl ich einige Möbel mitgebracht hatte, fühlte ich mich fremd, fühlten sich beide Zimmer nach ihrem Terrain an. Das Schlafzimmer mit ihrem großen Bett vor den schweren violetten Vorhängen, das Arbeitszimmer, von dem ihr Schreibtisch mit den zwei Bildschirmen fast die Hälfte einnahm. Zusammenzuziehen hatte sich wie ein großer Schritt angefühlt. James wohnte zwar auch noch hier, aber es war doch zumindest ein gemeinsam eingegangenes Risiko.

»So, ich bin fertig. Kommst du?«, fragte Doro.

»Den Wein haben wir von einem kleinen Händler in Griechenland, den kennen wir schon seit Ewigkeiten. Seit wir noch im Bus durch Europa getourt sind.« Doros Mutter lachte und zog die Hand ihres Mannes zu sich. Er tätschelte ihr Knie.

Ich wusste, was jetzt kommen würde. Die Schilderungen von Roadtrips, die Michaela und Thorsten zur Studentenzeit unternommen hatten, nervten sogar Doro. Die Banalität der Schilderung. Einfach frei sein. Nicht wissen, wohin man am nächsten Tag fährt. Loslassen. Zur Ruhe kommen. In sich hineinhorchen.

»Das geht uns ja verloren, heutzutage«, sagte Doros Mutter, »die Zeit mal verlangsamen.«

Ich rutschte auf meinem Stuhl hin und her. Worauf bezog sich dieses »heutzutage« und worauf das »wir«? Ja wohl nicht auf uns alle hier, wollte ich gerne sagen, vielleicht auf Doro, die schon morgens in der S-Bahn Bücher über Landschaftsarchitektur wälzte, wahrscheinlich auf mich selbst, der ich täglich Überstunden machte, versuchte, mit Freunden in Kontakt zu bleiben, regelmäßig ins Fitnessstudio zu gehen oder zu schwimmen, so viel Struktur, so viele wiederkehrende Termine, so viel zu jonglieren, so viel dranzubleiben, so viel zu wachsen. Aber das »wir« schloss ganz sicher nicht Thorsten und Michaela mit ein, denn ich verstand wirklich nicht, was genau deren Problem war. Dauerhaft braun gebrannt saßen sie da und philosophierten über Innehalten und Entschleunigung. Dass Michaela ihre Immobilien verwalten musste, gut, aber das war doch nichts, was sie in ein Hamsterrad zwang. Die ganzen Wochenendtrips in Ferienhäuser und Tennismatches unter der Woche, die Konzerte, von denen sie erzählte, und die Kulturempfänge. Ich fühlte mich nie wirklich wohl bei ihnen. Kein Wunder. Jedem kleinen Gegenstand, den Seifenspendern im Bad, den Wasserhähnen und dem Handtuchhalter merkte man an, dass sie schwer und hochwertig und teuer waren. Im riesigen indirekt beleuchteten Badezimmerspiegel sah ich beim Händewaschen einen Menschen, der hier nicht hingehörte.

Ich mochte Thorsten, und ich glaube, auf seine Weise fand er mich auch sympathisch. Manchmal wirkte es sogar so, als sähe er in mir eine andere Variante von sich selbst. »Weißt du, ich denke über mein Geld, als ob es gar nicht existieren würde«, sagte er mal zu mir – eine Einstellung, die ich natürlich teilte, die mir aber viel leichter fiel, weil mein Geld tatsächlich nicht existent war.

Manchmal spielte ich mit ihm Tennis. Ich verachtete die Art, in der er sich halbherzig nach erreichbaren Bällen streckte, wie er schon im Austrudeln seiner Schritte zu lachen begann, als sei sein Punktverlust Teil eines unveränderlichen universalen Scherzes, mit dem er sich schon von vornherein abgefunden hatte, mehr noch, der ihm irgendwie

Spaß machte. Wenn er den Daumen hochreckte und sich wieder in Position brachte, erinnerte er mich an den alten Spruch: »Zeig mir einen guten Verlierer, und ich zeig dir einen Verlierer.« Wie konnte man nur so zufrieden damit sein, so wenig zu wollen?

Obwohl ich ansonsten gut mit Doros Eltern klarkam, blieben ihre Geschichten über mich Geschichten von Fehltritten und Peinlichkeiten. Für sie waren es einfach nette Anekdoten, etwas, über das man gemeinsam lachen konnte, und das wurde auch von mir erwartet, denn man durfte alles allgemein und sich selbst speziell ja nicht immer so ernst nehmen und die gelöste Stimmung damit belasten. Wie oft jemand an meiner ausgestreckten Hand vorbei, »die Dame zuerst«, auf Doro zuging und ich versuchte, meine Scham mit einem schiefen Lächeln zu überspielen, mich plötzlich isoliert fühlte in einem Raum voller Menschen. Für mich waren das zusammengenommen Belege meiner Unzulänglichkeit, Beweise dafür, dass ich nicht hineinpasste und das auch nie tun würde.

Aber es kann keiner sagen, ich hätte mich nicht bemüht. Wie bei dem einen Mal, wo der Vorstandschef eines großen Konzerns sich bei mir mit »Philipp« vorstellte und ich mit den Worten »Anton, freut mich« seine Hand schüttelte. Die Irritation im Gesicht meines Gegenübers, ein kleines Flackern in den Augen, unverbindliches Nicken.

Seine Gestresstheit erklärte Doro mir später, in einem angestrengt lockeren Tonfall, der ihre leichte Scham und Anspannung nicht verdecken konnte. »Von Philipp heißt der, das ist eine große Adelsfamilie.«

»Warum stellt er sich dann nicht so vor?«

»Das ist Understatement.« Sie schüttelte den Kopf, als wäre das Teil der Allgemeinbildung. Vielleicht war es das auch für sie.

Der schwerreiche Unternehmer war mir also schon entgegengekommen, hatte sich mit der verkürzten Vorstellung auf ein informelles Niveau begeben, das ich durch meine Antwort vollkommen verhöhnt hatte. Das wurde eine Lieblingsgeschichte ihres Vaters, immer wiederholt im Kreis seiner Bonzenfreunde. Wenn er den ernüchterten Blick des Konzernchefs schilderte, brachen sie jedes Mal in schallendes Gelächter aus und versuchten, mich mit kumpelhaftem Schulterklopfen einzunehmen. In seiner ausgeschmückten Variante der Geschichte machte er den Konzernchef zum übertrieben steifen Pedanten. Möglicherweise stimmte das auch. Trotzdem wurde das der wichtigtuerischen Haltung nicht gerecht, in der Thorsten selbst mir die Personen aus der Ferne vorgestellt hatte, als wir den Saal betraten.

»Siehst du den da hinten? Multimillionär. Und der: Multi-Multi. Und da: Milliardär.«

Bei der Dynamik, die die Anekdote ohnehin schon genommen hatte, verschwieg ich lieber, dass ich den gekränkten Multi-Multi, bevor Doro mich aufklären konnte, am Buffet noch mal angesprochen hatte. »Na, Philipp, du hast ja ordentlich Hunger mitgebracht.«

Hätte Thorsten danebengestanden, wäre von Philipps geröteter Hals mit Sicherheit der neue Höhepunkt seiner Geschichte geworden.

Dass sie ihr Geld so nonchalant betrachteten, ärgerte mich. Wie sie abwinkten, wenn ich mich im Restaurant an der Rechnung beteiligen wollte. Die Selbstverständlichkeit, mit der sie Doro und mir Kurzurlaube bezahlten, die Anzahl von teuren Weinflaschen, die anschuldigend in Doros Regal lagerten. Wie ihnen die Kreise, in denen sie beruflich verkehrten, unangenehm waren. Wenn sie nur so richtig protzen würden, oder wenigstens mal drüber reden, sich nur einmal über ein schlechtes Investment ärgern würden, aber das taten sie nicht. Wie gerne hätte ich damals nur einmal die Rechnung übernommen, beiläufig und souverän.

7

Passenderweise trage ich das Trikot der Washington Generals, grün, mit einer gelben Doppelnull. Kein Zweifel, keine Frage: eine der schönsten Verlierermannschaften überhaupt, am Nasenring durch die Arenen dieser Welt gezogen, der ständige Kontrahent der Show-Basketballtruppe Harlem Globetrotters. Mehr als dreizehntausendmal haben sie verloren, und nicht nur das. Während die Zuschauerlieblinge den Ball auf dem Finger balancierten oder unter dem Trikot versteckten, waren sie dazu verdammt, seriösen und regelkonformen Basketball zu spielen, zum Amüsement des Publikums verhöhnt zu werden, sich die Shorts herunterziehen zu lassen, nur um am Ende jedes Mal wieder zu unterliegen. Beim einzigen sicher verbürgten Sieg spielten sie nicht einmal unter ihrem normalen Namen, sondern als New Jersey Reds, um dem Publikum Abwechslung in einer alten Revue vorzugaukeln. Die Globetrotters hatten in den frühen Siebzigern den Spielstand bei ihren Tricks nicht im Auge und konnten ihren Rückstand kurz vor Schluss nicht mehr wettmachen – ein Sieg, unwahrscheinlicher als jeder andere, ein unmöglicher Meilenstein, aber nicht bejubelt, sondern vom Publikum verschmäht, mit Buhrufen, Pfiffen und zu den Tränen weinender Kindern aus der Arena gejagt. Für dieses Team wäre ich gern aufgelaufen.

Der große Anton Lobmeier, Fachmann für Trennungen. Am Anfang war ich noch groß gefragt, punktuell natürlich, ich war ja schließlich der Einzige, der das als Betroffener durchlebt hatte, eine Trennung nach fünf Jahren Beziehung, das steckte man nicht so einfach weg. Sie fragten mich, wessen Schuld es gewesen war. Keiner war schuld, erklärte ich geduldig, solche Sachen passieren eben, auch wenn man es nicht will. Aber was habt ihr versucht, daran zu ändern?

Ich erzählte, was passiert war, in einer stimmigen und glatt gezogenen Variante, aber bei allen schräg gelegten Köpfen und mitleidigen Mundwinkeln testeten sie trotzdem meine Geschichte, testeten sie auf hoffnungsstiftende Unterschiede zu ihrer eigenen Situation, bei ihnen hatte ja niemand Probleme im Job, sie wohnten zusammen, erst neulich hatten sie wieder im Spaß vom Heiraten und dann ein bisschen ernster von Kindern gesprochen, denn übers Heiraten kann man Witze machen, über Kinder nicht.

Genau diese beiden Dinge haben mich aber auch von meiner Rolle als Fachmann erlöst, denn als dann im Bekanntenkreis die erste Trennung mit Scheidung abgewickelt wurde, war klar: Das ist ein anderes Level an Expertise, das konnte ich mir nicht vorstellen, allein die Peinlichkeit, das Ganze so groß gefeiert zu haben, diesen einen Moment, vor dem das Scheitern in seiner ganzen Strahlkraft umso heller blitzt, ja den kannte ich nicht, und wenn dann Kinder im Spiel waren, dann war eine ganz andere Stufe erreicht. Dieser Konsens ist mir nur allzu vertraut: »Gut, dass noch keine Kinder im Spiel waren.« In was für einem Spiel überhaupt? Umso besser, muss ich mir das nicht mehr anhören und Ratschläge geben, wenn doch mein grundsätzliches Empfinden wenig Hoffnung anbietet: Wenn es vorbei ist, ist es vorbei. Merkst' was?

Beim Lieferdienst ist ein Fahrer ausgefallen, und die Bestellungen häufen sich. Alle sind auf Anschlag.

»Ich weiß, dass es nicht dein Bereich ist«, sagt Svenja, »aber meinst du, du könntest mir ein bisschen bei der Organisation helfen?«

»Lass mal sehen«, sage ich und gleiche Restaurants mit Lieferadressen ab, sehe, welche in der Nähe voneinander sind, erstelle Touren, verteile sie an die anderen Fahrer und übernehme die kompliziertesten davon gleich selbst.

Wie schleichend sich der alte Fluss wieder einstellt, dass ich Aufgaben untereinander abwäge, sie in ihrer Dringlichkeit bewerte, wie die Zahnräder ineinandergreifen, wie ich mit einem Mal effizient und zielstrebig arbeite. Es fühlt sich an wie ein Rückfall.

»Du machst das echt gut«, sagt Svenja zu mir, »lässt dich nicht stressen, egal, wie viel los ist. Willst du nicht in die Disposition? Ich glaub, das würde dir liegen. Gibt auch ein bisschen mehr Kohle.« Mein abwiegelndes Lächeln interpretiert sie als Bescheidenheit. »Überleg's dir einfach.«

Aber ich muss nicht überlegen. Ich spüre das alte Gefühl in mir aufwallen, einen leichten Stolz auf die Anerkennung, die sie mir entgegenbringt, den Beginn einer Verbundenheit, einen Hauch von Loyalität. Ich muss hier raus.

In einem Schaufenster sehe ich den Aushang »Fahrer gesucht«, und das bin ich ja schließlich, Fahrer, auch wenn jetzt momentan auf zwei Rädern und zwischen den Autospiegeln hindurch. Vielleicht sollte ich die Seiten wechseln, einen Führerschein habe ich, und der Zeitdruck sollte wohl vergleichbar sein, gesellschaftlicher Aufstieg ist nicht zu befürchten. Ich lese das Schild »Bella Ciao Pizza«, weiße Schrift vor einem roten Stern, und das entscheidet die Angelegenheit, denn es ist unbestritten schlüssig, gegen Mindestlohn Pizzen auszufahren für einen Laden, der den Namen einer linken Kampfhymne trägt, ausgebeutet werden unter dem Namen und Logo des Sozialismus, besser geht es ja gar nicht, es ist Scheitern in Perfektion.

»Hallo. Du kommst wegen dem Aushang? Sehr gut, sehr gut.«

Der Chef stellt sich als Sassan vor, ein kleiner, aufgekratzter Mann, der eine dichte Version seiner Lebensgeschichte voller Hindernisse, Niederlagen und ihrem letztlichen Überwinden entworfen hat und sie mir in stakkatohaften Sätzen präsentiert. Ich merke seiner Erzählung an, dass sie in tausend Wiederholungen alle Unsicherheiten schon längst ausgebügelt hat. Sie ist jetzt ein Strang von Kausalitäten. Er hat sich als Maler mühsam nach oben gearbeitet. Wegen einer Krankheit des Vaters mit komplizierten, kostspieligen Behandlungsmethoden musste er so viel Zeit investieren, dass seine Ehe darüber kaputtging. Nach dem Tod seines Vaters steckte er alles Angesparte aus seinem Betrieb in den kleinen Lieferdienst, denn er ist nicht der Typ, der »seine Flinte einfach in das Korn schmeißt«.

Als er das sagt, spüre ich den Hauch einer vergrabenen Sehnsucht: Er weiß, was für ein Typ er ist. Ein Typ, der macht. Ein Typ, den man nicht unterkriegen kann. Ein Typ, der mit deutlichem Akzent die deutschesten Redensarten verwendet, um sich selbst mit klar umrissenen Formen auszustatten. Es scheint nur angebracht, dass er sogar die Ärmel seines ohnehin kurzärmligen T-Shirts aufgerollt trägt, als wolle er ein Zeichen setzen, indem er die Ärmel bis ultimo hochkrempelt, sodass der Stoff sich unter seinen Achseln verwurstelt, höher geht das nun wirklich nicht.

Und dieser Anpacker unter den Anpackern muss sich nun mit Abiturienten herumschlagen, die praxisferner kaum sein könnten. Sie mögen Sassan, aber der Gedanke, dass das Pizzabacken und -ausfahren mit Ernsthaftigkeit, Einsatz und Sorgfalt betrieben werden sollte, ist ihnen so fern, dass sie die Schwelle zum gewissenhaften Arbeiten gar nicht überschreiten können. Deswegen erklärt mir auch keiner der Schüler die Abläufe.

»Kommst am Mittwochvormittag wieder. Dann ist Franzi da.«

»Hey«, sagt Franzi. Ob ich schon mal Essen ausgefahren habe? Ich habe, in der Tat, aber eben per Fahrrad. »Dann erwarte dir mal keine große Horizonterweiterung«, sagt sie. Sie spricht die Konsonanten hart, als wolle sie mich mit ihnen auf Distanz halten: kleine, harte Spitzen, zwischen einer rauchig warmen Stimme, der sie nicht erlaubt, sich zu entwickeln.

Sie zeigt mir, wo die Bestellungen aushängen, sagt mir, welche Fächer der Wärmhaltetasche für was gedacht sind, wo die Autos stehen. Nach jeder Information überlegt sie, laut: »Was könnte ich dir denn jetzt noch ...«, tippelt unruhig mit den Fingern auf einem Klemmbrett, das sie, aus welchem Grund auch immer, mit sich herumträgt, und schielt mit gerunzelter Stirn angestrengt nach oben. »Genau«, durchbricht sie das Grübeln, »die Wartezeiten. Es ist nämlich so, im Gegensatz zu anderen ist Sassan da echt fair, dass man nicht auf Pause gesetzt wird, wenn man keine Fahrt hat. Stattdessen soll man sich nützlich machen und Tomaten schneiden, Zwiebeln klein hacken, die Oberflächen wischen, Kartons falten, ja, überhaupt ziemlich viel Kartons falten, das könnte ich dir noch zeigen, hier, die Laschen einklappen, auf jeden Fall mit der Seite hier anfangen, sonst klappt das nicht. Aber ist ja ein kleiner Laden, wird selten mal vorkommen, dass mehr als zwei Leute gleichzeitig arbeiten und es länger nichts zu fahren gibt. Genau. Mit den Liefergebieten, da musst du halt aufpassen, wir schauen da immer drauf, dass das fair ist, im Medienpark sind die Bestellungen normalerweise viel größer, und das Trinkgeld ist trotzdem gut, weil das nicht einer zahlt, sondern zusammengeschmissen wird. Also das sollte sich nicht immer einer unter den Nagel reißen. Pass da auf den Hörmann auf, weit will der nie fahren, aber Medienpark, den schnappt er sich immer sofort. Und zu den Autos, wir haben nur die beiden hier. Manche fahren auch mit ihrem eigenen Auto, hast du eins? Nein? Egal. Die tun's ganz gut, haben zwar schon so zweihunderttausend drauf, aber sind wirklich okay. Ganz langsam fährt man als Auslieferer ja nie, aber auf das Auto musst du echt aufpassen. Da hat Sassan richtig Angst vor, das ist sein größter Albtraum, dass mit einem der Autos mal was ist.«

Sassan macht allerdings auf mich keinen sonderlich besorgten Eindruck. Im Gegenteil, sein ungebrochener Optimismus macht mich fertig. Der und der Aioli-Dip. Sassan pfeift, Sassan singt mit dem Radio, Sassan macht kleine, elegante Rutschposen mit dem Besen, und wenn der Tag gut gelaufen ist, verabschiedet sich Sassan mit High five von den Mitarbeitern. Der große Anton Lobmeier steht daneben. Es macht mich traurig und ein bisschen neidisch.

Sassans Ambition ist anders als alles, was ich bisher kannte. Unbeladen von der eingeimpften Haltung, ganz Deutschland schaue neidisch und ehrfurchtsvoll auf das bayerische Abitur, wer das einmal in den Händen hielte, müsse sich nur noch entscheiden, ob er Chefarzt, Theaterregisseur oder Staatsanwalt werden möchte. Frei von dem Gefühl von Versagen, in das das münden kann. Er kennt nicht die letzten zehn Prozent, die man zurückhält, weil sie vor der Erkenntnis schützen, dass es vielleicht doch nicht reicht, selbst wenn man alles gibt. Deshalb die Aufschieberei, deshalb die schöngeredeten Rückschläge und die Scham, zu wissen, das alles sind keine ernsten Probleme, kein existenzielles Scheitern. Und das macht es noch lächerlicher, dass es wirklich um nichts Nennenswertes geht und es einen trotzdem traurig macht. Sassans Ambition kommt nicht daher, dass er irgendjemandem etwas beweisen möchte. Sie scheint aus seinem grundsätzlichen Wesen heraus zu erwachsen, und das macht es mir umso schwerer mitanzusehen, wie sein Enthusiasmus auf die fundamentale Gleichgültigkeit praktisch aller Mitarbeiter um ihn herum trifft. Er hat eine neue Aktionspizza? Cool, Sassan. Da ist Gouda und Camembert drauf? Klingt ja mächtig. Die heißt »Flügelzange« wegen Robben und Ribéry? Muss man erst mal drauf kommen. Aber die hochgezogenen Augenbrauen, der erwartungsvolle Blick. Na? Na? Seine Begeisterung findet keine Resonanz.

Der Aioli-Dip ist die Achillesferse des ganzen Jobs, jeder Job hat seine ganz eigene Sollbruchstelle, und hier ist es der verdammte Aioli-Dip, der bei den Pizzabrötchen dabei ist, nicht optional als Sonderwunsch, sondern unverhandelbar und immer, so steht es in der Speisekarte, Pizzabrötchen mit Aioli-Dip. Ohne Dip sind die Pizzabrötchen sinnbefreit, dann hast du ein faustgroßes Stück Hefeteig, gummiartig, trocken im Mund und nicht mal besonders würzig. Aber der Dip steht im Kühlschrank, und die Brötchen werden mit den Pizzen auf dem Tresen bereitgestellt, also vergisst du den Dip, nicht einmal, nicht zweimal, sondern immer wieder, fährst zwanzig Minuten, nur damit der Kunde in die Tüte guckt und sagt: »Wo ist der Dip?«, und du ein paar Sekunden wortlos und leer in sein Gesicht starrst, bevor du auf dem Absatz kehrtmachst und für eine kleine Plastikdose im Wert von zwanzig Cent noch mal eine halbe Stunde in der Gegend herumfährst. Da ist der Tipp von Franzi Gold wert, einfach immer eine Handvoll Dips unter dem Beifahrersitz haben. Dann kann man immer ganz ruhig zum Auto zurückgehen, wie ein organisierter Mensch, wie jemand, der alles im Griff hat.

Für meine erste Fahrt fühle ich mich bestens vorbereitet. Ich stapele die Kartons auf und überquere den Parkplatz. Auf einer Bank sitzt ein Paar, sein Kopf gegen ihre Schulter gelehnt. Sie schnäuzt sich in ein Taschentuch. Er weint. Ich gehe vorbei. Da zerbricht wieder ein Leben.

8

Ohne darauf gefasst zu sein, komme ich gleich an meinem ersten Tag als Pizzafahrer am Filou's vorbei. Wenn ich früher meine Mutter in ihrer Lieblingskneipe besuchte, kam ich zu Fuß über die nahe gelegene U-Bahn-Station. Von der mehrspurigen Straße aus wusste ich gar nicht, wo sie genau lag. Aber als ich meine Bestellung abgegeben habe, zwei Euro Trinkgeld, sehe ich sie im Vorbeifahren. Der antiquierte, beleuchtete Schriftzug ist unverkennbar. Das beschlagene Glas mit dem bunten Licht dahinter. Dass die Bar sich in all den Jahren kein bisschen verändert hat, versetzt mir einen Stich. Noch lange, nachdem ich das Auto auf dem Parkplatz abgestellt habe, denke ich daran.

Meine Mutter war schon als Studentin Gast dort gewesen, als es der Treffpunkt der Schauspielschüler und Komparsen war. Sie erlebte mit, wie die Studenten langsam wichen, wie ihnen Stadtvierteltouristen folgten, die das Künstlerflair aufsaugen wollten, das das Viertel von seiner Umgebung abhob. Sie blieb auch, als sie wegbrachen und die Kneipe zu einer ganz normalen Boazn wurde. Sie saß bei allen Wirtinnen und Wirten am Tresen. Bestellte Wein bei Gabi, einer gewaltig auftoupierten Lockenfrau, die sich selbst am zuvorkommendsten an den Zapfhähnen bediente. Es war keine Seltenheit, dass ein Stammgast Gabi in ein Taxi setzen musste, um dann in der Nacht den Laden zuzusperren und den Schlüssel am nächsten Morgen bei ihr vorbeizubringen. Aber die nahm, statt sich zu entschuldigen oder das geringste Bedauern auszudrücken, den Schlüssel beiläufig entgegen, als wäre das Vertrauen, das sie dem Gast entgegenbrachte, schon Ehre genug. Höchstens ein kleines Abwinken mit der Hand vor einem bereitwillig gezückten Geldschein ein paar Tage später war ihr Dank. Ich habe Gabi nie kennengelernt, aber ich weiß noch, wie lieb ich sie als Kind nur aus den Schilderungen meiner Mutter gewann. Nach ihr kam Theodor, ein schlagfertiger Lehrer im Ruhestand, der nie anschreiben ließ und jedes Getränk sofort kassierte. Wahrscheinlich liegt es an dieser pragmatischen Auslegung des Wirtsberufs, dass ich mich an keine einzige nennenswerte Anekdote aus Theodors Wirken erinnern kann.

Auf dieses unpopuläre Konzept folgte Karel, der sich Charlie nannte. Und der ist meines Wissens bis heute da. Er schien sich ein romantisiertes Bild von Barkeepern angeeignet zu haben. Wenn er fragte: »Wie geht's?«, dann fragte er das nicht beiläufig, sondern so, als wolle er dem Kunden gleich die Hand auf die Schulter legen. Er ging davon aus, dass das Leben seiner Gäste eine Aneinanderreihung von mittelschweren Katastrophen war. Und er ging auch davon aus, dass sie zu ihm kamen, um ihr Chaos zu ordnen. Der gute alte Charlie würde Rat geben, ganz egal, ob ein Gast diesen Rat auch nur andeutungsweise ersuchte. Zwischen Bestellungen trocknete er immer mit einem Geschirrtuch seine Gläser ab, dabei standen die doch sowieso auf einem beheizten Gitter, aber es gehörte nun mal zu seiner Rolle. »So ist der Mensch. Immer leiden.«

Solche Allgemeinplätze gab er von sich, egal, ob jemand gestorben war, jemand Beziehungsprobleme hatte, das Kind krank war, oder aber auch, mangels tragischerer Vorkommnisse, wenn 1860 verloren hatte. Man musste ihm aber zugestehen, dass er von seiner schwerzüngigen, harten Aussprache profitierte. Seine Weisheiten klangen so viel echter. Sein Akzent kaschierte ihre Banalität.

Wann war ich eigentlich das letzte Mal da? Genau weiß ich es nicht, und meine Eindrücke sind verschwommen. Wie immer stand der Rauch dicht im Raum. Die Plakate von Theaterpremieren waren schon längst vergilbt, und es wusste keiner mehr, was das für Stücke waren und wer da mitgespielt hatte. Niemand erinnerte sich an den jungen Schauspieler, der als Garcin auf dem Plakat zu *Geschlossene Gesellschaft* aufgeführt war, in eleganter Schrift vor gedeckten Farbflächen und drei Silhouetten. Niemand kannte den Namen des Mannes, der für seine eindringliche Darstellung so positive Kritiken bekommen hatte. Dass er trotz spannender Angebote für Theaterengagements eine Rolle als trotteliger Assistent in einer bayerischen Krimiserie angenommen hatte, weil seine Frau im vierten Monat schwanger war und er sich für die Sicherheit entschied. Niemand weiß das mehr. Außer natürlich ihm selbst. Ihm selbst und der Frau, die neben ihm am Tresen saß und es jedem erzählte, dessen Blick die Plakatwand auch nur beiläufig streifte.

Die Aschenbecher waren schon auf den Tischen verteilt worden, was bedeutete, dass nur noch Stammgäste da waren. Und Mama war ein Stammgast. Nicht so sehr, weil sie häufig hier war, sie schaute eigentlich nur noch alle ein, zwei Wochen mal vorbei, sondern eher wegen der langen Zeit, die sie schon herkam. Sie wirkte hier vollkommen im Einklang mit ihrer Umgebung, ganz im Gegensatz zu meinem Vater, der unruhig auf dem Barhocker hin und her rutschte.

»Hallo, mein Kleiner. Was verschafft mir denn die Ehre?«

»Hab meinen Wohnungsschlüssel in der Arbeit vergessen, und Doro ist nicht zu Hause.«

»Ah. Du willst also was von mir. War ja klar.« Sie lachte. »Setz dich doch.«

Charlie stellte wortlos ein Weißbier vor mir ab. Das war auch so eine Macke von ihm. Wortloses Einverständnis. Einmal hatte ich ein Weißbier bestellt, und jetzt war das auf alle Ewigkeit in Charlies Hirn eingespeichert. Ich hatte gar keine Lust auf Weißbier, aber ich brachte es auch nicht übers Herz, die unausgesprochene Vereinbarung aufzukündigen, die hier im Raum stand, mit all ihrer Verbundenheit.

»Danke, Charlie.« Charlie nickte und griff nach seinem Geschirrtuch.

Ich hätte sie gerade noch angetroffen, sagte meine Mutter, Hannes müsse früh raus, ins Büro. Mein Vater nickte. Sie berührte ihn am Unterarm, er lächelte und legte seine Hand auf ihre.

Ich hatte den Eindruck, dass sie alles, was er tat, selbst dieses kleine Lächeln, durch ihre Impulse anregte. Sie stellte die Energie zur Verfügung, und wir zehrten davon.

»Verstehe«, sagte ich und schaute mich um.

Ich konnte nicht nachvollziehen, warum meine Mutter diese Eckkneipe so liebte. »Wenigstens ein Ort für normale Leute«, sagte sie immer, und das sagten alle anderen Stammgäste auch, aber sollte ein Raum voller Menschen, die ihre Normalität derart betonten, einen nicht argwöhnisch machen?

Ja keine Allüren, ja keinen Stil, ja keine Ausgefallenheit. Die Jukebox war, abgesehen von den Chansons, ein Albtraum beliebiger Tracks aus vier Jahrzehnten, die Karte war von den Wienern mit Brot bis zum Bärwurz eine Ausgeburt des Biederen.

Schlimmer als die normalen Gäste waren nur die wenigen Exzentriker, die sie als »kultig« ankündigte. Vor denen galt es, auf der Hut zu sein. Extrovertiert und laut waren sie, meistens dauerbreit, auf ungesunde Art geltungssüchtig oder schwere Alkoholiker. Ihre Kultigkeit trugen sie nach außen, sprangen dir mit dem blanken Hintern ins Gesicht. Ehe man sich versah, wurde einem der fünfte Schnaps aufgezwungen, und wenn man gehen wollte, weil man am nächsten Tag arbeiten musste, wurde man Systemopfer genannt, obwohl das doch auch Systemopfer waren, nur eben außerhalb statt innerhalb. Oder zumindest Opfer eines völlig abgekapselten, privaten Systems.

Meine Mutter wollte wissen, wie es im Job so ging, und ihr Talent, sich für Dinge zu interessieren, verblüffte mich. Als sie mich fragte, wie es mit dem aktuellen Projekt lief, musste ich selbst überlegen, wovon ich erzählt hatte, und erst auf Nachfragen fiel es mir wieder ein.

»Na, das mit der englischen Firma zusammen, die sympathisch, aber organisatorisch so schwierig war, weil sie mit der einen Agentur zusammenarbeitet, deren Inhaber so aussieht wie Rolf Dieter Brinkmann.«

»Wie Ansgar Brinkmann. Der Fußballer.«

»Na, wie irgendein Brinkmann eben.«

Ein kurzer Ausschnitt aus meinem Alltag, und sie war neugierig, was in der Folge geschehen war. Ich hatte das vage

Gefühl, es sei in dem Zusammenhang noch etwas Erzählenswertes passiert, aber ich kam nicht drauf.

Mein Vater wechselte das Thema. Er interessierte sich nicht dafür, wie es weiterging. In seinen Augen waren mein Job und alles, was daran hing, albern. Nicht weil ich nicht vorankam, nicht weil mir die Dinge misslangen, sondern weil ich in dem vollkommen falschen Feld versagte. Er selbst war zwar auch kein Schauspieler mehr, sondern Buchhalter, eine Arbeit, zu der ihm ein Bekannter verholfen hatte. Aber er hatte sich das verdient, indem er in etwas gescheitert war, das ihm viel bedeutet hatte, nicht wie sein Sohn, der erfolglos in etwas herumstocherte, das es nicht wert war. Wahres Talent und seine Verwirklichung lagen für ihn in den Künsten – und damit spielten sich dort auch alle nennenswerten Fehlschläge ab. Er selbst hatte sein Scheitern verdient, er hatte seine große Was-wäre-wenn-Geschichte erarbeitet, seine Nostalgie geerntet, seine Melancholie, seine tragische Fügung.

Ich nahm einen Schluck von meinem Weißbier und beantwortete die Fragen ausweichend. Ob mein Job denn überhaupt Spaß mache? Ich hätte gerade eine Beförderung in Aussicht. Ob ich noch Fußball spiele? Es würden gerade ziemlich viele Überstunden auflaufen. Ob ich meine Schwester Lisa mal angerufen hätte? Ob es Doro gut ging? Das brachte mich kurz aus dem Konzept. Wir hätten gerade nicht viel Zeit füreinander, aber wenn ihre Prüfungen vorbei seien und mein Projekt sich wieder entspannen würde, gäbe sich das schon. In Wahrheit wusste ich nicht, ob es Doro gut ging.

Ich trank das Weißbier aus und machte Anstalten zu bezahlen, aber meine Mutter winkte ab.

»Weißt doch, manche Sachen ändern sich nie.« Mein Vater verzog kaum merklich den Mundwinkel.

»Anton?«, rief sie mir hinterher, als ich schon fast in der Tür stand.

»Was?«

»Der Schlüssel.«

Wie leicht es mir früher fiel, Dinge mit Sinn zu befüllen. Ich ging jeden Morgen ins Büro und überflog schon auf dem Weg die Schlagzeilen. Eine Ratingagentur hatte Italiens Kreditwürdigkeit herabgestuft. Die wirtschaftliche Lage in der Automobilbranche blieb angespannt. Während ich mir eine Meinung dazu zurechtlegte, stellte ich mir vor, ich würde nach ihr gefragt, nicht von irgendwem, sondern von Leuten, von denen ich wollte, dass sie interessierte, was ich dachte. So war ich früher.

Ich rief die Firmen-Website auf und klickte auf das Team. Scrollte durch die Gesichter. Manche lächelten gequält, andere eingefroren, ganz wenige siegesgewiss, und da war ich ja schon selbst, mit dem Ausdruck einer schüchternen, unfundierten Arroganz. Seit wann hatten denn bitte die Holzmüller und der Bellmann den Titel Senior Key-Account-Manager? Und wofür? Ich wusste noch genau, wie mein Chef abgewiegelt hatte, als ich selbst bei meiner Vertragsverlängerung deswegen angeklopft hatte. Mit dem Senior seien ja dann doch noch andere Tätigkeiten verbunden, mehr auf der Ebene der Lenkung und des Delegierens, vor allem auch mehr Aufgaben in der Präsentation. Das hatte der Chef gesagt und dann kleinteilig meine Arbeit kritisiert und gefragt, wo meiner Wahrnehmung nach denn noch »etwas fehlte«.

Überall, hätte ich damals am liebsten gesagt, mir fehlt etwas an allen Ecken und Enden, wo soll ich denn anfangen? Aber stattdessen hatte ich etwas Unverbindliches gesagt, genickt und mir Notizen gemacht, Ressourcenverteilung, Lenkung, kurze Schlagworte für geduldige Schritte nach vorne. Natürlich hatten sie an mir herumgemäkelt, um mir den Senior nicht zu geben, denn der Senior hätte mich zu einem höheren Gehalt berechtigt. Doch in der Situation selbst dachte ich nicht daran, dass der Grund dafür so simpel sein könnte.

Für Sophia war das alles natürlich kein Problem. »Zieh's auf 'ne andere Ebene«, sagte sie, als ich ihr davon erzählte. »Frag nach Klauseln, die sie dir sachlich nicht verweigern können. Sag, du willst, dass der Geschäftsführer dir monatlich einen Kuchen backt und an den Schreibtisch bringt. Sag, dass sie jeden Morgen, wenn du ins Büro kommst, *Eye of the Tiger* spielen müssen. Oder Vengaboys. Ist doch voll wichtig, was du dann an Wertschätzung spüren kannst, durch die Vengaboys, das kann Geld nicht kaufen. *Boom, Boom, Boom, Boom.* Jeden Morgen dröhnt das durch die Gänge. Da weißte Bescheid. Was für ein Auftritt, unvorstellbar. Die Klausel kaufen sie zurück, so schnell kannst du gar nicht gucken.«

Ich schloss das Fenster, aus dem mir Holzmüller und Bellmann mit einem sedierenden, perfiden Lächeln entgegenblickten, als wollten sie mich beruhigen und dann entwaffnen.

Mein Chef steckte den Kopf in mein Büro. »Lobmeier. Bitte.«

Ich weiß noch, dass mich dieses »Bitte« kurz irritierte. Der Chef war niemand, der um etwas bat. Ständig hatte ich das Gefühl, er wollte aus verschiedenen Vorbildern einen eigenen Führungsstil kreieren. Aus der jovialen Männlichkeit eines Geschäftsführers, der in einem Film aus den Fünfzigerjahren mit Zigarre im Mund nonchalant und kritischen Auges durch seine Firma stolziert und von allen mit »Boss« angesprochen wird. Aus einer aufgeklärten, modernen Haltung, die junge Familien mit flexiblen Arbeitszeiten und Homeoffice unterstützt und flache Hierarchien aufbaut. Aus der kumpelhaften Kultur junger Start-ups, wo sich die Frage aus der Balance von Freizeit und Beruf ohnehin nicht stellt, weil keiner mehr weiß, ob er gerade bei einem normalen Feierabendbier, beim Networken oder beim Investorengespräch ist, weil man so oder so mit Bier und selbst gedrehten Zigaretten im Kapuzenpulli zusammensteht.

Ob ich das besser gekonnt hätte, bin ich mir nicht sicher. Ich erinnere mich voller Scham an den Moment, als ich mit fünfzehn Jahren als dienstältester Zeitungsausträger einen Kollegen entlassen musste. Der Kollege war vierzehn. Den Namen habe ich vergessen, nicht aber das Hinterzimmer der Redaktion, den Schreibtisch mit zwei Stühlen, das unerbittliche Gurgeln der Kaffeemaschine. Wie ich mich bemühte, eine unangenehme Aufgabe gewissenhaft zu erledigen, um fünf erwachsene, fest angestellte Redakteure zu beeindrucken, die sich um sie gedrückt hatten. Zwei von ihnen mit Kindern, die älter waren als ich. Wie ich ihm seine Versäumnisse aufzählte: die Verspätungen. Die Zeitungen, die, immer noch in Plastik gepackt, stapelweise im Altpapiercontainer seines Auslieferungsgebietes gefunden wurden. Wie ich ihm Gelegenheit geben wollte, sich zu verteidigen, mir der Junge aber nur gegenübersaß, gelangweilt. Wie wir beide nur darauf warteten, dass dieser Moment vorbeiging, und wie der Junge, ohne mich auch nur noch einmal anzuschauen, den Rucksack schulterte, aus dem Raum ging und mich mit dem Gefühl zurückließ, einen hässlichen Verrat begangen zu haben.

Ich hatte keine besonders gute Figur abgegeben, und auch bei meinem Chef liefen die verschiedenen Vorbilder nie in einer schlüssigen Form zusammen. Die Ziele, die das Unternehmen seiner Abteilung steckte, setzten alles und jeden unter Druck: ihn, mich, das Team und ganz allgemein freundschaftliche Zusammenarbeit und einen auf Familienleben abgestimmten Arbeitsalltag. Seiner lockeren Umgangsart und der Aufforderung, sich einzubringen, stand das ständige Übersteuern entgegen; die flache Hierarchie wurde dadurch in Zweifel gezogen, dass er bei den kleinsten Problemen die Notwendigkeit sah, man müsse sie auf eine höhere Stufe eskalieren. Immerhin, so vermute ich zumindest, hatte die Sehnsucht nach einem entspannten Start-up-Stil unserer Abteilung einen Kühlschrank mit Bier, einen Kicker und eine bequeme Couchlandschaft beschert.

»Lobmeier. Bitte«, sagte mein Chef also, und ich fragte mich erst, worum er mich konkret bitten würde und ob es sich um einen dringlichen Wunsch handelte. Dann kam mir reflexhaft die Möglichkeit in den Sinn, es stünde ein allgemeiner Aufruf im Raum, mich zusammenzureißen, ein essenzieller Haltungsfehler meinerseits, der mit einem »Ich muss doch sehr bitten« oder einem »Also bitte« eingefangen werden musste. Erst mit der Handbewegung in Richtung seines Büros verstand ich, dass es eine viel banalere Aufforderung war. Weil der Chef sein Auftreten nie in eine sinnvolle Balance brachte, konnten einen Kleinigkeiten wie eine unverhofft weltmännische Geste völlig aus dem Tritt bringen.

»Was, würden Sie sagen, ist das Wichtigste für diese Firma?«

Erklärungen leitete er grundsätzlich mit Fragen ein und begann nie, wenn er sein Gegenüber nicht mindestens einmal vorab hatte falsch raten lassen. Heute frage ich mich, ob das eine Marotte war oder ein psychologischer Kniff, mit dem er seine Autorität zu untermauern hoffte.

»Kontinuität«, antwortete ich also.

»Nein. Nein, nein. Kontinuität ist wichtig, aber das Wichtigste überhaupt ist der Wille, sich ständig weiterzuentwickeln. Die unbedingte Bereitschaft, den nächsten Schritt zu gehen.«

Das war es also. In Wirklichkeit wollte er natürlich doch etwas von mir. Es gebe etwas Bewegung in der Firma, sagte er, das biete aber auch Chancen, und irgendetwas störte mich ganz am Rand meines Bewusstseins. Bitte nicht die Präsentation.

»Kleindienst aus der Kommunikationsabteilung hat sich anderweitig umgeschaut«, sagte er, und mein Gefühl wurde stärker, »und jemand müsste ja den Geschäftsbericht aufbereiten …« Bitte nicht die Präsentation. »… das Ganze dann natürlich auch den Partnern vorstellen … Was sagen Sie?«

Die Präsentation. Vor den wichtigsten Teilhabern und Kunden. Und da war sie, die Chance mit all ihrem Schrecken. Die Gelegenheit, mich zu zeigen. Endlich nicht mehr in Szenarien zu fantasieren, wie ich mich verbessern konnte, sondern wirklich aufzusteigen. Natürlich auch die Gefahr, alles epochal in den Sand zu setzen. Die Chance, die ich gerne gehabt hätte, bald, aber doch lieber erst, wenn ich mich wirklich dafür bereit fühlte, und das tat ich nicht, jedenfalls nicht in diesem Augenblick.

»Wenn Ihnen das zu unvermittelt kommt, könnte ich natürlich auch jemand anderes ...«

Jemand anderes? Auf gar keinen Fall. »Keine Sorge«, sagte ich, »das schaukeln wir schon.« Ich konnte nicht ahnen, wie sehr ich mich täuschte.

»Na wunderbar! Freut mich. Klasse. Prima.« Der Chef lachte sein Lachen, das ihn in regelmäßigen Stößen durchzuckte wie ein ruckartig anlaufender Zweitaktmotor, nur um dann auf einmal einzurasten.

Ich erschrak, als ich Doros Finger an meinem Haaransatz spürte. »Willst du nicht ins Bett kommen?«, fragte sie sanft, »das bringt doch jetzt nichts mehr.« Ich seufzte. »Du machst das schon«, ließ sie in dem gleichen, beruhigenden Tonfall hinterherfließen. »Weißt du, es ist nur ein Vortrag. Was hast du schon zu verlieren? Du musst dich nicht immer so unter Druck setzen.«

Ich wusste, dass ich schlafen sollte, ich wusste, dass das jetzt auch nichts mehr brachte, schon klar, aber trotzdem schüttelte ich den Kopf: »Nur noch kurz.«

Sie strich mir mit der Hand über den Nacken, während ich schon wieder die nächste Folie öffnete und einen Punkt zu den Analysewerkzeugen hinzufügte, mit denen die Wachstumserwartung bis zum vierten Quartal des Folgejahres errechnet wurde. Ich klickte durch die Blätter meiner Präsentation, änderte kleine Formulierungen, las Satz für Satz, aber dafür, ob das ein stringentes Argument ergab, hatte ich schon längst jedes Gefühl verloren, und die abschließende Folie, die eine Fragerunde initiieren sollte, ließ eine kurze Panik in mir aufsteigen. So viele Punkte, die man angreifen konnte, so viele schwache Schlussfolgerungen, so viele wackelige Argumente. Ich klappte den Rechner zu, trank an der Küchenspüle ein Glas Wasser aus dem Hahn, ging leise ins Schlafzimmer und legte mich mit dem Rücken zu Doro ins Bett. Mit einem leisen Seufzer legte sie ihre Hand auf meine Hüfte, und ich hätte gern selbst das natürliche Vertrauen gespürt, das in der Berührung lag.

9

In der Schreibtischschublade finde ich einen alten Kalender und blättere ihn durch. Ein Arzttermin, eine Erinnerung an die Steuererklärung des Vorjahres, eine Verabredung zum Mittagessen mit James, Kino mit Doro, Meetings in der Firma, Termine bei Kunden. Mit aller Hingabe habe ich sie aufgeschrieben, mit penibel eingerückten Uhrzeiten, kontrolliert und strukturiert. Eingeringelt das Datum meiner großen Präsentation. Und dann, mit einem Mal, gar nichts mehr. Leere Zeilen, nur Wochentage und Nummern, die immer wieder von eins beginnen und im Kreis laufen.

Was alles passiert ist an diesen Tagen mit leeren Feldern. Wie meine Präsentation alles andere als gut lief. Wie Doro Schluss machte und Sophia mich aufbaute. Der Anruf ein paar Wochen später. Wie mein Vater mir sagte, dass Mama gestorben war. Und wie im gleichen Moment Sophia spurlos verschwand.

Manche Momente kommen mir nah vor, kongruent, schlüssig, lückenlos, andere zerhackt, schwebend, als lose Fragmente. Mein Vater und Lisa im Krankenhaus. Vergebliche Anrufe bei Sophia. Und wie auf einmal die Polizei abhob. Wie ich zum Boten der Todesnachricht wurde, eingespeicherte Nummern aus dem Festnetztelefon anrief, die seit Ewigkeiten nicht gewählt worden waren. Zweimal hatte es mein Vater selbst versucht und war, direkt nachdem er seinen Namen genannt hatte, in Tränen ausgebrochen. Ganz so, als bilde sein Name eine Schwelle, als wäre ihm klar geworden, dass sich, wer da sprach, fundamental verändert hatte, eine hohle Hand um etwas Verlorengegangenes. Nun war also ich der Überbringer der Nachricht, und den einzigen Menschen, mit dem ich sprechen wollte, konnte ich nicht erreichen. »Hier ist Anton Lobmeier«, und in das Zögern am anderen Ende der Leitung hinein, »der Sohn von Theresa.« Immer und immer wieder spürte ich die Wärme, die in die Stimmen drang, wenn ich ihren Namen nannte, manchmal auch erst mit ihrem Mädchennamen. Immer wieder musste ich diese Sanftheit ersticken, ein ums andere Mal betroffene Stimmen. Zu den meisten kannte ich keine Gesichter, aber die Bestürzung war echt und direkt, eine Nähe, die ich nicht aushielt und nickte, obwohl sie mich nicht sehen konnten. Mit eng aufeinandergepressten Lippen schrieb ich Adressen auf, nannte das Datum der Beerdigung, und all diese Straßen und Zahlen und Namen machten das Ganze auch nicht fassbarer.

Das leerste Feld im Kalender ist der Tag der Beerdigung. Mamas Sarg hatte sich im Boden versenkt. Das Loch war mit einem grünen Plastikrasen umschlagen gewesen, so wie ihn manche auf ihrem Balkon ausrollen. Aber dann war doch das Schlimmste überstanden. Das wäre doch der Moment gewesen, in dem die Heilung hätte beginnen können. Vielleicht hätte ich die Chance gehabt, langsam wieder in die Spur zu kommen. Aber manchmal zerbrechen Dinge eben so, dass man ihre ursprüngliche Form nicht mehr erkennt. So, dass man gar nicht genau weiß, was da zerbrochen ist.

Irgendetwas musste ich vergraben haben, etwas ohne Form, etwas so stark Verdichtetes, dass es mich von innen sprengen konnte. Und so kam es auch, dass, als ich Mamas Zettel fand, alles in alle Richtungen zerstob und ich nur noch ein Ziel kannte: ein Tor zur Hölle, ein Loch in der Wüste, eine dauerhaft lodernde Glut, eine Reise, auf der ich endlich alles verlieren konnte.

Was so ein Kalender alles für Lücken hat. Ich lege ihn zurück in die Schublade, schwermütig bewegt.

10

Die Arbeitsflächen der Küche sind gewischt, und das Licht ist aus. Nur die Laternen werfen noch einen schwachen Schein in den Raum, und die hektische Betriebsamkeit, die hier den ganzen Tag lang geherrscht hat, ist einer tiefen Ruhe gewichen. Die Kühlanlagen brummen in einem vertrauten Ton.

»Kommste mit auf ein Feierabendbier gegenüber?«

»Nächstes Mal.« Franzi schließt die Tür ab. »Aber viel Spaß.«

»Ausgerechnet der«, sagt der Mann vor der Kneipe zu mir.

Ich trage das Sechzigtrikot von Francis Kioyo aus der Bundesligasaison 2004. Ein echtes Prunkstück meiner Sammlung. Ein Highlight in der an wunderschönem Scheitern nicht gerade armen Vereinsgeschichte des TSV 1860. Sein verschossener Elfmeter und der folgende Abstieg waren der Auftakt zum jahrzehntelangen Desaster für die Löwen, bis sie ihre gemieteten Topfpflanzen in der Allianz Arena abmeldeten, um Geld zu sparen, letztlich auch aus der zweiten Liga abstiegen und per Insolvenzverfahren in der Regionalliga landeten. Ich habe das Trikot praktisch hinterhergeschmissen bekommen auf dem Flohmarkt. »Was willst denn mit dem?«, fragte sogar der Verkäufer, und ich spürte sofort das Bedürfnis, mich zu solidarisieren. Gerade eingewechselt wollte Kioyo zum Helden werden, und dann auch noch Jahre später diese Abneigung. Das muss man erst mal schaffen. Hut ab. Ich musste das Trikot unbedingt haben. Auf den blau-weißen Streifen steht sogar seine Unterschrift.

Der Kerl sieht das anders. Er trinkt gierig. Setzt sein Bier in kurzen Abständen an. Er kann die Schönheit in meinem Trikot nicht erkennen, er redet auf mich ein, das sei der Schlimmste, warum gerade der, kein Löwenfan würde das anziehen, aber jetzt schreitet eine andere ein und sagt, man müsse Kioyo dankbar sein, nur dank ihm seien die Löwen hinuntergereicht worden bis in die Regionalliga, in der man wieder endlich im Grünwalder spielen könne.

Sie ist die Optimistin von den beiden, man muss sich nur für ein paar wenige Sätze mit ihnen unterhalten, um die Rollen zu verstehen.

»Das kann man sich ja heute gar nicht mehr vorstellen. Alle schauen nur noch auf ihren Bildschirm. Aber als Jugendlicher, als Student, da konntest du nicht einfach bei der Mitzi reinschauen. Da waren die ganzen Knackis. Da hast du richtig Ärger gekriegt. Das ist mittlerweile überhaupt gar nicht mehr denkbar«, sagt er.

»Ärger«, sie schüttelt den Kopf, »so ein Schmarrn. Ich konnte immer überallhin gehen.«

Er ist der Übertreiber, sie wiegelt ab. Über die Fakten sind sie sich einig, in der Interpretation liegen sie weit auseinander. Wenn er mit aufgerissenen Augen von einer Messerstecherei erzählt, winkt sie nur ab und sagt, das habe man ja schon immer gehabt, dass einer den anderen mal ritze. Alkoholikerpärchen seien ja auch nicht neu. Er sieht einen Werteverfall, und sie ist der Ansicht, dass sich nichts wirklich ändert, nur an der Oberfläche, ansonsten gehe alles seinen Gang. Nicht schön, aber normal.

Drinnen sitzt in der Ecke ein einsamer Porto-Fan. Er trägt auch ein blau-weißes Trikot und macht ein Gesicht wie hundert Tage Regenwetter. Er hat mit einer Niederlage zu kämpfen, ist nach München gekommen, Champions League auswärts, wahrscheinlich viel Geld für den Flug bezahlt, und jetzt sitzt er alleine in der Kneipe vor einem Bier und einem Teller Nudeln, in denen er lustlos herumstochert. Nichts kann ihn trösten, nicht der gönnerhafte Small Talk des Bayern-Fans, der sich gerade wieder zu seinen Freunden an die Bar trollt, nicht die Musik, nicht die Donnerstagabendstimmung. Das ist ein echter Fan, ernsthaft traurig, wirklich betroffen über seine Niederlage, und ich fühle mich kurz schuldig, weil ich mich dieser Tiefe entledigt habe. Mein Sechzig-Trikot trage ich nicht, weil ich zu den Löwen halte, sondern zu einem abstrakteren Verbund von Verlierern, die sich nicht mehr aufhalten müssen mit Einzelheiten wie einem hoffnungserstickenden Doppelpack von Arjen Robben, der dir in den ersten zwanzig Minuten klarmacht, dass es ein Fehler war hierherzukommen, dass alle Hoffnung auf einen anderen Verlauf der Geschichte von Anfang an unreif und idiotisch war. Ich hoffe, dass er manchmal auch Glücksmomente hat, die diese Art von Leiden irgendwie ausgleichen. Im Vergleich zu anderen Niederlagen empfinden Sie diese härter, leichter, etwa gleich?

»Hast du vielleicht 'ne Kippe für mich?«, frage ich draußen den Pessimisten.

»Was willst du?«

»Eine Kippe.«

»Eine Zigarette.« Eine Feststellung. Er angelt eine Zigarette aus der Schachtel und hält sie mir hin. Kein Lächeln, kein Anflug eines Kopfnickens, die sparsame Handbewegung ist bereits die Nettigkeit, ansonsten unverändertes, unbewegtes Gesicht, das sich nicht durch mein »Super, danke« beirren lässt, nicht durch die Erklärung, dass mein Tabak leer ist, und auch nicht durch das anekdotische Eingeständnis, dass meine Lust auf eine Zigarette beim Biertrinken einfach zu groß wird.

Leichter Schwindel, die Fußsohlen auf dem Beton, tatsächlich, ich bin betrunken, wirklich betrunken. Das stelle ich fest, während der Mann neben mir sagt: »Sechzge, oida, Giasing oida, sonst nix.«

»Sonst nichts«, wiederhole ich für mich und nicke. Der Mann nickt zurück.

Ganz selten wandelt sich das, was schiefgeht, ins Positive. Was, wenn man zu einer Mannschaft gehört, die fast immer verliert und nur selten mal dem Gegner zumindest einen Punkt abringt, sodass sie ein Unentschieden feiert wie Erfolge? Was macht jemanden glücklich? Die Frage klingt auf dem Nachhauseweg in mir nach.

Sophia ist mal nach Slowenien gefahren, mit einem Reisebus um sechs Uhr morgens. Außer ihr nur wenige Pärchen und ein paar ältere Menschen, ob sie Verwandte besuchten oder vom Arbeiten in München nach Hause fuhren, wusste sie nicht. »Und dann steh ich da, wenig geschlafen, bisschen Kater, vielleicht ein bisschen Restalkohol, und steige ein, und dann dreht der Mann vor mir sich um und grinst und gießt mir aus einer Thermoskanne Kaffee ein, anderen Leuten auch, und mir wird klar, er muss das geplant haben, ist extra früh aufgestanden, um mit seinen Mitreisenden zu teilen. In dem dünnen

Plastikbecher konnte ich den erst mal gar nicht anfassen, aber darum ging's auch nicht, ich hab mich ans Fenster gelehnt, Kapuze auf, Musik im Kopfhörer, und dann zischt der Bus und setzt sich langsam in Bewegung, und auf einmal war ich so glücklich, das kann ich gar nicht beschreiben, so ein richtiger Ausbruch, und ich hab meine Augen zugemacht und versucht, das so lange festzuhalten, wie es nur geht.«

Anders als die meisten vermuteten, die Sophia nicht besser kannten, waren ihre Freunde keine ausgeklinkten Künstler. Keine tätowierten Rocker, keine Druffis, keine Systemverweigerer. Es waren einfach nette Jungs, oft ruhig und ein bisschen zurückhaltend. Wenn ich mit ihnen ins Gespräch kam, stellten die meisten von ihnen sich in verschiedenen Feldern als sehr wissend heraus, frühe Anime-Filme, Jazzrock der Achtzigerjahre, lateinamerikanischer Independent-Film oder Fan-Fiction zu *Star Wars* im Internet. Ich erinnere mich gut, wie sehr mich das einschüchterte. Aber die wenigsten von ihnen machten selbst Kunst oder Musik, höchstens dass mal einer von ihnen zugab, ein bisschen Gitarre zu spielen, aber nur für sich: »Du weißt schon, ein paar Akkorde, mir macht's Spaß, aber das ist wirklich nichts, um es jemandem vorzuspielen.« Das konnte ich früher nie verstehen. Wenn man sich schon so vertiefte, wenn man schon so klare Meinungen und kritische Urteile hatte, warum sollte man sich dann nicht auch selber versuchen?

»Amateur kommt von ›etwas lieben‹«, belehrte mich Torben, der letzte Freund von Sophia, einmal. »Und Dilettieren kommt von ›sich erfreuen‹. Das ist doch was Schönes.« Und er lächelte sein ruhiges Lächeln. Dagegen war natürlich nichts einzuwenden.

Torben stand in einer langen Reihe von ausgeglichenen Menschen, mit denen Sophia zusammen war. Sie hatten alle gemeinsam, dass sie vollkommen in sich zu ruhen schienen. Ihre Ruhe war keine Gleichgültigkeit, sondern ein gefestigtes Vertrauen, dass alles schon wieder werde, dass sich schlechte Laune wieder lege, dass sich Sophia bei einem Ausraster wieder einkriege, dass sich alles schon von allein wieder sortieren würde. Ich beneidete Torben darum.

Es war immer Sophia, die die Beziehungen mit ihnen beendete. Einmal hatte sie mit jemand anderem rumgemacht, es ihrem Freund aber nicht gestanden, sondern es als unwiderlegbares Zeichen gedeutet, dass etwas grundsätzlich nicht stimmte, und kurzerhand Schluss gemacht. Sie erzählte mir das beiläufig in der Kneipe, und ich war nicht ihrer Meinung. Ich fand das zu einfach, ohne jedes Geständnis, ohne Versuch des Wiedergutmachens, ohne die Einsicht, dass vielleicht nicht der Fehltritt selbst zwangsläufiges Resultat einer Schieflage war, sondern dass sie doch ein bisschen mehr Verantwortung daran zu tragen hatte.

»Was bringt es, wenn ich das jetzt auch noch erzähle und er dann auch noch daran zu beißen hat?«, meinte sie.

Aber ich war der Ansicht, dass sie ihn um sein Leiden betrog, dass er ein Recht darauf hatte.

»Und wenn dich mal jemand verlässt?«, fragte ich sie.

Sie sah mich mit einem entsetzten Gesichtsausdruck an, als hätte sie wirklich noch nie an die Möglichkeit gedacht, das könnte passieren, schüttelte ein paarmal vehement den Kopf, zündete eine Zigarette an und ging nach draußen. Ich sah durch die Scheibe, wie sie hastige Züge nahm und den Rauch hart wieder ausstieß.

11

Immer wenn ich die Styroporboxen in den Kofferraum lade und in den roten Ford Fiesta aus den Neunzigerjahren steige, muss ich an *Alarm für Ramersdorf 81* denken. Es ist fast wie ein kleines Ritual, und ich fühle mich kurz mit meiner Familie und meiner Vergangenheit verbunden. Vermutlich erinnert mich der Ford an Floppes pannengeplagtes Auto. Überhaupt denke ich in letzter Zeit oft an dieses seltsame Stück Fernsehgeschichte. Immer wieder schaue ich die sechs Folgen, immer wieder beobachte ich meinen Vater, wie er hilflos und liebenswürdig durch verworrene Plots stolpert.

Die Serie neigte, was die Festschreibung der Rollen betraf, nicht gerade zum Understatement. Raudinger trägt Jeanshemden und eine mittelbraune, schwere Wildlederjacke, die man knarzen hört, wenn er sich im Verhör vornüberbeugt, die Ellenbogen auf dem Tisch, und den Verdächtigen konfrontiert: »Von dem Schmarrn, den du mir verzählst, kauf ich dir kein Wort ab.« Alles an ihm ist schwer und wuchtig, der Geldbeutel, das Zigarettenetui aus Metall, das Sturmfeuerzeug. Floppe trägt Jeans und bunte Hemden, er muss sich ein ums andere Mal Sprüche deswegen anhören. Auch wegen seiner Haare, die in den Augen der Kollegen zu lang sind, und den engen Jeans. Es ist im Nachhinein klar, dass über Floppe studentische Stereotype angegriffen werden sollen – und ebenso offensichtlich ist die spießbürgerliche Warte, von der dieser Angriff kommt. Daher ist es auch kein Wunder, dass gerade der umständliche, Jazz hörende Floppe sich beim Internet-Revival zum Zuschauerliebling aufschwingen konnte.

Gleichzeitig braucht die Serie Floppe, um Coolness, so sehr sie ins Lächerliche gezogen wird, einfließen zu lassen. Der Soul- und Funk-Soundtrack wird meistens dadurch eingeführt, dass Floppe eine Kassette ins Tapedeck seines abgeranzten roten VW Polos schiebt. Die Serie erfindet in fast jeder Folge Gründe, aus denen die Polizisten statt mit Raudingers stolzem bayerischen Fünfer-BMW mit der Klapperkiste seines Kollegen auf Verbrecherjagd gehen müssen. Die Szenen, in denen Raudinger sich schämt, mit dem Kleinwagen vor einem Rockerclub oder Nobelrestaurant vorzufahren, gehören zu den lustigsten. Einmal gibt es sogar einen Streit, in dem Raudinger darauf besteht, eine Straßenecke vorher herausgelassen zu werden, und der achselzuckende Floppe in der Kneipe, die ihr Ziel ist, wegen seines klapperigen Autos sofort auf ein Bier eingeladen wird.

»Das ist dein Karren? Und du bist wirklich 'n Bulle? Na, du scheinst aber ja schwer in Ordnung zu sein.«

Als der gereizte Raudinger über die Verbrüderung in Rage gerät und nach Floppes Bier greift, »Ich glaub, bei dir hängt's«, nehmen ihn gleich zwei Kleingangster in die Klemme und befördern ihn nach draußen. Der entspannte Floppe bekommt hingegen genau die Informationen generös mitgeteilt, nach denen Raudinger brüllend verlangt hatte. Am Ende bieten ihm die Ganoven sogar an, dass er sich gerne melden könne, sollte er einmal Lust verspüren, mit »normalen Menschen« zu arbeiten.

Raudingers BMW ist ein solides, seriöses, immer hoch poliertes Fahrzeug, das mit ein paar aufgemalten Streifen den legendären Ford GT von *Starsky & Hutch* nur unzureichend imitieren kann. Der VW ist vollgemüllt und bewegt sich die meiste Zeit am Rande der Verkehrstauglichkeit. Ständig gehen Sachen kaputt, die dann ersetzt werden müssen. Die Beifahrertür ist wegen einer Reparatur hellblau, der Rest des Wagens weinrot. Obwohl Floppe aus Berlin kommt, also keinen auf der Hand liegenden Bezug zu Volkswagen hat, verspottet Raudinger Floppe mit: »Was ihr da oben halt so als Auto versteht«, und verpasst dessen Darsteller eine lebenslange Abneigung gegen VWs. »Das ist was für Spießer und Rentner. Fast so schlimm wie Opel«, sagt mein Vater immer. Es wundert mich, dass er als jemand, der gar kein Auto besitzt, ein so detailliertes System heranzieht, um Menschen nach ihrer Fahrzeugmarke zu charakterisieren. Aber zumindest bei den VWs weiß ich, woher das kommt.

Es ist neblig und kühl, und die Scheibe beschlägt. Tausendmal habe ich Sassan gesagt, er soll die Lüftung reparieren. Ich wische mit dem Ärmel ungelenk ein Sichtfenster an das beschlagene Glas und verziehe dabei das Lenkrad, bringe den Wagen aber gerade rechtzeitig noch in die Spur zurück. Die letzte Bestellung vor Feierabend. Zweimal die idiotische Mama Bavaria, die sich Sassan als Oktoberfest-Special ausgedacht hat. Welcher hoffnungslose Mensch bestellt eine Pizza mit Weißwurst und süßem Senf? Sassan war von Anfang an überzeugt. »Ist doch kultig«, hatte er gesagt, »schreibst einfach Bavaria, tust du Schweinsbraten drauf oder Knödelscheiben oder was weiß ich. Die lieben das.«

Mit »die« meint er natürlich die Bayern. Sassan glaubt, sie ergreifen jede Möglichkeit, sich selbst zu feiern, ganz egal, wie abwegig sie sein mag. Manchmal bin ich fast so weit zu glauben, er ist ein Genie. Aber ein Rest Zweifel bleibt.

»Ja, Sassan, oder sie finden eben, dass das eine Beleidigung für die örtliche Küche hier ist.«

»Sicher. Die Leute gibt's auch. Aber die bestellen sowieso keine Pizza. Die bestellen gar nichts. Gehen gleich in die Gaststätte.«

»Ich find's irgendwie bescheuert.«

Sassan hatte nur mit den Schultern gezuckt und überlegen gegrinst. Seit die Mama Bavaria auf der Karte steht, zelebriert er jede Bestellung seiner fragwürdigen Erfindung. »Ja? Zweimal Bavaria? Sehr gerne«, hängt er am Telefon und grinst in meine Richtung. Dabei ist mir nicht ganz klar, ob er sich für einen Erneuerer hält, der den angestaubten Pizza-Lieferservice in Richtung Fusionsküche revolutioniert, oder ob seine Zufriedenheit die hämische Freude eines Trickbetrügers ist, der mit einem besonders dreisten Coup davonkommt.

Ein Auto hinter mir hupt, ich würge den Wagen ab und fahre dann zu schnell an, sodass die Reifen dabei auf dem Rollsplitt durchdrehen. Ich biege ab, und die Scheibe beschlägt wieder.

»Vielleicht ist nicht die Lüftung das Problem. Vielleicht hast du krassen Mundgeruch. Deshalb beschlägt die Scheibe immer.« Über seinen Witz hat Sassan viel zu lange gelacht. Man kann ihm einfach keine Probleme vermitteln. Immer tut er alles mit Sprüchen ab. Aber fahren muss ich, zweimal Mama Bavaria, ein Tiramisu und eine Literflasche Cola, zu einer Wohnung in Ramersdorf, in der sich ein Pärchen wahrscheinlich einen ruhigen Abend macht, und die Möglichkeit, dass sie die Bestellung von Sassans irrwitziger Pizza eventuell als besondere Köstlichkeit empfinden, die sie sich ausnahmsweise mal gönnen, stimmt mich kurz traurig.

Die Straße müsste schon mal richtig sein, eine Hausnummer kann ich nicht erkennen. Ich wische wieder an meinem Sichtfenster. Ich sehe nicht mal, ob hier rechts vor links gilt oder ob ich auf einer Vorfahrtsstraße bin. Scheinwerfer blenden von rechts auf. Ich bleibe stehen.

Ein rotes, kleines Auto mit einem vertrauten Stern darauf. »Bella Ciao Pizza«. Ich erkenne Franzi hinter der Scheibe und hupe. Sie grinst und winkt. Ich fahre vor und sie gleichzeitig auch. Wir stoppen beide und lachen. Wie peinlich das gewesen wäre. Ich mache eine einladende Handbewegung in Richtung Straße. Sie blendet auf. Ich trete genervt auf das Gaspedal, und es kracht. Der Motor stirbt ab, und es ist auf einmal still. Die Tür klemmt, aber mit dem zweiten Versuch stemme ich sie auf.

»Junge, was soll denn der Scheiß?«, flucht Franzi, »du hast doch sowieso Vorfahrt.«

»Oh Mann.«

Wir stehen an der Kreuzung. Im Nebel, vor uns, voneinander abgeprallt, eingedellt, die Autos. Plastikteilchen und Glassplitter der Stoßstangen und Lichter liegen um sie herum verteilt. Wir haben nicht nur eins, sondern gleich die einzigen beiden Fahrzeuge von Bella Ciao Pizza kaputtgemacht. Sassans größter Albtraum ist übertroffen. In solchen Dingen macht mir so schnell keiner etwas vor. Bühne frei für den unverbesserlichen Anton Lobmeier.

»Was jetzt?«

»Gute Frage. Wir müssen Sassan Bescheid geben.«

»Der wird uns killen.«

»Ich ruf ihn an.« Franzi geht mit dem Handy ein paar Schritte. »Sassan? Ja, sorry für die späte Störung. Also, pass auf, Anton und mir, uns ist da was Dummes passiert … Nein, nicht der Aioli-Dip. Ich würde dich doch nicht wegen einem blöden Dip anrufen …«

Sie ist außer Hörweite, geht ein paar Schritte unter eine Laterne. Zuckt mit den Schultern. Sagt etwas. Nickt und geht ein paar Schritte wieder zurück. Schüttelt den Kopf und schaut in den Himmel. Antwortet. Schaut nach unten und tritt einen Stein weg. »Ja.« Sie kommt wieder näher. »Ja. Ich weiß. Klar. Trotzdem schönen Abend.«

»Was sagt er?«

»Am Ende hat er sich wieder eingekriegt. Er klärt ab, dass morgen einer mit eigenem Auto kommt, und zur Not fährt er selber. Wir sollen uns dann die Küchenschicht teilen.«

Eine Kreuzung in einer Reihenhaussiedlung, zwei Fahrzeuge, die ganz leicht dampfen, wie ein Pärchen, das sich nach dem Saunagang kurz draußen abkühlt. Eine Installation ohne Betrachter, es ist noch nicht mal jemand ans Fenster gekommen. Ich angele den Tabak aus meiner Hosentasche, versuche, den platten Filter wieder in eine runde Form zu rollen, und drehe eine Zigarette. Den Gedanken, den Abschleppdienst zu holen, hat Sassan gleich verworfen. Dafür ist er nicht versichert. »Fahren sie noch?«, hat er Franzi gefragt, »wenn sie noch fahren, fahrt.«

Wir sammeln die kleinen Teile ein. »Wie Muscheln am Strand«, sagt Franzi, und sie hat recht.

Wie schön diese ganze Konstellation ist. Ein abgesplittertes Stück Blinker, wie ein fast perfekter Stern geformt. Ich halte es gegen das Laternenlicht, und die kleinen orangefarbenen Waben leuchten, als flimmere in ihrem Inneren eine unvernünftige Hoffnung. Ich stecke es in meine Jackentasche.

Franzi fährt vorne, weil bei ihrem Auto zumindest noch das linke Vorderlicht funktioniert. Dicht dahinter folge ich und bemühe alles, was ich an Konzentration noch aufbringen kann, um nicht an einer roten Ampel oder Kreuzung noch mal in das bisher unversehrte Heck des anderen Autos zu krachen. Zum Glück ist keiner der Bäcker mehr da, sodass sie dieses rare Highlight im Arbeitsalltag verpassen. Wir werden uns das auch so noch lang genug anhören müssen.

»Ich brauch 'nen Absacker«, sagt Franzi auf dem Parkplatz.

»Wohin?«, frage ich, und sie zuckt mit den Schultern, meint, sie hat keinen Bock mehr, ewig in der Gegend 'rumzukurven, das hier sei ja eh am Arsch der Welt. Sie geht in die Küche und holt ihre Zigaretten und eine Flasche Wein, zum Glück ist noch halbtrockener da, sonst gibt es nur lieblich, und das scheint mir unangebracht. Sie mustert die verbogenen Karossen.

»Zu dir oder zu mir?«

Sie schaltet das Radio ein. Jemand singt mit tiefer Stimme einen Blues. Sie zündet eine Kippe an und nimmt einen Schluck Wein. Sie hält mir die Schachtel hin, und mir kommt lächerlicherweise kurz das Rauchverbot in den Fahrzeugen in den Sinn. »Danke.«

Der Moderator im Radio sagt: »Ihr Lieben, falls ihr da draußen noch auf den Straßen unterwegs seid, passt auf euch auf, es ist neblig, am besten gar nicht erst ins Auto steigen.«

Franzi verschluckt sich und hustet Zigarettenrauch in die Lüftung.

Die Beleuchtung des Parkplatzes strahlt kalt auf das Armaturenbrett. Sie will wissen, was ich außer Pizzaausfahren so mache, und mir ist unangenehm, wie wenig es da zu sagen gibt. Das war das Praktische am Fremdbestimmten. Da hatte ich einen Anspielpartner, auf den ich mich beziehen konnte. Da konnte ich wenigstens vermuten, was der andere hören wollte, und musste mich nicht einfach komplett aus der Luft erfinden.

»Ich arbeite noch in der Marktforschung. Da gehe ich mit Leuten Fragebogen durch. Zu Joghurt hauptsächlich.« Als ich mich das sagen höre, kommt es mir dünn und unzulänglich vor.

»Ansonsten reise ich gern«, füge ich also hinzu, obwohl der einzige längere Trip nach Turkmenistan sich nicht eignet, um davon zu erzählen wie von einem normalen Urlaub. Auf ihre Fragen, wo ich gegessen habe, was meine schönsten Eindrücke waren, kann ich nur unvollständig antworten. Sie lacht und berührt meine Finger an der Handbremse, und ich traue mich, die Berührung zu erwidern, obwohl ich weiß, es ist wahrscheinlich nur der Regen, der jetzt auf das Autodach fällt. Die abfallende Aufregung. Oder der Weißwein aus Tassen, die Kippen, die Musik, die ganze Besonderheit der

Situation. Oder einfach nur Anspannung, die gelöst werden will. Aber, ohne genau vor Augen zu haben, was, hoffe ich, es ist auch noch irgendwas anderes.

Sie nimmt die Hand wieder weg. Zuckt kurz mit den Mundwinkeln. Ich drehe eine Zigarette. Wie stark ich spüre, dass sie da ist, da drüben, auf dem Fahrersitz.

»Was ist?«, fragt sie.

»Ich fühl mich gerade ziemlich zu dir hingezogen.«

»Hab ich schon gemerkt«, sagt sie und nickt in Richtung der eingedellten Motorhaube.

Ich stecke mir die Zigarette zwischen die Lippen, aber sie nimmt sie wieder heraus. Sie will, dass was passiert. Und ich will was passieren lassen. Ihr Mund ist schon ganz nah, so nah, dass der Kuss unvermeidlich ist. Sie atmet aus, und ich spüre die warme Luft an meiner Wange. In ihrem Lächeln liegt bis kurz vorher noch ein leichter Spott, eine kleine Ironie, eine flüchtige Albernheit, aber als unsere Nasen sich berühren, verfliegt jeder Rest davon. Unsere Lippen liegen aufeinander wie bei einem kleinen Abschiedskuss, aber sie zieht nicht zurück. Ich öffne meinen Mund. Sie lässt ihre Zunge Millimeter für Millimeter frei, fast gewaltsam betastet sie meine Zähne, langsam und prüfend an scharfen Kanten entlang.

Ich küsse sie zurück und frage mich, ob das Teil von etwas Größerem wird. Ich will das nicht mehr: etwas zu verlieren haben. Der Angst nachhorchen, dass sie sich von mir entfernt, in kleinen Verschiebungen des Tonfalls, in der Art, wie sie sich abwendet, wie sie ihre Tasse ein bisschen zu fest absetzt, wie sie früh morgens nach Hause kommt, weil sie wieder mal jemanden von früher getroffen hat, weil sie nicht nach Hause wollte, dahin, wo ich bin, zu mir.

Und ich will auch nicht darüber nachdenken, will nicht alles in die Waagschale werfen, jede Gemeinsamkeit abwägen, jeden schönen Moment als Guthaben abspeichern, als Beweis, dass wir unser Leben gegenseitig ein bisschen besser machen. Ich will das alles nicht, aber als sie mich fragt, was los ist, sage ich: »Nichts«, und küsse sie noch mal.

Ein Abschied, kein Kuss, nur die Hand ein bisschen zu lang gehalten. Als ich den nassen Gehweg hinuntergehe, spüre ich Melancholie. Weil ich es schon längst geschafft habe, um wenig herum eine ganze tragische Liebe aufzubauen. Und dennoch ist da etwas, das mich hoffen lässt. Da wartet etwas auf mich, das mich bewegt. Auch nachdem ich alles losgelassen habe, ist da etwas Unkontrollierbares. Etwas, das mich verwirrt und verstrickt und mich ins Kippen bringt, und ich weiß nicht, ob das gut oder schlecht ist.

Die Schicht am nächsten Tag ist so zäh, wie zu erwarten war. Immerhin hält mich die Routine davon ab, zu viel nachzudenken. Franzi und ich schneiden Salate klein, belegen Pizzen, räumen Aioli-Dip in den Kühlschrank und kneten Teig. Meine Muskeln schmerzen, obwohl die Maschine ihn schon vorgeknetet hat. Ich drücke den Thunfisch in das Sieb, damit das Wasser abläuft. Das ist überhaupt das Schlimmste, der Thunfisch, Handschuhe hin oder her, das riecht man noch den ganzen nächsten Tag an den Fingern, und es kommt mir vor, als ob heute besonders viel Thunfisch gedrückt werden muss. Und wir? Ein paar Blicke trauen wir uns, ein paar angedeutete Lächeln. Sie scheint es nicht zu bereuen, aber sieht sie es als etwas, das man besser auf sich beruhen lässt? Ich spüre genau, wo sie im Raum ist, spüre die nicht übertriebene, aber betonte Entfernung, mit der sie um mich herumgeht.

Zwischendrin stürmt Sassan abgehetzt rein. Seine Laune hat sich gebessert. Er nennt Franzi und mich »meine Spezialisten«, fährt wie ein Besessener Pizza aus, vergisst den Aioli-Dip wie jeder.

»Ist gut jetzt«, sagt er am Ende des Tages, als wir noch die Arbeitsplatten wischen, »könnt schon gehen.«

Über die Schulter sehe ich, wie er den Kopf schüttelt und seine Schultern zucken, wie er so lautlos in sich hineinlacht.

12

Zwei eingedellte Autos desselben Pizzaservices sind schon ein respektables Malheur, aber der große Anton Lobmeier trüge seinen Namen zu Unrecht, könnte er nicht auf ganz andere zurückblicken. Im Vergleich zu üblichen Missgeschicken empfand ich dieses als etwas milder. Die ganz große Fallhöhe kommt ja erst ins Spiel, wenn sich jemand wie verrückt ins Zeug legt. Wenn ein Mensch das Gefühl hat, alles stünde auf dem Spiel. Und wenn er ein Publikum hat, dessen Urteil er fürchtet. So wie der emsige Anton Lobmeier bei seiner ach so wichtigen Präsentation.

Ich fuhr den Computer runter. Eine letzte Kalkulation mit dem Stand der Zielerreichung hatte ich verschickt, Mails zur Nachverfolgung markiert, die Kunden mir Freitagnachmittag oder -abend zu schicken pflegten, wenn sie für Rückfragen nicht mehr erreichbar sein würden. Immer ging es um kontroverse Punkte, die sie die ganze Woche lang aufschoben, um sie mir dann in letzter Sekunde vor den Latz zu knallen. Sich mit strittigen Themen auseinanderzusetzen, war ihnen zwar unangenehm, aber das vage Gefühl, die Mail aufgeschoben zu haben, würde das ganze Wochenende lang noch unangenehmer wiegen.

Als ich ging, begleitete mich ein vertraut surrender Stress. Ich wusste, dass er sich erst nach drei bis vier Bier wieder legen würde, vielleicht aber auch über den ganzen Abend hinweg gar nicht, ein Rhythmus aus unruhig gerauchten Zigaretten und unaufmerksam geführten Gesprächen, eher ein leichtes, nagendes Unwohlsein als wirklich die Art Stress, die sich über die Kopfhaut legt und die Haarwurzeln zum Jucken bringt.

Ein körperlicher Job, das wäre es, dachte ich immer, da wird man natürlich auch gestresst, aber ich vermutete dennoch, dass eine schweißtreibende Arbeit anstelle der unangenehmen Rastlosigkeit echte Wut in mir heraufbeschwören könnte, eine Art Wut, aus der ich Energie ziehen könnte.

Sophia hatte mir den Zahn aber schnell gezogen. Ob ich schon mal richtig angepackt hätte? »Da tut dir alles weh. Mit Wut ist da nicht mehr viel. Jedenfalls nicht auf so eine selbstbezogene Art und Weise.«

Ob sie aus eigener Erfahrung sprach, wusste ich nicht. Aber bei der Bestimmtheit, die sie ausstrahlte, spielte das auch keine Rolle. Über ihre Eltern hat Sophia nie etwas erzählt, und auch sonst weiß ich nicht viel darüber, wie sie aufgewachsen ist. Ich weiß nicht mal, ob sie das Abitur hat. Dass sie das Gymnasium überhaupt besuchte, weiß ich nur von einer abfälligen Anekdote über Mitschüler, die sich über ihren alten Peugeot 205 lustig machten. Sie hatte ihn sich mit endlosen Spätschichten im Café, auch unter der Woche, erspart und fuhr die alte Kiste mit Stolz und, wie ich mir vorstelle, mit quietschenden Reifen, mit einer Hand lässig aus dem heruntergekurbelten Fenster aschend. In ihrer Klasse bekamen einige ein Auto zum achtzehnten Geburtstag geschenkt. Und auch die anderen hatten mehr als genug

Geld, um sich was Besseres zu kaufen. Merkst' was? Es war eine Schule voller Schnösel.

»Danach bin ich nicht mehr hin«, sagte Sophia und wechselte das Thema. Ob sie diese spezielle Schule oder die Schule allgemein damit meinte, war mir nicht klar. Was sie ansonsten durchscheinen ließ, war widersprüchlich.

Wenn man über etwas sprach, das man für erklärungsbedürftig hielt, reagierte sie schnell empfindlich: »Ich weiß, wer fucking Žižek ist. Nur weil ich nicht studiert habe, bin ich nicht völlig vor den Bus geknallt.«

»Tschaikowski. Diese Wehleidigkeit, aber nicht mal so, dass man sich ganz darin vertiefen könnte, sondern nur so eine oberflächliche, nörgelige Trauer. Selbstinvolviert. Und dann die ganzen Wiederholungen. Da geht's dann noch mal und noch mal und noch mal.«

Andererseits konnte sie aber auch gereizt sein, wenn man etwas als allgemeinhin bekannt voraussetzte.

»Und wer ist das, wenn es keine Umstände macht, das zu erklären? Aha. Woher zum Teufel soll ich das wissen? Mir standen nicht die gleichen Bildungswege offen wie dir.«

Immer noch von der Arbeit gereizt und unruhig, hungrig, aber appetitlos, stand ich mit Doro bei der Eröffnung eines Pop-up-Stores. Den Namen habe ich vergessen. Graffiti waren mit Schablonen an die Wand gesprüht worden, um kenntlich zu machen, dass es sich um eine Zwischennutzung handelte. Die Bar war auf Bierkisten aufgebaut und sollte vielleicht einen improvisierten Eindruck erwecken, aber das Limonaden-Logo in geordneter Reihung war dasselbe wie bei der Beklebung der Kühlschränke, und die gleichen

Bierkisten standen mit passend zurechtgeschnittenen Sitzpolstern als Hocker im Raum verteilt. Doro lächelte, als sie jemanden erkannte. Was für ein schönes Lächeln, aber es galt nicht mir.

»Hey, James.«

Er umarmte Doro kurz und herzlich, und ich fragte mich, ob er sich zu ihr hingezogen fühlte und ob er auch ihre Grübchen und ihren staksigen Gang bemerkte. Manchmal brauchte ich die Urteile anderer Augen, um mich selbst von meiner Zuneigung zu überzeugen.

»Hey.« James gab mir die Hand, ein nicht zu fester, aber sicherer Druck. Wie immer schien das Lächeln um seine Mundwinkel darum zu bitten, eine Überlegenheit zu entschuldigen, für die er selbst nichts konnte. Ein Filzhemd, Chino, sportliche Lederschuhe, überall würde er hineinpassen, nirgends komplett aus dem Rahmen fallen. Oberflächliche Gespräche fielen ihm leicht. Er fragte, wie es gerade in meinem Job lief, der übliche Small Talk. Auf meine obligatorische Nachfrage, was er denn gerade überhaupt treibe, sagte er: »Ach, so dies und das, kennst mich ja, ich brauch immer so meine Projekte, sonst werde ich unruhig.« Dann wischte er alles mit einer pragmatischen Ernsthaftigkeit beiseite, als ob er nun zu dem wirklichen Kern des Ganzen überleitete, und fragte, was wir trinken wollten.

Während er die Getränke holte, informierte Doro mich, dass James kürzlich mit einem bundesweit ausgeschriebenen Preis für Jungunternehmer ausgezeichnet wurde. »Aber er ist ja immer so bescheiden«, schaute sie ihm kopfschüttelnd hinterher.

Ich sagte dazu nichts, aber vermutete, dass das Kalkül war. James vertraute darauf, dass die Leute seine Verdienste statt seiner selbst schon weitererzählen würden, sodass sie ihn nicht nur für erfolgreich, sondern auch für bescheiden hielten. Obwohl ich das Gefühl hatte, ihn zu durchschauen, wollte ich ihm gefallen, das merkte ich immer wieder daran, dass ich zu viel preisgab, zu viel redete, mich widerwillig freute, wenn er über meine Witze lachte, und mir selbst schwach und zerbrechlich vorkam, innen wie außen, mit zu schmalen Handgelenken und flattrigen Nerven, die jederzeit in alle Richtungen auseinanderfliegen konnten. Vielleicht hatte ich die Hoffnung, dass etwas von James' Sicherheit auf mich abstrahlen würde.

»Wir sehen uns ja dann zu Hause«, sagte er zum Abschied.

Normalerweise war James ständig irgendwo unterwegs und kaum in der WG. Dass er ausgerechnet in der Zeit vor meiner Präsentation in München war, hat mich noch angespannter gemacht, hat mich noch mehr als sonst ein Erfolgserlebnis ersehnen lassen, eine Bestätigung, die das Gefühl eindämmen könnte, mir fehlte etwas im Vergleich zu ihm.

Mein Chef fragte, ob ich wegen des Vortrags nervös sei. Meine Antwort: »Na ja, ein bisschen vielleicht, aber das ist ja wohl normal«, nahm er wieder einmal als Vorlage dazu, seine Weisheiten für alle Lebenslagen mit mir zu teilen, in einem gönnerhaften Tonfall, als hätte ich ihn auf Knien darum gebeten. Er verfiel in seine alte Leier über Autosuggestion. Dass ich Affirmationen wählen sollte, Sätze, die sich mit jeder Wiederholung stärker in mein Selbstverständnis graben würden. »Ich bin ganz ruhig. Ich kontrolliere mein Handeln. Ich bin jederzeit Herr der Lage.« So etwas eben. Wie immer kam er auf die Kassetten zu sprechen, klar könne man sich auch mit dem Handy aufzeichnen, aber die Haptik einer echten Kassette, die verankere alles noch einmal viel tiefer. »Wenn man sie im Schlaf hört, geht das direkt ins Unterbewusstsein.«

Ich teilte ihm nicht mit, dass ich das alles schon längst ausprobiert hatte. Und was hatte es mir gebracht? Einen demütigenden Spitznamen, den ich nie wieder loswerden würde. Der große Anton Lobmeier.

»Mit Meditation und autogenem Training ist das so: Es werden weniger Stresshormone ausgeschüttet. Und die Bereiche für Aufmerksamkeit werden größer. Alles messbar. Alles dokumentiert.«

Ich könnte mir das sicherlich nicht vorstellen, holte der Chef aus, aber er habe früher sehr mit Wutanfällen zu kämpfen gehabt.

Ich konnte es mir vorstellen. Ich hatte die weißen Knöchel bemerkt, wenn er die Fäuste kurz ballte, bevor er den Telefonhörer abhob. Hatte die Ausholbewegung seines Fußes gesehen, als er sich das Knie am Mülleimer stieß, den das Reinigungspersonal wieder einmal nicht unter den Schreibtisch zurückgeschoben hatte. Ich hatte gehört, wie sich unter Stress seine Kehle verengte, sodass jedes Ausatmen hart begann, wie mit dem Druckablass eines unbekannten Konsonanten. Und ich hatte gesehen, wie er all das unterdrückte und komprimierte. Wie er den Hörer nahm und in souveränem, jovialem Ton seinen Namen nannte und fragte, wie er helfen könne. Wie er den Putzmann ruhig darum bat, eine Kleinigkeit nur, aber es wäre sehr nett, wenn er zukünftig doch den Mülleimer dort nach dem Entleeren aus dem Gang bewegen könnte, ja? Das wäre ganz fantastisch, besten Dank.

»Haben Sie eine Freundin?«

»Ja«, sagte ich zögernd.

»Wie lange schon?«

»Wir sind jetzt bald fünf Jahre lang zusammen.«

»Ach doch, ich erinnere mich. Sie war bei dem Empfang von Shanahan Legal dabei, nicht war? Sehr sympathisch, wirklich, attraktive Frau.«

Gegen meinen Willen fühlte ich mich aufgewertet.

»Ihre Freundin hat Ihr Gehirn verändert. Wussten Sie das? Alle möglichen Verhaltensmuster graben sich ein, in ähnlichen Situationen immer wieder, die ganze Art zu kommunizieren, das alles bildet sich in den Hirnarealen ab. Besonders, wenn man so viel Zeit miteinander verbringt wie mit dem Partner. Das könnte man direkt auf einem Scan sehen, wie manche Bereiche sich vergrößern.«

Doro hatte mein Gehirn verändert. Ich ihres auch. Und wir waren noch nicht fertig damit. Manchmal reichten kleine Zwischentöne, um die harmlosesten Gespräche aus der Bahn zu werfen und unsere Empfindlichkeiten und Unzufriedenheit durch alle Nähte platzen zu lassen. Keiner von uns tat das absichtlich. Trotzdem hatte es eine gnadenlose Unausweichlichkeit.

»James meinte neulich, er steigt jetzt bald zum Geschäftsführer auf«, sagte Doro.

»Ach komm, James labert doch auch nur«, antwortete ich.

Sie zuckte mit den Schultern und schüttelte kaum merklich ihren Kopf.

»Was?«

»Nichts.« Sie drehte sich weg, ging ins Wohnzimmer, ließ sich auf die Couch fallen und schlug demonstrativ eine Zeitschrift auf.

Aber diesmal ließ ich mich nicht abschütteln. »Sag schon, komm schon. Was ist los?«

Was ich gegen James hätte.

»James ist ein aufgeblasener Sack.«

»Ja, das mag manchmal schon sein. Aber warum regt dich das so auf? Warum musst du dich immer so vergleichen? Was James macht, hat gar nichts mit dir zu tun. Kümmere dich mal lieber um deine Sachen. Weißt du, was ich heute gefunden hab?« Sie lief in die Küche und kam zurück. »Das war auf dem Balkon unter einem Handtuch.«

Ich schaute in den Topf. Eine weiß fedrige Masse aus Flaum. Sie roch säuerlich. Das Gulasch war kaum mehr zu erkennen. Gratulation, sie konnte ihren Punkt sogar unterstreichen, hatte eine Metapher für meine Ziellosigkeit, dafür, wie ich Dinge zum Modern brachte, übersah, missachtete, verkümmern ließ. Sehr plastisch.

»Du musst mal in dich reinhorchen, was du wirklich willst. Und es dann einfach durchziehen.«

Mal in mich reinhorchen. Ich versuchte es kurz, stützte meinen Kopf in die Hände, schloss die Augen. Aber es dröhnte in mir, ich konnte keine einzelne Stimme ausmachen, alles übertönte sich in Bildern von Wollen, Verlangen nach einer unerreichbaren Anerkennung.

»Was ist?«, fragte Doro.

»Nichts.«

Ich verlor den Faden. Es ging doch gar nicht um mich. Es ging um James.

»Natürlich geht es um dich. Weil du dich gleich angegriffen fühlst, nur weil irgendwer irgendwas erreicht. Der arbeitet nicht mal mit dir zusammen. Da ist auch Zufall dabei. Ich hab mich nur für ihn gefreut, das ist alles. Und du beziehst das trotzdem auf dich.«

Dass ausgerechnet ich jetzt meinte, jemand anderes wäre aufgebläht, das sei halt mal wert, infrage gestellt zu werden. Aber ich wollte nicht infrage gestellt werden.

»Ich will einfach unterstützt werden.«

»Die kriegst du ja, deine scheiß Unterstützung«, sagte sie, nicht ein Mal habe sie irgendeine Idee von mir für bescheuert erklärt, aber irgendwann, irgendwann, eines schönen Tages, müsse man doch mal aufwachen und sagen, ich fühle mich fit, ich fühle mich tatkräftig und dann: Einfach. Mal. Etwas. Probieren. Gottverdammt. Ganz unabhängig davon, was irgendwer anderes dazu sagt oder dazu meint.

»Das würde dir guttun. Aber du machst ja nie das, was dir guttut.«

Und ich spürte eine vertraute, ambivalente Angst. Davor, dass sie mich verlassen würde, und davor, dass wir zusammenblieben.

Einen weitaus pragmatischeren Zugang zur Alltagsbewältigung konnte ich am nächsten Morgen wieder aus nächster Nähe erleben.

»Was trag ich meinen Kater auf einen Kindergeburtstag, ey«, zischte mir Sophia zu und drückte sich vorbei. Sie ging zum Kühlschrank, wobei sie Pascal mit einem »Sorry, darf ich mal« zur Seite schob, als wäre er ein Passant, der umständlich im Weg herumstand, und kein verträumter Dreijähriger, der gerade an sonst was gedacht hatte, aber ganz sicher nicht an eine rund zehnmal so alte Frau, die Sonnenbrille trug, obwohl nicht wirklich viel Licht in den Raum fiel, und jetzt hektisch Tupperdosen und eingeschweißte Käsescheiben aus den Fächern sortierte, bis sie, »Geil, Mann«, eine Cola gefunden hatte, die sie ansetzte und in einem Zug bis auf ein Drittel ihres Volumens leerte. Irgendwie gab das Pascal den Rest, den Blick schreckhaft fasziniert auf Sophia gerichtet, zitterten seine Mundwinkel, und er begann zu weinen.

»Na, Kleiner, was haste denn?«, begann Sophia, verlor aber dann den Faden und machte nach einer kurzen Pause eine abwinkende Handbewegung, als wäre sie gerade dabei gewesen, sich in etwas Überflüssigem zu verzetteln.

»Tut mir leid«, sagte Melanie und hob Pascal auf ihren Arm, »war alles ein bisschen zu viel für ihn.«

»Das Gefühl kenn ich«, sagte Sophia, trank den Rest der Flasche aus, und ein seltsamer, kehliger Laut stieß ihr auf, wie ein Vokal aus einem fremden Alphabet.

»Er ist auch schon ein bisschen drüber. Er ist müde.«

So müde sah er gar nicht aus, Pascal, wie er sich jetzt in ihrem Arm trotzig hin und her warf und mit dem Ellenbogen ein Stück Kuchen von der Kommode fegte.

»Die ganzen fremden Leute …«

»Klar.«

Es wirkte fast so, als rechtfertigte Melanie ihr Kind vor der verkaterten Sophia mehr als vor jedem anderen Menschen. Vielleicht sehnte auch sie sich danach, dass ihr Leben unter ihrem Blick standhalten konnte. Trotz der Eigentumswohnung, trotz des Wickeltisches, trotz der beiden geregelten Einkommen musste es doch etwas geben, das sie verband. Und ich verstand sie.

13

Ich trage ein ganz besonderes T-Shirt, ein Prunkstück meiner Sammlung, das tragischer ist als die meisten, weil es auch noch peinlich ist. Ein weißes T-Shirt mit weiten Ärmeln. Unter dem Rundhalsausschnitt prangt ein schwarzes Opel-Logo, allein das schon herrlich, wie für meinen Vater der Wagen immer das Zeichen des Stillstands war, wie das Loser-Image an der Marke klebt. Links unterhalb davon das Emblem des FC Bayern, in einer Gestaltung, die nur in den späten Neunzigerjahren als modern hat betrachtet werden können: mit einem Glanzeffekt auf einer dreidimensionalen schwarzen Scheibe. Dann darunter eine weitere kleine Freude für das Liebhaberauge, das Adidas-Zeichen, aber nicht das schöne ikonische Blatt, sondern die abgesägten Stumpfstreifen in aufsteigender Reihenfolge, angeblich einen zu erklimmenden Berg symbolisierend. Der Absturz kommt gewiss, und der Zeitpunkt ist auch schon angegeben, vage, in einer schlimmen, zackig gerierten, Handschrift simulierenden Computertypografie: »26. Mai 1999, Camp Nou, Barcelona.« Rechts oben neben dem Bayern-Emblem aber das wahre Highlight: »We Are the Champions of Europe«, das Wort »Champions« natürlich in Bayern-Rot, der Rest in dem edelsten Gold, das ein MS-Paint-Programm in Windows 95 ausspielen konnte.

Die Shirts wurden schon verteilt, an der Ersatzbank der Bayern im Champions-League-Finale, noch drei Minuten Nachspielzeit, aber nicht so schnell meine Freunde, da gibt es noch mal Ecke, da biegt Beckham noch mal so eine Flanke rein, da ist der Teddy Sheringham, so ein sympathischer Name, aber da zappelt der Ball im Netz, und das Tor zählt, obwohl Oliver Kahn gerade den Reklamierarm erfindet, und als du dich berappelt hast und noch denkst, da kommt die Wiederholung, schickt Beckham schon die nächste Ecke in die Mitte, und Solskjær hält den Fuß rein, aus das Ding, viel Glück nächstes Mal, und wohin jetzt mit der Siegerkappe, die Basler an der Seitenlinie schon auf hat? Wohin mit den T-Shirts, Opel, FC Bayern, We are the Champions of Europe? Natürlich über Umwege, Sammler, zwei Jahrzehnte später zu jemandem, der es wirklich zu würdigen weiß. An die Brust des großen Anton Lobmeiers.

»Ach … hey, Anton. Anton, Andi, Andi, Anton.«

Ich habe mich schon oft darauf gefasst gemacht, Doro mit ihrem neuen Freund zu treffen, in der Nähe der WG-Wohnung, bei Partys von Freunden, in Cafés, in denen wir früher öfters waren. Aber es kommt ja dann doch immer anders. Sie sitzen beim Stadtteil-Flohmarkt hinter einem Tisch und haben kistenweise Plunder aufgereiht. Ich erkenne ein paar Gegenstände. Ein Flaschenöffner in Form einer Bierflasche. Die Ohrringe mit Federn dran. Die Stoffgiraffe versetzt mir einen kleinen Stich. Andi gibt mir die Hand. Das ist also der Typ. Natürlich ist er nett. Eine zielstrebige, gesammelte Nettigkeit, eine Weise, die meiner fahrigen, unstimmigen Art überlegen ist und immer sein wird.

»Danke übrigens für das Buch«, sagt sie, und ich mache eine abwehrende Handbewegung. Kurz bleibt ihr Blick an der Narbe in meinem Gesicht hängen, aber sie fragt nicht danach. Stattdessen will sie wissen, was ich so mache.

»Ich fahre Pizza aus.«

»Pizza?«, fragt Doro perplex, während Andi schon einspringt und sagt, das klinge ja abwechslungsreich.

»Da kommt man doch bestimmt viel rum und lernt viele Leute kennen?« Und er sagt das nicht süffisant, sondern hat sich in Windeseile darum bemüht, interessante Aspekte daran zu finden, sein Verlangen nach Harmonie dringt aus allen Poren. »Ich könnte mir auch vorstellen«, bitte nicht, »das mal zu machen«, übertreib es nicht, »so zwischen Jobs«, hör auf, »eine Zeit lang.«

Eine Zeit lang. Doro, die immer gesagt hat, es ist schön, solange es dauert. Die das Ende schon immer mit eingerechnet hat, die gesagt hat, auch wenn wir uns trennen, werde ich die Zeit nie vergessen. Jetzt ist es passiert. Da haben wir es. Wie sie wohl jetzt über die Zeit denkt? Andi hebt die Hand und geht, als wäre ihm gerade etwas eingefallen, ein paar Schritte weiter zum nächsten Stand. Jetzt sitzt nur noch Doro da und sieht ein bisschen besorgt aus. Aber dafür gibt's gar keinen Grund.

Ich wünsche ihr alles Gute. Ich wünsche ihr, dass sie findet, was sie sucht. Ich sage ihr, dass sie das Beste verdient. Das ist natürlich meine Art, sie zu verletzen.

»Was willst du für die Giraffe?«

»Anton …«

»Nein, ehrlich, was willst du für die Giraffe?«

»Nimm sie. Geschenkt.«

»Ehrlich?«
»Ehrlich.«
»Danke.«

Ich ziehe weiter. Mein Handy vibriert. Ein Text von Franzi: »Hey, du Bruchpilot. Heute schon was zu Schrott gefahren? Was machst du die Tage?« Ich atme durch. Es tut gut, von ihr zu hören. »Morgen was essen gehen?«, schreibe ich zurück. »Du erkennst mich an der Halskrause. Auf weitere Schleudertraumata.« Die Giraffe gebe ich an der nächsten Straßenecke einem Mädchen. Der Vater bedankt sich überschwänglich und versucht, auch seiner Tochter irgendeinen Dank zu entlocken, aber sie schaut die Giraffe nur prüfend an, mit einer rührenden Ernsthaftigkeit, und ballt ihre Hand so fest um den Hals des Stofftieres, dass ich eine Beengung in der Kehle spüre.

Auf dem Jahrmarkt war mir die Giraffe in dem Automaten wie ein Omen erschienen, es war doch schließlich Doros Lieblingstier, die Fotos vom Afrikaurlaub hingen in der Küche an der Wand. Ich wechselte meinen letzten Zehneuroschein für den einen mir verbliebenen Versuch in Münzen. Ich bewegte den Greifarm mit dem Hebel in die Richtung der Giraffe, die Kralle griff nach ihr, erwischte gerade so viel von ihrem Hals, dass sie das Plüschtier zitternd anheben konnte. Der Arm machte sich auf eine unsichere Reise über den ganzen anderen Kram, und ich bangte, weil ich hoffte, wenn die Giraffe es schafft, dann wird vielleicht alles gut, dann fällt auch vielleicht alles andere wieder an seinen Platz. Wie erleichtert ich war, als ich das kleine Spielzeug fest mit den Händen umschloss und zur U-Bahn zurücklief. Mein eigenes Gewicht kam mir hoch vor, als ich die Stufen der Rolltreppe hochging. Oben drehte sich eine Zigarettenkippe im Stufenbett, tänzelte verzweifelt, schaffte es nicht, die Schwelle zu übertreten. Um sie herum senkte sich eine Stufe nach der anderen mit scharfen Zähnen in das Plateau, oben angekommen unter Gleichen.

Als ich in die Wohnung kam, hörte ich einen kurzen Aufschrei aus dem Wohnzimmer und ging nachsehen. Doro saß vor dem Fernseher, im Schneidersitz, vornübergebeugt, die Augen starr auf den Bildschirm gerichtet.

»Was ist denn da los?«, fragte ich, und sie erklärte mir, dass Irland gegen Spanien spielte, noch nie hätten es die Iren in ein Achtelfinale geschafft, und jetzt käme gleich das Elfmeterschießen.

»Das ist doch eine Wiederholung. Das ist doch schon ewig her«, sagte ich.

Darum ginge es doch gar nicht, eine Dokumentation sei das, sagte sie, aber ich müsse mir das mal vorstellen, die irischen Fußballer hätten diesen einen Moment, auf den ihr Leben zugelaufen sei, einen Augenblick, der ihre Erinnerungen ab jetzt prägen würde, eine definierende Prüfung, wo wenigstens einmal richtig was auf dem Spiel stehe.

Ich setzte mich neben sie. Mit dem nächsten Elfmeter konnte Spanien, der haushohe Favorit, das Weiterkommen klarmachen. Und Gaizka Mendieta ging ein paar Schritte, legte den Ball noch mal zurecht, nahm Anlauf. Er schickte den Ball auf den Weg, in Richtung Tormitte, Millimeter am

Fuß des hechtenden Shay Given vorbei, über die Linie. Die Iren senkten die Schultern.

»Ich geh kurz trainieren.«

»Mh«, machte sie.

Mein Bizeps kontrahierte sich, ich verfolgte es im Spiegel. Mit jeder Wiederholung, mit jedem Atemzug fühlte ich mich ein bisschen sicherer, ein bisschen mehr gewachsen. Jede Anstrengung eine kleine Verletzung der Muskelfasern, und darum ging es ja schließlich, oder nicht? Blessuren aufzunehmen, sie zum Teil meiner selbst werden zu lassen, alles umzuwandeln, was auf mich einwirkte, und mich stärker und stärker werden zu lassen. Aber ich hätte schon in diesem Moment wissen müssen, dass Verletzungen nur stärkere Verletzungen nach sich ziehen. Und je vehementer man es probiert, umso mehr schmerzen sie. Wenn schon die Giraffe ein Omen war, dann war das Elfmeterschießen noch ein stärkeres. Das ist mir vertraut. Wenn das einer weiß, dann der große Anton Lobmeier.

Auch wenn es nur ein Sommerturnier von deinem Fußballverein ist, willst du es natürlich gewinnen. Deine Eltern schauen zu. Deine Mitschüler. Valerie aus der Parallelklasse. Es geht gegen die Nachbarorte, das sind die Spiele, die wirklich zählen. Und wenn der eigene Verein dann im Elfmeterschießen steht, dann willst du natürlich antreten. Wie viele Elfmeterschießen würdest du denn schließlich erleben? Nicht so viele. Und wenn du schon mal Publikum hast, warum nicht eine kleine Showeinlage? Mit deinem Schuss kannst du das Finale entscheiden. Was wäre naheliegender, als diese Prüfung mit einem Extra an Stil abzulegen? Zum

Beispiel, indem du die Hose hochziehst, bis unter deine Achseln, und im Watschelgang anläufst. Wenn du wie ein überdrehter Charlie Chaplin anläufst und den Ball versenkst. Sicher, man kann darüber diskutieren, ob das nicht respektlos ist. Man kann auch geteilter Meinung darüber sein, ob das wirklich lustig ist oder einfach nur kindisch. Aber alles in allem wäre das doch ein solider Auftritt.

Jetzt stell dir aber vor, du vertrittst dich im entscheidenden Moment in einer Unebenheit im Rasen. Dein Knie gibt nach, und du hörst ein fürchterliches, alles durchdringendes Knacken, während dein Schussbein ungebremst durchschwingt und den Ball auf eine Reise schickt, die in einem steilen Bogen fünf Meter über die Torlatte führt und erst auf dem Basketballplatz hinter der Umzäunung zu ihrem Ende findet. Stell dir vor, wie dir die Tränen in die Augen schießen. Wie alle lachen und niemand bemerkt, dass du dir eine schwere Knieverletzung zugezogen hast. Wie der nächste Schütze seinen Elfmeter trocken versenkt. Wie die Gegenspieler jubelnd übers Feld laufen und die Hosen hochziehen, vor dir umhertanzen, deinen Lauf nachäffen, dir ins Gesicht lachen, während du immer noch auf dem Boden liegst.

Mein Missgeschick verfolgte mich noch lange. In der Schule, im Getränkemarkt, sogar in der Gemeindebibliothek, überall, wo mehr als zwei Jungs beieinanderstanden, griffen sie an ihren Gürtel und zogen die Hose hoch. Eine Zeit lang wurde es so etwas wie mein Salut. Der Salut an jemanden, der nicht nur versagt hat, sondern sein Versagen auch noch angekündigt hat, der nicht ausgedrückt hat, seht her, für euch reicht es, wenn ich auf die bescheuertste Weise anlaufe, sondern sich selbst so auf die Bühne gestellt hat, hier kommt der Clown, da läuft der Clown, da versagt der Clown in einer perfekten Choreografie der Selbstvernichtung.

»Hallo«, sagte ich, als ich wieder ins Arbeitszimmer kam.

»Hey.« Doro klang frustriert.

»Was ist los?«

»Ich bin unzufrieden.«

Wenn ich nur so strebsam wäre. Unbeirrt las sie ein Buch nach dem anderen, freute sich über jeden kleinen Fortschritt, klappte natürlich auch mal frustriert den Laptop zu, aber am nächsten Tag ging es unbeirrt weiter. Sie hatte verstanden, dass kleine Schritte nötig sind. Und gerade weil sie wusste, wie langsam es vorangeht, konnte sie so schnell so gut im 3-D-Modeling werden. Mir fehlte beides, die Geduld wie die Beharrlichkeit. Während sie vor dem Computer saß, fragte ich mich, ob ihr Leben wirklich so klar strukturiert war, wie es mir vorkam. Ob sie das, was ihr nicht guttat, wirklich von sich fernhalten konnte oder ob es irgendwann aufbrechen würde.

Ich umarmte sie von hinten und legte mein Kinn auf ihre Schulter. Sie bewegte den Zeiger über die Animation für ihre Abschlussarbeit. Fuhr den offenen, von Bäumen gesäumten Platz entlang, streifte über die Bänke in ihrer regelmäßigen Anordnung. Das Muster, das den Beton auf der freien Fläche blass maskierte, zeigte erst auf den zweiten Blick zerfaserte Bahnen, die sich berührten, begleiteten, wieder verloren und dabei ins Leere liefen. Treppen führten den Hang hinauf, knickten dabei in scheinbar zufälligen Winkeln ab. Das war der Grundgedanke. Klare Formen, klare Funktionen von Papierkörben, Sitzgelegenheiten, Grünflächen, Beleuchtungselementen in schlichter Geometrie. Aber die Wege dazwischen offen, frei, nicht vorgegeben und auch nicht auf kurze, lenkende Verbindungen von A nach B ausgelegt. Das Konzept und der Unterbau im theoretischen Teil der Arbeit waren mindestens so wichtig wie das Modell selbst, hatte sie mir erklärt.

»Sieht doch gut aus.«

»Die Bäume find ich nicht schön so.« Sie wählte einen spitz zulaufenden von ihnen aus und ersetzte ihn durch eine bauchigere, gedrängtere Variante. Sie wand sich aus meiner Umarmung und strich mir über die Hüfte.

In der Animation schien die Sonne, und die Landschaft war mit Menschen belebt. Eine Frau joggte, Pärchen überquerten umschlungen den Platz, ein Mann schob einen Kinderwagen, vereinzelt saßen Leute auf den Bänken oder lagen auf dem Rasen. Ihre Konturen waren verschwommen, sodass sie aussahen wie verwaschene Geister, die verzweifelt darum kämpften in eine eigene, endgültige Form zu finden. Und keiner von ihnen wirkte so, als wisse er, wohin er wollte und warum. Ich fühlte mich ihnen auf einmal sehr nah.

Doro berührte meine Hand, als sie sich vorbeizwängte und ging. Würde das alles wieder gut werden? Es war ja früher auch immer wieder gut geworden. Unsere Urlaubsbilder hingen an dem Kühlschrank. Mein Foto war in ihrem Geldbeutel. Ihre Eltern kannten mich. Sie hatte in der vorherigen Woche noch gesagt, dass sie mich liebte. Wir hatten diese Witze, die nur wir verstanden. All das rechnete ich auf, all das sammelte ich als Beweise dafür, dass sich das wieder einrenken würde. Die Giraffe fiel mir ein, auf der jetzt meine irrationale Hoffnung lag.

»Warte kurz«, ich öffnete meinen Rucksack, »ich hab dir was mitgebracht.«

Doro schaute mich überrascht an, nahm die Giraffe aus meiner Hand, lächelte und fragte: »Wo hast du die denn her?«

Ich wünschte, ich hätte sie an einem Schießstand geschossen, anstatt zu hoffen, dass eine Kralle aus Draht sie sicher ans Ziel brachte.

Sie nahm mich kurz in den Arm, ein weicher Druck, und als ich spürte, wie viel Kraft sie das alles kostete, füllten sich meine Augen mit Tränen. Es gibt nichts Traurigeres, als wenn jemand versucht, dich zu lieben, und es nicht schafft.

14

Manchmal frage ich mich, wie viel von der Nervosität, die mich früher ständig begleitete, wirklich vom Druck anderer Menschen ausging und wie viel daher kam, dass ich die Bedeutung kleinster Verstimmungen viel zu sehr anhob. Doro ging mir öfters auf die Nerven mit ihren kleinteiligen Plänen, mit der Art, wie sie Bestätigungen von mir einholte, die sie voraussetzte, die ich aber trotzdem aussprechen musste. So wie zum Beispiel die Zusammenstellung für gut zu befinden, die da im Kühlschrank lag. Eingelegtes Fleisch, zwei Maiskolben, Baguette, das, was wir zum Grillabend bei Freunden mitnehmen wollten.

»Glaubst du, die haben Soßen?«

»Keine Ahnung.«

Sie bemerkte meine Gleichgültigkeit und sagte: »Okay, kein Interesse, ich merk schon«, runzelte die Stirn und ging ins Wohnzimmer.

Ich fragte mich oft, wie ich mich fühlen würde, wenn wir nicht mehr zusammen wären. Eine Ahnung des Verlustes konnte ich nur manchmal selbst heraufbeschwören, es gelang mir selten. Meistens war es konkreter, eine schroffe Laune von ihr, oder wenn sie offensichtlich von jemandem angetan war oder wenn sie anzweifelte, dass unsere Lebenspläne zusammenpassten.

Ich folgte Doro ins Wohnzimmer und legte meinen Arm um sie, ihre Starre löste sich, und sie legte ihren Kopf sanft auf meine Schulter. Erleichterung durchströmte mich. Und ich wünschte in diesem Moment, ich müsste nicht immer in diesen Abgrund schauen, um zu sehen, was sie mir bedeutete.

Wie schleichend es dann passierte, dass sie jeden Tag ein bisschen früher schlafen ging, ihren Laptop aufklappte und noch etwas für die Arbeit machte, obwohl sie früher immer gesagt hatte, sie sehe nicht ein, am Feierabend noch etwas zu erledigen. Wie sie jeden Tag einen anderen Grund fand, nichts mit mir zu unternehmen, keine Lust, zu viel Stress, oder sie wollte sich nur noch hinlegen. Wie sie sich mit Freundinnen traf, an den Tagen, an denen ich zu Hause war. Wie sie zu Hause blieb, wenn ich wegging. Wie sie mir so weit auswich, wie es in der kleinen Wohnung nur möglich war. Ich fand sie lesend in der Küche, »ach, da bist du«, ein kurzer Blick, ein Lächeln, das nicht viel mehr tat, als meine Anwesenheit zu bestätigen. Einsilbige Antworten, auch auf die Frage »Ist was?«, aber es war nichts, sie sei nur ein bisschen müde zurzeit, und da ging sie auch schon wieder. Meine Nähe wurde ihr unerträglicher, je länger sie dauerte, und so vertrieb ich sie, von der Küche ins Schlafzimmer, auf den Balkon und schließlich ins Badezimmer, wo sie sich eine Wanne einließ und mehr als eine Stunde lang nicht rauskam. Das alles hatte ich lange nicht als Zeichen gesehen. Sie brauchte eben ein bisschen ihre Ruhe. Ein bisschen Zeit für sich. Dann fuhr ich eben mal ein paar Tage weg. Das würde schon wieder werden.

Auch deswegen setzte ich so große Hoffnungen in den Vortrag. Wenn ich mein Lampenfieber bewältigen konnte, wenn ich das Publikum zu überzeugen vermochte, dann würde ich eine neue Stufe erklimmen. Eine neue Art von Selbstbewusstsein erhoffte ich mir davon, eine ruhigere, gelassene Art, die dann auch für Doro spürbar wäre, durch die sie neues Vertrauen in mich fassen könnte.

Sehr selten, aber immerhin manchmal, verspüre ich auch jetzt noch eine Art zärtlichen Respekt vor dem eifrigen Anton Lobmeier. Wie ich hilflos versuchte dranzubleiben, egal, wie hoch die Anforderung, wie tief die Demütigung, wie schräg die Situation war.

»Das sah ja schon ganz gut aus«, sagte mein Chef, als wir die Präsentation probten. »Probieren wir es einfach noch mal. Aber eine Sache, die mir auffällt: Sie bewegen sich relativ viel im Raum. Gefällt mir eigentlich ganz gut, ist ja dynamisch, aber bei Ihnen wirkt das eher hektisch. Wenn Sie das mit einer gewissen Beiläufigkeit hinbekämen, wäre das gut, ich weiß nicht, verstehen Sie ungefähr, was ich sagen will?«

Ich verstand. Ich nickte, setzte die Folien zurück und begann von Neuem. Ich stieg mit dem Status quo ein und erklärte, dass bisher in den Kundenbeziehungen online zu viel Wert auf Reichweite gelegt wurde. Diese Zahlen seien zwar immer noch wichtige Gradmesser, jetzt aber verändere sich das Paradigma in Richtung der Qualität. An den kleinen Übersichten der folgenden Slides ließe sich das einfach erkennen …

»Entschuldigung, dass ich gleich unterbreche. Aber was machen Sie denn da mit den Armen? Sie müssen sich ja nicht gleich mit dem ganzen Körper in Richtung der Leinwand drehen. Einmal deutlich erkennbar mit der Fernbedienung weiterschalten, aus dem Augenwinkel sichergehen, dass die richtige Grafik gezeigt wird, und weiter geht's. Ganz entspannt, durchatmen, Sie haben hier ja nichts zu befürchten. Und locker bleiben!«

Aber ich konnte nicht locker bleiben. Während ich mein Argument wiederholte, fragte ich mich, ob ich die Fernbedienung in einem seltsamen Winkel hielt. Als ich den Knopf drückte, schien mir mein Abstand zur Projektion viel zu gering, und während der betont lässigen Schritte durch den Raum konzentrierte ich mich so auf meinen Gang, dass ich ein wichtiges Zwischenfazit vollkommen vergaß. Es war eine Art Reise nach Jerusalem mit mir selbst, ständig wurde mir ein Stuhl weggezogen, auf den ich mich gerade setzen wollte, eine Geste, die mir entglitt, ein Satz, der mir entfiel, eine Schlussfolgerung, die ich versäumte.

»Wissen Sie was? Wir lassen das mit dem Herumlaufen. Sie nehmen einfach einen Punkt, den Sie sich auswählen. Leicht seitlich von der Leinwand, sodass Sie die Grafiken halb sehen und halb dem Publikum zugewandt sind. Wichtig ist, dass Sie sich wohlfühlen.«

Und tatsächlich ging es so besser, das musste ich meinem Chef bei aller selbst erklärten Erleuchtung lassen. Ich hörte auf, mir von außen zuzusehen, hörte auf, meine Bewegungen zu bewerten, noch während ich sie ausführte, und mit den nächsten Durchläufen wurde ich immer sicherer, bis an einen Punkt heran, wo ich mich in meinem Vortrag für einen kurzen Moment tatsächlich wohlfühlte.

»Na also, wird doch.«

Das hoffte ich auch. Der strebsame Anton Lobmeier.

Sophia fand meine Sorge ohnehin unbegründet. Wir hatten am Abend vor dem Vortrag Essen bestellt, und sie versuchte, mich zu einer gleichgültigen Haltung zu bewegen, die mich von aller Nervosität befreien würde. »Du musst keine Angst haben. Du musst dir darüber klar sein, dass die dich brauchen. Der andere Typ da, der Kleingeist …«

»Kleindienst.«

»Ja, der eben, der ist weg. Und den Termin gab's schon. Merkst' was? Irgendwer muss aber den Vortrag halten. Die Frage ist doch immer: Wer will was von wem?« Sie nahm ein Stück Sushi mit den Fingern und tunkte es in Sojasoße. »Nimm ein Restaurant. Der Gast denkt, die wollen doch Geschäft machen, einen guten Umsatz, der Laden braucht Stammkundschaft, der Kellner Trinkgeld, sie sind darauf angewiesen, einen guten Eindruck zu machen, positive Bewertungen, Mundpropaganda, Empfehlungen, Firmenfeiern, Reservierungen, also warum gibt der sich nicht mehr Mühe?« Sie biss hinein und kaute hastig, redete aber direkt weiter, damit ich sie nicht unterbrechen konnte. »Und der Kellner denkt gleichzeitig, der will doch was von mir, will nicht selber kochen, will nach Feierabend alles serviert bekommen, nicht mal sein Bier will er sich holen, und dann auch noch schnell. Der Kellner weiß, dass der Gast sich umschaut, wer alles um ihn herum nach ihm bestellt hat, er will das nicht später aufgetischt kriegen als all die Leute, denn er hat doch schon vor ihnen gesagt, er hätte gern die Rinderspitzen auf Couscous. Versuch mal, dem zu erklären, dass das halt länger dauert als die Kürbissuppe vom Nebentisch. Er hat zuerst bestellt, also kann er erwarten, auch zuerst bedient zu werden.« Sie nahm einen Schluck Bier. »Und dann denken beide, wie ist denn der andere drauf, das kann man auch freundlicher sagen, und beschweren sich bei ihren Freunden, dass die Leute immer arroganter werden, und dann geht alles wieder von vorne los. Da haben sie sich verkuddelmuddelt in dem Wer-was-von-wem-will. Weil sie beide denken, der andere will was. Ich sag dir eins: Wer weniger liebt, bestimmt die Beziehung. Vor allem in der Arbeit. Die dürfen nie das Gefühl haben, du willst was von denen. Geld, Miete, Diensthandy, Bonus, Weihnachtsgeld. Dann geht das. Wenn sie was von dir wollen, Zeit, Einsatz, egal, solange ist das gut. In echt wollt ihr natürlich was voneinander, schon klar, es geht nur ums Gefühl. Aber komm bloß nicht so rüber, als würden die dir eine riesige Chance eröffnen. Du machst was für die.«

Ich versuchte, eine Maki-Rolle mit den Stäbchen aufzunehmen. Sie fiel in das Schälchen mit Soße, und ich fischte sie mit den Fingern heraus.

»Wenn dir das alles so klar ist, Sophia, warum hast du dann keinen Job in der Chefetage?«

»Das ist doch klar. Das ist noch mal was ganz anderes. Weil ich wirklich nichts von denen will.«

15

Franzi sitzt mir gegenüber und isst von ihrem Teller, Salat, Burger, Chips, in gleichmäßig verteilten Bissen, alles verringert sich nach und nach in gleichen Anteilen, sodass es langsam schrumpft, bis es schlussendlich vollständig und unwiderruflich verschwindet, und das zu sehen, erfüllt mich mit einem vagen Gefühl von Verlust.

Was kann ich festhalten? Vielleicht, dass sie mit der Gabel auf mich zeigt, wenn sie Argumente unterstreicht, »das war nämlich gar nicht der Punkt, der Punkt war was ganz anderes«. Vielleicht kann ich festhalten, und das wäre doch ein Anfang, dass wir beide etwas festhalten wollen, uns nach unseren Familien fragen, nach den bisherigen Jobs, nach dem Weg, der uns zu Pizza-Partisanen bei Bella Ciao gemacht hat. Franzi hat eine religiöse Mutter, das interessiert mich sofort, darauf trifft man ja nicht alle Tage, aber ihr Glaube schien sich eher in Ritualen zu äußern als in ausformulierten Überzeugungen. Franzi vermutet, dass die Haushaltsordnung ihrer Mutter aus der Religiosität kam. Sie stellte Hygienevorschriften und Ordnungsregeln auf. Zum Beispiel war der Kühlschrank in beschriftete Fächer aufgeteilt.

»Sie hat das immer so milde und im Plauderton rübergebracht, aber in echt konnte sie es überhaupt nicht ab, wenn auch nur irgendwer ihr System nicht befolgt hat. Meinem

Vater, meinem Bruder und mir war das egal wie sonst noch was, aber wenn sie Gästen was erklärt hat, hat sie trotzdem immer in der Wir-Form gesprochen. Da hab ich mich geschämt, kann ich dir sagen.«

Franzi imitiert sie in einem hohen, gestelzten Ton. »Norbert, ich habe gesehen, du hast die Marmelade in das unterste Fach sortiert. Wir tun sie aber gern in das mittlere Fach, dann haben wir alle Frühstückssachen gleich beieinander, das ist für uns am praktischsten und hat sich jetzt so auch schon lange bewährt.«

Ich muss lachen.

In jedem Raum stand Desinfektionsmittel, und das ganze Haus nahm diesen klinischen Geruch an. Bis heute kann Franzi keine Krankenhäuser ausstehen. In einem Nebensatz erwähnt sie, dass sie ihr Biologiestudium abgebrochen hat, und als ich frage, warum, sagt sie: »Ich finde, es muss nicht immer alles einen Grund haben«, und nimmt einen Schluck Wein.

Ich erzähle von der Schauspielkarriere meines Vaters und davon, wie ich mit den Theaterleuten groß geworden bin, wie ich es anfangs gemocht habe: so sehr, dass ich selbst auf die Bühne wollte, aber nach ein paar Jahren als Statist immer mehr das Gefühl bekam, all diese Leute verrennen sich in etwas, folgen einem Ideal, das sie schon längst nicht mehr in der Lage sind zu hinterfragen. Wie ich dann als Teenager aufgehört habe und meinen Eltern gesagt habe, ich wolle etwas »Richtiges« machen. Damals wollte ich sie verletzen, und ich verstehe auch heute noch nicht, warum.

»Kann man deinen Vater irgendwo sehen?«, fragt Franzi und prustet fast ihre Weinschorle über den Tisch, als ich ihr von seinem späten, zweifelhaften Ruhm erzähle. »Das ist der Typ? Das glaub ich jetzt nicht! Der mit der Toilette?«

Genau der. Vielleicht kommt uns beiden das Leben des anderen kurios vor, aber wenn man selbst mittendrin steckt, merkt man das nicht so. Als der Moment kommt, wo wir uns verabschieden müssten, fühlt sich Nachhausegehen an wie ein eigentlich schon verworfener Vorschlag.

»Oder wir ziehen noch weiter zu dir?«, fragt Franzi, und ich hätte fast schon das Gleiche gesagt.

Ich weiß, dass das auch alles andere als ein Kompliment sein kann. Vielleicht sucht sie Nähe zu jemandem, der ihr nicht wehtun kann, und hat das Gefühl, dazu könnte ich ihr nie genug bedeuten. Geht das alles wieder von vorne los? Der nächste Schuss aus der Konfettipistole.

Am nächsten Morgen wache ich auf und brauche eine Weile, um mich zu erinnern, von wem der warme Atem in meinem Nacken kommt, wem der warme Körper gehört, der sich sanft an mich drückt, und wie wir uns in der Nacht berührt haben. Und wie ich mich einfach nicht entspannen konnte.

»Echt, sorry. Ich hab auch keinen Plan, woran's gelegen hat.«

»Mach dir keine Sorgen. Das passiert.«

Sie fragt, ob ich zufällig etwas zum Frühstücken da hätte, und ich muss lachen, denn zufällig habe ich nichts zum Frühstücken, früher war ich immer vorbereitet, und nie hatte ich einen Anlass, darauf zurückzugreifen.

»Nein, tut mir leid.«

»Was ist denn da passiert?« Ihr Finger gleitet über meine Stirn.

»Das war, als meine Ex mich verlassen hat«, sage ich.

»Muss ja heftig gewesen sein«, sagt sie, und mir wird klar, dass sie denkt, Doro habe mir die Narbe zugefügt.

»Nein. Also ja, heftig, aber kein Streit mit ihr oder so was.«

»Wer war das dann?«

»Ist doch egal.«

Ich versuche, es doch zu erklären, nenne zumindest ein paar Gründe, die mir einfallen. Es ging mir nicht gut. Ich habe es darauf angelegt. Jemand hat mir den Gefallen getan. Immer gerade dann, wenn ich denke, sie höre nicht zu, bildet sich ein langsames, nachdenkliches Lächeln um ihre Mundwinkel.

»Den Gefallen«, wiederholt sie und stützt ihr Kinn auf die Handfläche. »Was ist damit?« Sie fährt meinen gekrümmten Ringfinger entlang.

»Da ist Sophia verschwunden.«

»Wer ist Sophia?«

»Meine beste Freundin.«

»Hast du es da auch drauf angelegt?«

»Weiß nicht. Vielleicht ja.«

Sie nimmt meine Hand.

»Zigarette«, sage ich, bevor sie fragen kann, »das war, als meine Mutter gestorben ist.«

»Deine Mutter ist gestorben?«

»Eigentlich ist das alles fast gleichzeitig passiert.« Ich schaue an ihr vorbei und halte sie noch ein bisschen fester.

»Sorry. Vergiss es«, sagt sie.

Vielleicht könnten wir uns noch ein bisschen halten. Sodass ich nicht auseinanderfalle, wir uns von »Woran denkst du?« bis zu »Was sollen wir essen?« hangeln können, von

»Wollen wir nachher ins Kino?« bis zu »Du wirkst so nachdenklich«, und auf diese Weise eingefasst, nicht auf uns zurückgeworfen werden, nicht wirklich anfangen müssen, zu denken und zu denken, bis alles unerbittlich erlahmt. »Narben zieren den Mann«, hat meine Mutter immer gesagt, und ich wusste nie, was das bedeuten sollte.

16

»Wie ist es gelaufen?«, fragte Sophia mich nach der Präsentation und stieß mich in die Seite. Wie immer hatte sie sich Stühle am Tresen gesichert, darüber gab es mit ihr kein Diskutieren. Da sind die besten Plätze, da ist der Zugang zum Barpersonal, da ist der einzige Fleck, wo man auch alleine würdevoll sitzt, da gibt es Haken für die Jacken, der Winkel der Barhocker ist für die Beine viel angenehmer, und wenn der Laden sich leert, wird dort als Letztes gewischt, es ist also der am wenigsten unter Stress gesetzte Ort. Vor ihr standen zwei Biere und zwei randvoll gefüllte Schnapsgläser bereit, zweifellos, um auf meinen fantastischen Vortrag anzustoßen.

Wie es gelaufen ist? Na ja. Stell dir vor, du hast eine Chance. Eine Präsentation vor den wichtigsten Partnern der Firma. Du wachst schon fünfmal vor dem Wecker auf, aus einer unterschwelligen Angst zu verschlafen. Endlich stehst du auf, deine Freundin hat Frühstück gemacht, obwohl sie das sonst nie tut. Hemd und Anzug hast du schon vorher herausgesucht, nicht ohne die Meinung deiner Freundin einzuholen, nicht ohne dich noch zigmal umzuentscheiden, nicht ohne ihre anfänglich wohlwollende Hilfsbereitschaft in diesen Fragen erst in schulterzuckende Gleichgültigkeit und dann in kalte Gereiztheit umzuwandeln. Du liest die Zeitung und passt auf, dein Hemd nicht zu beflecken. Der

FC Bayern hat in der Champions League sein Gruppenspiel gegen Arsenal London gewonnen. Deine Freundin küsst dich und wünscht dir Glück. Die Straßenbahn kommt im Zehn-Minuten-Takt, aber du gehst trotzdem zur Sicherheit früher los, als du müsstest. Auf dem Weg fühlst du an jeder Station in der Jacketttasche nach, ob der USB-Stick sich noch darin befindet, auf dem du deine Präsentation gespeichert hast, obwohl die gleiche Datei noch auf der Festplatte des Laptops in deiner Tasche liegt und du sie dir auch noch an die geschäftliche E-Mail-Adresse gesendet hast.

Im Büro sind alle übertrieben freundlich. Sie fragen aufmunternd, ob alles passt, ob du aufgeregt bist, keine Sorge, ein bisschen Nervosität schade ja nie bei solchen Anlässen, und versichern dir, dass du das schon schaffst, wobei sie »das« wahlweise als »die Nummer«, »das Ding« oder »die Kiste« bezeichnen und »schaffen« mit »wuppen«, »rocken« oder »schaukeln« verklausulieren. Dass völlig Unbeteiligte diese Hemmung vor Klarheit, diese ausweichende Beunruhigung zeigen, sollte dich eigentlich alarmieren, aber bis jetzt dringt das alles noch nicht richtig zu dir durch. Du gehst mit den Kollegen Mittagessen, nach etwas Festem ist dir nicht, also bestellst du eine Suppe, die jetzt dampfend vor dir steht und auf einmal wie die Bedrohung wirkt, die sie auch ist, die Bedrohung deines weißen Hemdes und vor allem der Krawatte, die beim Nach-vorne-Beugen unkontrollierbar pendelt und unsichtbare Kurven über der Tischplatte zeichnet.

Du bist aber immer noch ruhig und gefasst, kein Grund zur Besorgnis, du legst die Krawatte über die Schulter zurück und löffelst die Suppe mit stoischer Systematik, während die anderen sich über Belanglosigkeiten unterhalten, denen du nicht wirklich folgst und die du nur mit allgemein gehaltenen Einwürfen fütterst. Sie befragen ihre Geschäftspartner zu ihrem Eindruck von München, eifrig wie Hunde. Diese ewige Sehnsucht, das Weltstadtgelaber. Sie nötigen den anderen das Eingeständnis schon fast ab, dass es eine wunderschöne Stadt sei, eine der schönsten überhaupt, damit sie es dann selber wiederholen können. Aber insgeheim haben sie Angst, es könnte nicht so sein.

Dann Aufbruch, du hast die Suppe ohne Zwischenfall ausgelöffelt, und während du das Tablett nimmst und aufstehst, spürst du den Hauch einer Berührung auf deiner Schulter, und dann nimmst du aus dem Augenwinkel wahr, wie deine Krawatte sich auf eine schwungvolle Bahn begibt und mit Anmut und großer Geste einen Schwenk durch den Suppenrest in deinem tiefen Teller macht und mit einer Schlussdrehung, die an Manieriertheit grenzt, auf deinem Hemd aufschlägt und ihre Fahrt so mit einem roten Sprenkler zu ihrem Schlusspunkt führt. In deine aufpochende Panik hinein, in das Rot, das dir ins Gesicht schießt, lachen deine Kollegen zwar erst, aber dann erinnern sie sich an deinen Vortrag, und einer von ihnen meint, er habe Ersatzklamotten im Büro. Du leihst dir also Hemd und Krawatte, und obwohl das Hemd ein bisschen eng ist und du das Gefühl hast, erzwungen flach zu atmen, bist du schnell wiederhergestellt. Nur hast du ein bisschen Zeit verloren, du musst nun zügig zum Hauptgebäude, wo der große Plenarraum ist. Hastig überquerst du den Innenhof, der Spalt der großen automatischen Drehtür schließt sich, aber es sind nur zwei Männer in dem abgetrennten Viertel. Du zwängst dich mit einem beherzten Satz noch hinein, und einer der älteren Anzugträger dreht sich nach dir um. Du willst gerade ein Lächeln zwischen Erleichterung und Entschuldigung aufsetzen, eines, das deinen knappen Sprung erklärt, als die Tür abrupt zum Halt kommt und der vordere Mann mit der Stirn ungebremst an die Glastüre schlägt und auch du gleichzeitig nicht mehr vorankommst, wie in einem unsichtbaren Gurt festgeschnallt. Und genau das ist es auch, wie dir jetzt mit einem kalten Schock einfährt, denn es ist ja deine Umhängetasche, an der du gerade vergeblich zerrst, weil sie nicht mit durch den Spalt gepasst und die ganze Tür zum Halt gebracht hat. Du stotterst also eine Entschuldigung, und der Mann lächelt ein eingefrorenes Lächeln und sagt: »Keine Ursache«, aber wendet sich mit einem Stirnrunzeln ab, während du die Tasche mit einem Ruck aus dem Spalt ziehst und sich die Mechanik wieder in Bewegung setzt. Leicht lädiert, ein paar holperige Stellen auf der Straße, aber du bist da, du gibst dem Techniker die Präsentation auf dem Stick und lässt dir die Fernsteuerung erklären. Obwohl du damit in kleinerem Rahmen schon etliche Vorträge gehalten hast, hörst du konzentriert zu, als würden dir überlebenswichtige Sicherheitsmaßnahmen vermittelt. Der Saal füllt sich allmählich. Da ist Miriam Kubitz, dein wichtigster Account, und sie lächelt dich an und sagt, dass sie auf deinen Beitrag ganz besonders gespannt sei. Ihr »Toi, toi, toi« mit gekreuzten Fingern klingt in Schräglage in dir nach.

Stell dir vor, dein Chef begrüßt dich, ganz offensichtlich selber nervös, und sagt, er wolle dich zumindest mal den wichtigsten Leuten vorstellen. »Da kommt schon der Allerwichtigste«, zischt er zu dir, bevor er ihn mit breitem Lächeln begrüßt und ihn fragt, was ihm denn da widerfahren sei. Er deutet auf die rötliche Druckstelle auf der Stirn, die der Geschäftsführer von Enyonic Europa einen kleinen Alltagsunfall nennt und dich dabei scharf mustert.

Du willst noch einmal schnell auf die Toilette gehen, und obwohl niemand in der Nähe ist, hörst du ein seltsames Geräusch, eine Art clownhaftes »Flapp«, das jeden zweiten deiner Schritte begleitet. Gleichzeitig bemerkst du, dass du unrund läufst, und beides hat die gleiche Ursache. Wie du jetzt siehst, klappt die Sohle deines rechten Schuhs auf, durch den Sprung in die Drehtür abgelöst. Wenn du den Fuß hebst, biegt sie sich beim Auftreten und rutscht erst mit dem Abrollen in ihre Position zurück. Eine existenzielle Beklemmung steigt in dir auf, deine Präsentation beginnt in wenigen Minuten, und der Hausmeister, der am Ende des Ganges auf einer Leiter steht und an einem Türstopper herumschraubt, kommt dir jetzt vor wie eine Lichtgestalt, wie ein Heilsbringer, wie eine letzte Hoffnung.

Du sprichst ihn an, bist aber schon so nervös, dass du umständlich mit dem Vortrag, den Missgeschicken mit Essen und Drehtür und auch deinem Einspringen für den gekündigten Kleindienst einleitest, bevor du ihm mit einem Wink auf den Schuh das banale Problem klarmachst, wegen dem du ihn um Hilfe bittest. »Ach, solche Tage gibt's«, brummt er, und das beruhigt dich ein bisschen. Er meint, er habe einen Kleber, der trockne schnell und halte bombenfest. Mit der richtigen Menge könne man auch einen Pkw an der Decke festkleben, sagt er, aber das hast du ja gar nicht vor, du willst ja nur, wenn dein Beitrag angekündigt wird, mit einer sicher fixierten Schuhsohle die Stufen zur Bühne hinauf nehmen. Das müsste reichen, meint er und gibt dir den Schuh zurück, und du bedankst dich hastig und überschwänglich.

Stell dir also vor, du betrittst den Saal in einem Moment, in dem die Anfangsfolie deiner Präsentation schon zu sehen ist.

Und dann passiert das Wunder. Das Schlimmste ist ja schon geschehen. Was soll da noch kommen? Dein Lampenfieber verfliegt. Du suchst dir ganz ruhig deinen Platz auf der hell ausgeleuchteten Bühne. Das Publikum sitzt im Dunklen. Du sprichst freier, als du es beim Üben je vermochtest. Die Leute werden locker, lachen über deine kleinen Witze. Du hast ihre Aufmerksamkeit. Als mit der Fragerunde der Punkt kommt, vor dem du die größte Angst hattest, meldet sich nur ein Zuhörer und gibt einen wohlwollenden Kommentar ab.

»Dann bleibt nur, mich zu bedanken«, sagst du also in den aufkommenden Applaus hinein, und du willst dich wegdrehen und verlierst fast die Balance. Dein rechter Fuß bewegt sich keinen Millimeter. Dir wird klar, dass Klebstoff an der Seite der Sohle herausgedrückt wurde, der sich nun verhärtet hat. Du klebst fest. Du lächelst ins Publikum und versuchst, mit ruckartigen Bewegungen die Sohle vom Parkett zu lösen. Die Erkenntnis, dass du es nicht schaffen kannst, holt dich ein. Du öffnest also die Schnürsenkel und schlüpfst vor versammelter Belegschaft aus dem Schuh. Du ruckst noch einmal vergeblich mit beiden Händen an ihm. Du zuckst mit den Schultern. Du schleichst mit einer Socke und einem Schuh von der Bühne, die Ankündigung des nächsten Redners geht im Gelächter unter. Dein zurückgelassener Schuh steht einsam im Scheinwerferlicht.

Wie ist es also gelaufen?

Mau, würde ich sagen.

»Junge«, sagte Sophia. »Eine flotte Sohle aufs Parkett legen, das kenn ich. Aber das Gegenteil, das hat wohl noch keiner versucht.«

»Sehr witzig.« Ich hob den Schnaps, sie stieß mit mir an, und wir kippten ihn runter. »Das ist ja übel.« Ich spülte mit einem Schluck Bier nach. »War das Obstler?«

»Marille. Und wie geht's jetzt weiter?«

»Sie wollen mich noch mal zurückstufen.« Ich seufzte. »Den Senior kann ich erst mal vergessen.«

»Meine Güte«, sagte Sophia, »hör dich mal an, wie du leidest. Den Senior kann ich vergessen. Du redest ja fast so, als ob du ernsthaft beleidigt darüber wärst, was irgendwer im Job über dich denkt.«

Aber es war ja auch so. Für Sophia dagegen war Arbeiten wie Familiespielen. »Wenn's mir nicht zu blöd wäre, würde ich einen Ratgeber dazu schreiben«, sagte sie. »Kennste das auch, oder wurdet ihr Jungs davon verschont? Familiespielen? Ich musste immer mit Elif und Nora spielen. Nora von Heppelstedt hieß die. Da weißte Bescheid. Weiß nicht, ob das war, weil wir meistens bei der zu Hause gespielt haben, aber die hat immer bestimmt: Du solltest, das war ihre Regieanweisung. Du solltest der Vater sein. Du solltest das Kind sein. Ich sollte die Mutter sein. Ob das Kind ein Mädchen oder Junge war, wurde nie bestimmt. Das war auch nicht wichtig. Elif war das Kind, ich war der Vater, und Nora von Heppelstedt war die Mutter. Ist klar, ne.

Aber damit ging das erst so richtig los. Du solltest von der Arbeit kommen. Du solltest mit den Puppen spielen. Ich sollte Abendessen machen. Und dann kommst du also nach Hause und sagst was, aber wirst korrigiert von Nora von

Heppelstedt, und dann machst du das noch mal und noch mal, bis du es richtig hinkriegst, bis du reinkommst, wie so ein Vater halt von der Arbeit kommt, aber in Noras Augen, nicht so wie in echt, wortkarg und bis zum Anschlag gereizt. Und Elif das Gleiche. Bis das dabei rauskommt, was sich Nora von Heppelstedt eben in ihrem engen Hirn ausgemalt hat. Und genauso ist doch jeder Job. Drei Jahre Familie-spielen mit Nora von Heppelstedt, und du bist so was von bereit für den ganzen Corporate Bullshit. Du darfst es dir nur nicht so denken, dass du tatsächlich irgendwas tust. Du solltest den Rechner hochfahren. Du solltest deine Mails checken. Du solltest zum Kaffeeautomaten gehen. Du solltest dich vorstellen. Du solltest die Visitenkarte aus der Tasche ziehen. Du solltest zum Kopierer gehen. Du solltest mit deinen Kollegen im Lagerraum vögeln. Nein, das solltest du natürlich nicht. Punkt ist, dass es keinen interessiert, was du da eigentlich machst, wenn du Nora von Heppelstedts Vision einhältst, checkst du das? Wenn du es so machst, wie es sich gehört. Und wenn du das mal verstanden hast, dann ist es egal, was irgendwer dazu sagt, wenn du davon abweichst. Anhören, anpassen, weitermachen, chillen. Merkst' was?«

Ich seufzte und winkte dem Barkeeper.

»So versucht jeder, die Struktur zu behalten und sich durchzuhangeln, und das klappt ja auch, bis auf kleine Momente, wo es die Leute eben rausballert. Weil das Bühnenbild kurz wegklappt, ne? Und dann biste nicht mehr in der Handlung, dann siehste die Techniker, und dann fällt dir auch das Publikum auf und der Beleuchter da oben, und dann ist dir natürlich klar, was für ein trauriges Spiel das Ganze da ist. Das ist manchmal nur ein Schalter, den es umhaut. Einmal hat einer die Ausfahrt verpasst, der ist jeden Tag vom Land nach München rein, abends wieder raus, A8 Richtung Salzburg, ganz normal. Routine, wie jeder, ein völlig normaler Arbeitnehmer halt. Kein Stress, außer Berufsverkehr dann und wann oder irgendeine Deadline in der Arbeit, aber zu Hause alles okay, vielleicht ein bisschen eingeschlafen alles, aber die Sicherheit wollen die Leute ja auch, weißt, wie ich meine. Und dann, an einem Tag, sagt der Typ im Büro Servus, nimmt den Aufzug in die Tiefgarage, steigt in sein Auto, kommt gut durch, fährt auf die Autobahn – und fährt einfach an seiner Ausfahrt vorbei. Und an der nächsten auch. Und der nächsten. Bis er wieder zu sich kommt, ist der in Italien. Da checkt der plötzlich, was hab ich denn die ganze Zeit gemacht? Hände zittern. Kriegt gar nichts mehr auf die Reihe. Ruft einen Kumpel an, der holt ihn, und zack, ab ins Krankenhaus.«

»Was hatte der denn?«

»Wie meinste das, was hatte der?«

»Na, was hatte der? Haben die das rausgefunden?«

»So was wie Nervenzusammenbruch, posttraumatische Belastungsstörung oder so? Meine Güte, Anton, man braucht nicht für alles einen Namen. Was würde dir denn das jetzt helfen, wenn du da einen Namen für hast?«

Mit dem Rausch kam mir mein missglückter Vortrag gar nicht mehr so tragisch vor, aber das Gefühl dauerte nur an, bis ich nach Hause kam. Das Licht im Schlafzimmer war aus. Mit umständlichen Bewegungen zog ich mich aus und legte mich ins Bett. Doro tastete nach mir und fragte, wie es gelaufen war. Ich erzählte ihr, wie mir der Tag Schritt für Schritt entglitten war. Anders als Sophia, die teils ungläubig und teils von der Schönheit meines Scheiterns beeindruckt zugehört hatte, umarmte Doro mich mit jedem weiteren Missgeschick immer fester, mit weichen, mitfühlenden Seufzern, so als wolle sie verhindern, dass ich auseinanderfalle. Und trotzdem spürte ich schon das schlechte Gewissen, das sie bedrückte.

17

»Sorry, wir haben jetzt keine Zeit für so was.«

»Ja, keiner hat Zeit. Deshalb müsst ihr euch die auch nehmen, die Zeit. Ist euch das der Planet nicht wert?«

Doro schüttelte genervt den Kopf. Ich überlegte. Der Planet. Die Umwelt. Dieser komische Erdball.

Der Promotion-Typ ging nicht weg. Er hatte die Schwelle zum Ansprechen überschritten, und jetzt gab es kein Zurück mehr. Ich kannte das, die zwei Stunden, in denen man sich erst mit seiner Rolle vertraut machen muss, hineinwachsen, jetzt bist du der Gefürchtete, der Störenfried, der mit einem albernen Pavillon in der Fußgängerzone steht, schon von Weitem gesehen und umlaufen wird. Der nun beginnt, die Leute einzuordnen, ihnen Blickkontakt aufzuzwingen. Der sich langsam damit arrangiert, dass er die Arschlöcher nicht kriegt, sondern nur die netten Leute, die zu freundlich sind, wortlos weiterzulaufen, die zu höflich sind, nicht zurückzugrüßen, die sich unwohl dabei fühlen würden, nicht stehen zu bleiben. Du bringst also die guten Leute in unangenehme Situationen, und nein, du hast keine Broschüren, um sie später in Ruhe durchzugehen, du hast Argumente und Kugelschreiber und Listen und am Ende Adressen und Unterschriften. Und wenn man es erst mal geschafft hat, die Schwelle zu überwinden, die ersten Körbe kassiert hat, die ersten »Das interessiert mich nicht«, die ersten »Ist gerade leider ganz schlecht«, vielleicht sogar die ersten »Nerv mich nicht«, dann gibt es keine Hemmschwelle mehr, dann sprichst du jeden an, der nicht die Straßenseite wechselt, dann lässt du keinen mehr aus seinem »Hallo« heraus, dann spielt es keine Rolle, dass der andere keine Zeit hat, dass er andere Sachen im Kopf hat, dass sein Leben gerade in diesem Moment in alle Einzelteile zerfliegt, weil seine Freundin sich von ihm trennt, weil sie gerade gesagt hat, es führe zu nichts, sie fühle sich beengt. Aber die Seehunde, die Netzfischerei, die Antibiotika. Ja.

»Es passt wirklich gerade überhaupt nicht.«

Aber der Typ konnte nicht aus seinem Film, jetzt zeigte er auf einem Klemmbrett zusammengepferchte Tiere, die mir nun doch zu Herzen gingen, weil ich mich ihnen verbunden fühlte, aber nur auf der Basis des Eingesperrtseins, des Leids, der Unausweichlichkeit von allem, was sie umgab.

Und da sagte ich es ihm: »Guck mal, das ist meine Freundin, die macht gerade mit mir Schluss, sie fühlt sich nämlich auch eingesperrt, ich glaube nicht, dass weitere Details dich etwas angehen«, und das brachte nun sogar den Typen aus dem Konzept, aber bis zu einer Entschuldigung für seine unangebrachte Hartnäckigkeit konnte er sich nicht durchringen, nur ein »Na dann« und ein Nicken in Richtung des sich entfernenden unglückseligen Paares.

Und dann Entschleunigung, plötzlich Stille, niemand mehr, der auf uns einredete, und wie in einem letzten Akt des wortlosen Einverständnisses setzten wir uns auf eine Bank, und ich starrte auf eine Oma, die den Platz überquerte, nur weil sie das Einzige war, was sich gerade bewegte.

»Und jetzt?«

Ich sah mich um. Die Oma, die in ihrem Wollmantel eigentlich gut gestellt wirkte, kramte aus dem Mülleimer eine Flasche hervor. Ein junger Vater wartete geduldig auf seine kleine Tochter, die hochkonzentriert mit einem Stöckchen zwischen den Stäben des Gullys stocherte, ganz so als führe sie eine wichtige Operation aus. Vielleicht tat sie das auch. Hinter uns hupte ein Auto. Ich fragte mich, was von alldem Teil meiner Erinnerung an diesen Moment werden würde. Sie zog ihre Hand weg. Ich wollte nur noch ein bisschen so tun als ob.

»Ich glaube einfach«, sagte sie nach einer langen Pause, »dass wir uns nicht so glücklich machen, wie wir es gerne möchten.«

Das war es also. Ein Ende ohne Knall, eine dumpfe Wut ohne Richtung. Kein Betrug, an dem ich mich hätte weiden können. Keine Tränen, kein Streit, keine ungerechtfertigten Vorwürfe, nichts, dass an die Oberfläche drang, nicht einmal das kriegten wir hin.

»Geh nie spazieren«, sagte Sophia, »Bums, biste getrennt. Das muss man eigentlich grundsätzlich vermeiden. Am besten immer ablehnen. Ist schon mancher losgezogen, warum nicht, netter Vorschlag, wir haben lang nichts mehr für uns allein gemacht, nur so zu zweit, ein gutes Gespräch, die Sonne schaut auch ein bisschen raus. Ja, und dann kommt's auf den Tisch. Ich wollt mal mit dir reden, ich weiß nicht, wie es dir geht, aber ich find einfach in letzter Zeit … Und du dachtest, schöner Sonntag, kann man ja mal zum Nymphenburger Schloss rübergehen, später vielleicht ein Stück Kuchen, und zack, stehste am Kanal und bist allein. Da weißte Bescheid. Hab ich alles schon gesehen. Beide umarmen sich und atmen sich mit der Nase in den Nacken und hätten nie gedacht, dass es so weit kommt. Oder er weint, sie streicht mit der Hand über seinen Rücken, aber mit dem Blick schon ganz weit weg, sie schon ganz aufgeräumt, hat längst abgeschlossen und ist erleichtert, dass sie es endlich gesagt hat. Er voll aus dem Sattel geschossen. Kann jetzt dann anfangen, alles hin und her zu wälzen, was sie schon längst gemacht hat, die ganzen kleinen Additionen und Subtraktionen und Gegenüberstellungen und Striche und dann die Zahl drunter. Tja, was willste machen?«

Aber ich wollte ihr das »Kannst' nix machen« nicht geben. Wovon redete sie? Von irgendeinem Typen, dem auch mal alles zusammengebrochen war. Ob der rausgefunden hatte, was man machen kann? Vielleicht hatte der es irgendwann geschafft, sich selber am Kragen wieder hochzuziehen.

18

Eine Folge von *Alarm für Ramersdorf 81* dreht sich um einen Fall im noblen Stadtteil Grünwald. Die neunzehnjährige Tochter eines Brauereiinhabers ist nach dem Tennistraining nicht nach Hause gekommen. Einen Tag später erreicht ein Erpresserschreiben die Familie, worin eine »Aktionsgruppe Bumerang« fünfhunderttausend Mark fordert. Details zur Übergabe würden telefonisch durchgegeben, die Summe solle aber bereitgehalten werden. Kurioserweise ist auch der Familienhund verschwunden.

Raudinger macht sich fieberhaft an die Arbeit. Den Grund dafür erfährt der Zuschauer in einer Szene, in der er mit seiner Frau zu Abend isst. »Das ist die Chance, auf die ich gewartet hab«, sagt er und schneidet seinen Kartoffelknödel in zwei gleich große Teile, von denen er einen in den Mund stopft. Schon lange ist es sein Ziel, vom Kriminaloberkommissar zum Kriminalhauptkommissar befördert zu werden, und endlich gibt es einen Fall mit genug Öffentlichkeit und Tragweite. Dann wäre er auch diesen ewigen Flopenski los, grantelt er, der würde ihn sowieso nur behindern, und ohne ihn hätte es schon längst geklappt mit der Beförderung. Die Entgegnung seiner Frau, das sei doch ein sympathischer junger Mann, dem man nur ein bisschen Zeit lassen müsse, macht ihn noch wütender.

Gleich am nächsten Morgen stoppt er Flopenski, der sich gerade die Jacke überziehen will, um ihm zu folgen, und erklärt ihm, es sei in »einem Fall dieser Dimension« wichtiger, die Rollen zu teilen. Deshalb solle Floppe sich hinter den Verbleib des Hundes klemmen, während er selbst im näheren Umfeld ermittle. Raudinger versucht, ihm das so vernünftig wie möglich darzulegen; für den Moment sei es effizienter, dass der Erfahrenere von beiden den Befragungsteil übernehme, in einem der nächsten Fälle gebe es sicher die Möglichkeit, dass Flopenski mehr Verantwortung übernehme. Er scheint zu befürchten, dass Floppe sich dem Vorschlag sperren könnte, doch anstatt Gründe zu suchen, enger eingebunden zu werden, schluckt Floppe das einfach. Er nimmt das Foto des dümmlich hechelnden Hundes und sagt ganz ernsthaft: »Alles klar«, eine Reaktion die Raudinger noch mehr aufzustacheln scheint als Widerworte. Er schnaubt einmal mehr verächtlich durch seinen Oberlippenbart und schlägt die Tür hinter sich zu.

Ab da läuft alles schief für Raudinger. Bei seinen Befragungen im Villenviertel sorgt er durch unsensibles Auftreten für Unmut, bis der Polizeipräsident ihn persönlich in die Schranken weist – ein Freund aus dem Filmgeschäft hatte sich bei ihm beschwert. Der simpel gestrickte Polizist wird in Kontrast zu den realitätsfernen Filmleuten gesetzt. Dadurch geraten diese Szenen oberflächlich, plakativ und auch unrealistisch. Warum sollte der Brauereichef vor dem Hintergrund der Entführung eine fulminante Gartenparty nicht absagen? Dass dessen Frau eine Affäre unterhält, geschenkt. Aber wenn Raudinger sie nur zwei Tage nach dem Verschwinden der Tochter beim Techtelmechtel mit dem

Tennislehrer im Geräteschuppen des Sportplatzes ertappt, wundert man sich dann doch, wie ihre Prioritäten gesetzt sind. Ich mochte die Folge trotz ihrer Plumpheit immer für ihre unterhaltsamen Momente.

Der Auftritt einer Synthie-Pop-Band mit übergroßen, blinklichtumrandeten Sonnenbrillen ist eine der Szenen, denen die Serie ihre Wiedergeburt als ironisches Netzphänomen verdankt. Neben dem Text, der nur aus der wiederholten Zeile »Was macht ihr? Wir machen Heckmeck« besteht, liegt das vor allem an den zuckenden, abgehackten Hüftschwüngen und den unbewegten Mienen der Bandmitglieder. Im Internet gibt es die unterschiedlichsten Versionen davon, mit Hip-Hop, Freejazz oder bayerischer Volksmusik unterlegt. Als Floppe die Musiker zu ein paar Gästen befragen will, ist die Bassistin Claudia die Einzige, die mit ihm spricht. Sie erzählt ihm von einem Streit, den sie beim Aufbau mitbekommen hat, Floppe bedankt sich, und es wird direkt klar, dass die beiden sich mögen. Er sehe gar nicht aus wie ein Bulle, meint sie. Ob das ein Kompliment sei? Ein großes.

Aber ich muss ihr recht geben. Der unordentliche Kragen, die nachlässige Aussprache, die gleichgültige Pose, all das lässt meinen Vater in der Rolle nicht wie einen Polizeibeamten wirken. Natürlich weiß ich, woran das wirklich lag. Bevor Raudinger Floppe von ihr loseist, schafft er es noch, ihr seine Nummer zu geben. Natürlich nur für den Fall, dass ihr noch etwas Relevantes einfiele.

Als sich die Entführer schließlich melden, fordern sie, dass der Vater, seine Frau und die zweite Tochter sofort getrennt voneinander starten und das Lösegeld in Einheiten von fünfzigtausend Mark an zehn verschiedenen Orten hinterlegen. Die Stellen sind auf einer im Briefkasten eingeworfenen Karte eingezeichnet: Mülleimer an Bushaltestellen. Da nur eine Streife zur Beobachtung des Hauses eingeteilt wurde, müssen die Beamten sich für eine Zielperson entscheiden und folgen der Mutter. Sie funken zwar Verstärkung an, doch bis die eintrifft, sind Vater und Tochter schon längst unterwegs. Eine Weile lang beobachten die Beamten die Übergabeorte, aber nach ein paar Stunden bricht Raudinger die Aktion ab und gibt die Anweisung, das Geld sicherzustellen. In neun der zehn Papierkörbe liegen die Scheine unberührt in den Tüten, doch bei der letzten Station fehlt das Geld.

Während Raudinger sich mit wachsendem Missmut von Party zu Vernissage, von Chefbüro zu Chefbüro schleppt, macht sich Floppe ganz gemütlich auf die Suche. »Haben Sie diesen Hund gesehen?«, fragt er in einem Zusammenschnitt an die Dutzend Mal, und nach ratlosen, bedauernden und abweisenden Gesichtern öffnet ihm eine Frau die Tür, die den Hund am vorherigen Tag gefunden hat. Er war vor ihrer Haustür festgemacht, eine Schale Wasser und Essen standen bei ihm. Damit hat Floppe den Schlüssel für den Fall in der Hand. Warum entführt jemand den Hund und kümmert sich so gut um ihn? Ein Tierfreund, ja, möglich, aber viel plausibler ist doch ein engeres Verhältnis.

Es stellt sich heraus, dass die Tochter die Entführung gemeinsam mit ihrem Freund fingiert hat. Der Hund war nur zufällig gleichzeitig aus dem Garten ausgebrochen und bellend hinter dem Auto hergelaufen – um nicht noch mehr Aufsehen zu erregen, hatten sie ihn mitgenommen. Natürlich hatte das Paar die halbe Million Mark Lösegeld nie ernsthaft anvisiert – fünfzigtausend waren für ihren Neustart in Spanien mehr als genug. Die Eltern zeigen sich erleichtert, an einer Strafverfolgung ins Ausland ist ihnen nicht gelegen. Sehr zum Unmut Raudingers, dessen erhoffter Karrieresprung nun ausbleiben würde. Dagegen lobt der Polizeipräsident Floppe ausdrücklich. Er habe den Fall sehr souverän und diskret behandelt, ein Lob, das gleichzeitig ein Seitenhieb auf den überall aneckenden Raudinger ist. Floppe selbst ist das aber nicht wichtig. Er ist mittlerweile auf einem vor Harmonie und blindem Verständnis nur triefenden Date mit der Bassistin gewesen und völlig enthusiastisch. Dass er versucht, den sichtlich zerknirschten Raudinger zu trösten, macht es für diesen nur noch schlimmer. Das ist zu viel. In einem Wutanfall packt er Floppe am Kragen und setzt ihn vor die Tür. Floppe grinst in der letzten Einstellung achselzuckend in die Kamera.

Ich frage mich, wie es für das vermeintliche Entführer-Pärchen wohl weiterging. Haben die beiden es nach Spanien geschafft? Haben sie sich auseinandergelebt? Ich drücke ihnen die Daumen, und damit irgendwie auch Franzi und mir. Mein Vater sieht in der ganzen Folge abgekämpft aus. Das gerötete Gesicht, der unstete Blick, die Fahrigkeit: Das alles kommt nicht vom Stress der Ermittlungen, das ist keine Interpretation von Floppes Figur. Es kommt von den Kneipennächten, aus dem Überschwang, von all den einsam getrunkenen Bieren. Ich weiß nicht genau, ob meine Eltern ihre Krise zu dieser Zeit wegen der Kneipen hatten oder ob ihn die Krise in die Kneipen trieb. Sie haben nie darüber gesprochen. Fest steht, dass sie auch das bewältigen konnten. Meine Mutter schaffte es, wie auch immer, dass damit irgendwann Schluss war.

Ich kann mich nicht mehr erinnern, wann ich begriffen habe, dass Alkohol hinter den Anekdoten meines Vaters steckte, dass er der Motor ihres Überschwangs war. Den Suff hat er immer ausgelassen, die Geschichten faktisch erzählt. Wie er auf dem Nachhauseweg, um eine Frau zu beeindrucken, seine drückenden Schuhe kurzerhand in die Kleiderspende warf. Dass er die Entscheidung direkt danach bedauerte, weil das mitten im Winter geschah. Dass aber nicht die Kälte das Problem war, sondern der Splitt, der sich in die Fußsohlen bohrte, dass ihr Lachen aber alles rechtfertigte. Was den Impuls befeuert hatte, ließ mein Vater aus. Wann habe ich verstanden, dass er jedes Mal, wenn er von einer »Bekannten« erzählt hat, eigentlich Affären aus der Zeit vor meiner Mutter meinte? An welchem Punkt wurde mir klar, dass nur wenige Menschen in vollkommen nüchternem Zustand die Nacht durchmachten, sich in einem offen gelassenen Bauwagen mit Warnwesten, Ohrenschützern und Arbeitshandschuhen einkleideten und den Türstehern eines Clubs weismachten, sie seien gebuchte Stripper und für ihren Auftritt spät dran? Wann ging mir auf, dass, wer mit dem Pedal seines Fahrrads in der Hosentasche der völlig zerfetzten Jeans aufwachte, sich in einen Zustand getrunken haben musste, der erst den Unfall und dann den stoischen Nachhauseweg mit dem lädierten Zubehör begünstigt hatte?

Schwer zu sagen, wann dieser Zeitpunkt war. Vielleicht, als ich selbst anfing, die ersten Suff-Anekdoten mit Freunden zu teilen, eingeweiht, wie der Beginn einer eigenen Folklore. Ich erinnere mich aber auf jeden Fall, dass für mich als Kind eine magische Kraft hinter den Geschichten steckte, eine Kraft, die das Alltägliche aufbrach, die antrieb, was die

Leute sagten, was sie taten, eine märchenhafte Welt, in der Erwachsene wie Kinder waren, spontan, trotzig, fantasievoll. Vielleicht habe ich deshalb die Episoden so gerne gehört und habe ihn immer wieder darum gebeten, sie zu erzählen. Was man manchmal dafür zahlt, das konnte ich natürlich noch nicht wissen.

19

Ich denke an die Nacht mit Franzi und sperre mich wieder in meinem Kopf ein, weide mich an Schuldgefühlen, und es ist niemand da, der mich rausholen könnte. So nah waren mir meine alten Geister lange nicht mehr gekommen. Was wohl Sophia sagen würde?

»Du hast sie ja zu nichts gezwungen, oder? Junge, es war ja kein Missbrauch. Warum für Sex schämen? Ich check das nicht. Sex ist doch was Schönes.«

Aber das alles überzeugt mich nicht, wenn es nicht wirklich von ihr kommt. Meine Form des Missbrauchs war, sie Baby zu nennen, den Arm um sie zu legen und keinen hochzukriegen.

»Meine Güte, wenn einer mal keinen hochkriegt, das ist doch kein Ding«, das hat Sophia mal gesagt. Ich kann mich noch allzu gut daran erinnern.

Sie musste selbst über das »Kein Ding« lachen, »na ja, es ist schon ein Ding, aber eben nicht im erstrebten Zustand«, dann hatte sie vergessen, was sie sagen wollte.

Zwei Stunden später fiel es ihr dann doch wieder ein, da passte es aber längst nicht mehr wirklich, da saßen wir nämlich mit Doro und ihren Arbeitskollegen vor einer Bar. Die anderen redeten gerade über die Start-up-Förderung des Freistaats Bayern, als Sophia sich zu mir drehte und direkt ansetzte: »Was ich vorher sagen wollte, wenn einer mal keinen hochkriegt, das ist nicht das Problem.«

Ich weiß noch, dass die Kollegin kurz blinzelte, immer noch zu den anderen gewandt, und sich irritiert zu den nächsten Worten ihres Satzes hangelte: »Ähm ... ja ... weil, da muss man dann schon erst mal einen Fuß in der Tür haben.«

»Klar kann das nerven, aber wenn der dann wenigstens nicht ewig getröstet werden will ... Ich sag dir, wenn einer nicht kommen kann, das ist ein viel größeres Problem«, führte Sophia unbeirrt aus, und wieder flackerte es in den Augen der Kollegin, die ihr Argument weiter ausbreitete, obwohl sie mit den Ohren bei Sophia war und obwohl all ihre Zuhörer nickten und dabei versuchten, die wilden Thesen mitzubekommen, die Sophia da von sich gab.

»Das kann nämlich stundenlang gehen«, dozierte Sophia in die Abwägung von Finanzierungsmodellen hinein, »vor allem, wenn die was geschmissen haben, dann hämmern die drauflos, ewiger Ständer, aber schaffen's nicht bis zum Ende, und dann immer wieder Pause und rummachen, und dann geht das wieder von vorne los. Das ist nicht das Angenehmste, das kann ich dir versprechen. Da weißte Bescheid.«

Es bedeutet also nichts. Es ist nicht schlimm. Es ist nichts weiter passiert. Aber nicht mal mit Sophias Stimme kann ich mir das selbst einreden. Also fange ich Texte an, breche sie ab, schalte das Handy aus, stelle es wieder an, hoffe auf eine Nachricht von Franzi und schäme mich für den Rückfall in die Abhängigkeit, für das sinnlose Rauchen, die Niedergeschlagenheit in all ihrer Idiotie, bis sie endlich schreibt.

In zwanzig Minuten kommt sie. Ich schlage die Zeitung auf und wieder zu. Ich schaue in den Kühlschrank, aber sehe nichts, auf das ich Appetit habe. Ich lege Ella Fitzgerald auf, und dann Tom Waits und dann doch lieber Ella. Es klingelt an der Tür. Ich drücke den Summer, und mir fällt ein, dass ich meine Zähne noch nicht geputzt habe. Eine Minute habe ich, bis sie hier oben ankommt. Ich finde keine Zahnpasta, aber das ist nicht so schlimm, ich will ja nur sichergehen, dass nichts in den Zwischenräumen hängt, und da merke ich, dass ich die alte Zahnbürste benutze, mit der ich die Knoblauchpresse gereinigt habe und mit deren Borsten ich jetzt die Reste der zerquetschten Zehe gründlich ins Zahnfleisch hineinreibe. Und da ist sie schon an der Tür, ich öffne, und sie lächelt ein Lächeln, von dem sie einen Teil noch zurückhält. Sie bewegt sich auf mich zu, und ich umarme sie. Unsere Wangen streifen sich, es ist nicht der Kuss, den sie einleiten wollte.

»Aha«, sagt sie irritiert, »ist irgendwas?«

»Nein! Es ist nur …« Beklemmung steigt in mir auf, sie könnte sich abgelehnt fühlen.

»… ich hab gerade meine Zähne mit Knoblauch geputzt.«

Sie stutzt. »Du hast was?«

Als ich mein Malheur erklärt habe und sie fertig mit Lachen ist und mit dem Lachen nach dem Lachen und dem Lachen, das immer wieder aus ihr herausbricht, wenn sie einen Satz beginnen will, zieht sie mich zu sich und küsst mich. Es ist überwältigend erleichternd, und mir kommt es vor wie der Beginn von etwas.

Ein hart angeschlagenes Bass-Riff klatscht mit hunderttausend Volt durch den Raum und reißt mich aus dem Schlaf.

»Give it away, give it away, give it away, give it away now.« Die Red Hot Chili Peppers in monströser Lautstärke, ich hatte vergessen, den Radiowecker abzustellen. Ich setze zusammen: Bett, Schrank, Fenster, Regal, die Querstrebe, die durch die Matratze in meine Wirbelsäule drückt, das ist mein Bett, meine Wohnung, und neben mir versucht auch Franzi, sich in diesem unvermittelten Kreuzfeuer zu orientieren. Ich laufe zur Anlage und ziehe den Stecker.

»Du musst das nicht machen«, sagt sie verschlafen, als ich mit zwei Kaffeebechern in das Zimmer zurückkomme.

»Will ich aber.«

Ich stelle sie auf dem Nachtkästchen ab.

Das sei wirklich nett, erklärt sie, aber sie fühle sich in die Ecke gedrängt. Was sie damit meine, sei, dass ich so bestimme, wie wir miteinander umgehen, und verborgene Regeln aufstelle. Ich frage sie, warum sie es nicht einfach annehmen könne. Aber sie bleibt dabei. Ob ich es beabsichtige oder nicht, Aufmerksamkeiten sehe sie nicht nur als Liebesbeweise, sondern auch als versteckte Versuche, mir selbst eine Art Bonus zu erarbeiten, die Stimmung von ihr vorzubereiten und zu pflegen.

»Jetzt schau doch nicht so«, sagt sie, »ich bin eben auch nicht immer einfach. Ich freu mich doch über den Kaffee. Das kam jetzt schräg rüber. Alles, was ich sagen wollte, ist eigentlich, ich will nicht, dass du so was machst, weil du denkst, ich erwarte das.«

Schweigen, Pausen in Texten, das alles kann ich mit den schlimmsten Dingen auffüllen, sehe sie in anderen Betten, fühle, wie sie das Interesse verliert, spüre ihren Überdruss.

Am liebsten hätte ich eine Versicherung, dass sie nur kurz genervt ist, dass es nicht andauert, am besten mit einer Frist.

Sie lacht. »Du musst mal zulassen, dass du nicht alles sofort einordnen kannst.«

Das wäre das ständige Klopfen auf das Fundament des Ganzen, das andauernde Prüfen, ob das Eis knirscht, das wäre der Beleg für die Statik durch kleine Lächeln, Ich-liebe-Dichs und Berührungen. Aber ich habe schon erlebt, wie alles ausbleicht, wie ein Lächeln, das am Anfang direkt in meine Mitte durchgedrungen ist, milder wird und stumpfer, an mir abgleitet. Wie der Ausdruck nachsichtig wird und dann schon fast entschuldigend und am Ende mit einem melancholischen Glanz, der sich schon längst auf etwas weit Zurückliegendes bezieht.

»Und wegen gestern«, beginnt sie zaghaft, sanfter jetzt, »das kommt manchmal vor, dass ich nicht richtig entspannen kann. Das hat aber nichts mit dir zu tun. Das passiert einfach, und dann verkrampf ich.«

»Mach dir keine Sorgen.«

Ich fahre mit den Fingern über die Tattoos auf Franzis Schulterblatt. Die Verästelungen des Baumes laufen wie Tusche über ihren Rücken. Ein Baumhaus vor der untergehenden Sonne im Wipfel. Nicht tätowiert zu sein, kommt mir auf einmal vor wie ein pathologisches Nicht-Festlegen.

»Als deine Mutter gestorben ist, wie hast du das geschafft?«, fragt sie. »Du musst nicht antworten.«

Ja wie? Habe ich wirklich irgendetwas geschafft?

»Atmen. Sich Dinge sagen, die man selbst nicht glaubt. Wie: Es wird besser. Wie: Du musst weitermachen. Wie: Irgendwann kannst du dich wieder aufraffen. Die ganzen leeren Routinen aufrechterhalten natürlich. Und dann darauf hoffen, dass sich irgendwann wirklich was ändert, obwohl du nicht davon überzeugt bist.«

So war das. Einkaufen gehen. Kauen, schlucken. Die Ratschläge von Freunden anhören. Zum Bestatter gehen. Kauen, schlucken. Hoffen, dass etwas in dir arbeitet. Die Schwester umarmen, den Vater umarmen. Kauen, schlucken. Eine Struktur behalten, die sich wieder füllen sollte. Aber sie füllt sich nicht. Alles ist distanziert und fern, und du hast es sortiert, aber dafür fühlst du auch nichts. Das ist der Deal. Und dann fasst du irgendwann in deine Tasche und fühlst Papier, und dann faltest du einen Zettel auf, und alles, woran du so emsig festgehalten hast, alles, was du so strebsam aufgebaut hast, verwirbelt in einem Augenblick. Aber das sage ich nicht.

20

Schon das Klingeln des Telefons hatte dringlich geklungen, der Name meines Vaters auf dem Display nach Mitternacht. Aber vielleicht ist das nur die Art, wie die Erinnerung das Empfinden verzerrt. Das Schluchzen meines Vaters am Telefon, wie er sagte: »Therese ist …«, und nicht weiterkam und ich mich ganz stark auf das Kalenderbild an der Wand meiner Küche konzentrierte, auf dem eine Karawane durch die Wüste zog, eins, zwei, drei, vier Kamele, »Therese ist …«, ein Jeep und zwei Hügel, »Therese ist …«, eine untergehende Sonne und etwas, das kalt in meine Knochen fuhr. Ich rannte zur Bahnstation als könnte das etwas ändern, ging minutenlang den Bahnsteig auf und ab. Mein Vater war immer noch am Telefon, und ich wiederholte: »Ich komme gleich, ich bin gleich da«, als würde das helfen.

Jeden Tag bricht im Krankenhaus für jemanden die Wirklichkeit ein, und jetzt traf es mich. Mich und meinen Vater, mich und meinen Vater und meine Schwester, mich und meinen Vater und meine Schwester und meine Mutter. Es konnte nicht sein, durfte nicht sein. Alles ging viel zu schnell, um es zu verstehen, das Gesicht war abgedeckt, ein Punkt gesetzt. Die Ärzte hatten es erklärt, ein Gerinnsel im Gehirn, sie hatten gezeigt, wo, hatten gesagt, so etwas sei im Vorfeld kaum zu erkennen, das bliebe meist ohne Symptome, dann war der theoretische Teil vorbei. Der weinende Vater als Zeichen, als Beweis dafür, dass es echt war, wirklich passiert. Er umarmte mich, und wir hielten uns fest, umklammerten uns, pressten uns aneinander, lange, so fühlte sich Angst an, Angst vor allem, was kam, aber erst mal vor dem Ende der Umarmung, vor dem Moment, in dem wieder Luft zwischen uns kommen würde und etwas anderes sich ausbreiten konnte, ein lähmender Schmerz, eine taube Ohnmacht. Das Telefon meines Vaters klingelte in der Tasche. Lisas Anruf löste unser Umklammern auf, sie war aus Hamburg unterwegs, mein Vater verließ mit gedämpfter Stimme den Raum. Ich ging auf den Korridor hinaus, an Betten auf Rollen vorbei, sah eine Tür ins Freie und tastete in der Hosentasche nach meinem Tabak. Die Luft draußen war unangemessen mild, und ich kräuselte eine dünne Linie in das Papier, legte den Filter ein. Es gab nur einen Menschen, mit dem ich jetzt unbedingt reden musste, der vielleicht wusste, was ich tun konnte, der vielleicht zu helfen vermochte, und ich suchte Sophia in der Kontaktliste. Die Rauchwolke verflüchtigte sich vor mir in der Nacht, und es tutete und tutete und tutete.

Ich wachte auf und brauchte eine Weile, um mich zu orientieren. Die alte Vitrine mit Familienfotos, der raue Stoff unter meiner Wange, leise Stimmen aus dem Nebenraum. Ich setzte mich aufrecht hin, befühlte ein Kissen, legte es zur Seite und ging in die Küche. Lisa stand auf und drückte mich, mit roten Augen und einem gefassten Lächeln. Sie war schon immer die Tapfere von uns beiden. Was immer es war, worüber mein Vater und sie geredet hatten, es war jetzt weg, wo ich den Raum betreten hatte. Es gab nichts zu sagen. Meine Mutter war tot. Meine Mutter, die nie geschafft hatte, zu sich selbst annähernd so gut zu sein, wie zu allen anderen. Je länger wir schwiegen, umso belangloser erschien mir alles, was ich hätte sagen können.

Ich ging auf den Balkon. Mit Sophia zu sprechen, war das Einzige, von dem ich mir ein kleines bisschen Besserung erhoffte. Die Sonne brach gewaltsam durch die Wolken und leuchtete den Innenhof übergrell aus. Unten war es für die Leute ein normaler Tag. Ich zündete eine Zigarette an und durchblätterte die Kontakte meines Handys. Ein ganzes Telefonbuch voller Bekannter. Mit keinem von ihnen hatte ich das Bedürfnis zu sprechen. Ich versuchte ein weiteres Mal, Sophia zu erreichen, aber sie nahm und nahm nicht ab.

Ich hatte mich seit dem Vortag so an den Rhythmus aus Zügen von der Zigarette und dem regelmäßigen Ton des Rufsignals gewöhnt, dass mich das Knacken und die tiefe Stimme am anderen Ende völlig aus dem Gleichgewicht brachten, als jemand abhob.

»Ja?«

»Ich würde gern Sophia sprechen, bitte«, sagte ich.

»Sophia. Aha. Und wie noch?«

Ein sachlicher, abgeklärter Tonfall. Ich brauchte einige Augenblicke, um Sophias Nachnamen aus dem Hinterkopf zu kramen.

»Martins.«

»Wohnhaft?«

»Mit wem spreche ich denn bitte?«

»Kriminalhauptkommissar Luzian. Mit wem habe ich denn das Vergnügen?«

»Anton Lobmeier.«

Er fragte mich nach Sophias Adresse, und wo ich selbst wohnte. Ob ich ins Präsidium kommen könne? Ich notierte mir die Adresse auf dem Block neben dem Telefon, unter den Anschriften von Freunden meiner Mutter.

Die dunkelblaue Uniform der Polizisten hinter dem Schalter ließ mich mit einem plötzlichen Stich an die veraltete grün-braune Dienstkleidung der Kollegen von Floppe in *Alarm für Ramersdorf 81* denken und damit an meinen Vater, der, unfähig sich zu bewegen, zu Hause saß. Die Beamten strahlten in der neuen Farbe und ihrer kontrolliert freundlichen Art eher Serviceorientierung als eine gemütliche Geborgenheit aus. Sie meldeten mich telefonisch an und baten mich, im Wartebereich Platz zu nehmen. Ein Teppichboden in gedämpften Farben, indirektes Licht, hier wurde sich um Anliegen gekümmert.

»Lobmeier? Luzian. Vielen Dank, dass Sie sich die Zeit nehmen.«

Der Kommissar trat auf mich zu, mit den sicheren, selbstverständlichen Schritten von jemandem, der zu seiner logischen Form gefunden hat. Eine tiefe, sonore Stimme. In seinem Wolljackett und einem weinroten Pullover wirkte er vertrauenswürdig. Als ich aufstand, um dem Kommissar die Hand zu geben, sah ich, dass ich ihn um einen Kopf überragte. Im Büro deutete Luzian auf den Stuhl vor dem Schreibtisch. Hinsetzen, aufstehen, hinsetzen. Er wollte wissen, wann ich Sophia zuletzt gesehen hätte. Ob mir etwas Ungewöhnliches an ihrem Verhalten aufgefallen wäre. Ob sie sichtbare Spuren von Gewalteinwirkung gezeigt habe. Warum ich innerhalb von vierundzwanzig Stunden zweiunddreißigmal versucht habe, sie zu erreichen. Wo ich in diesem Zeitraum gewesen sei und mit wem. Ich war froh um die klaren Fragen, an denen ich mich entlanghangeln konnte.

Vorgestern.

Keine Besonderheiten.

Keine Verletzungen.

Im Klinikum rechts der Isar und zu Hause.

Mit meinem Vater, später auch meiner Schwester.

Ich wollte sie dringend sprechen. Weswegen? Das ist privat.

Auf meine Rückfragen antwortete Luzian bedacht und knapp. Ein paar Dinge konnte ich mir erschließen. Sophias Telefon war wohl von einer Reinigungskraft im Papierkorb in einem städtischen Park entdeckt worden. Als ihr Blut an der Bank daneben auffiel, wandte sie sich an die Polizei statt ans Fundbüro. Eine Überprüfung ergab, dass um fünf Uhr zwanzig morgens mit Sophias EC-Karte der Tagesmaximalbetrag von tausend Euro abgehoben wurde. Überwachungsbilder gab es davon nicht. Das ist alles. Sophia auf einer Bank. Blut. Zweiunddreißig verpasste Anrufe. Und noch einmal mehr als zwanzig von einer unbekannten Nummer.

»Darf ich fragen, wie nah Sie Frau Martins stehen?«

Etwas sank in mich ein, schwer durch die Brust.

»Sie ist meine einzige Freundin.«

Es sank immer tiefer, in meine Fußsohlen, in den Teppichboden, und als es unten ankam, hörte ich mich weinen, bevor ich spürte, dass eine schwere Hand auf meiner Schulter lag. Ich entschuldigte mich und ging nach draußen, zündete eine Zigarette an, eine kurze Erlösung, und Sophia hatte recht gehabt, es gab Struktur. Eine Kippe, Kaffee, Alkohol.

Kleine Zäsuren, die die Zeit dazwischen ertragbar machten, die Leere unterbrachen, die sich ausbreitete und dehnte. Rauchen. Husten. Ausspucken. Ausspülen. Angetrunken sein, betrunken sein, Vollrausch, Ohnmacht, Kater. Das gibt es umsonst dazu, ein echtes Auf und Ab, wer hat das sonst schon, so ein Auf und Ab, Hochs und Tiefs? So weiß man wenigstens, dass man lebt. So oder so. Ich wünschte, Sophia wäre hier. Ich wünschte, ich hätte das Gerinnsel auf dem Weg nach oben stoppen können.

Bei so einem kurzen Zeitraum könne sich alles auch jederzeit ganz schnell wieder in Luft auflösen, sagte Luzian ruhig, Panik sei nicht angebracht, ich solle mich einfach erst mal ausruhen, es wäre aber gut, wenn ich noch Zeit für ein kurzes Gespräch mit seiner Kollegin hätte. Sein aufgeräumter Tonfall brachte mich zurück, und ich schämte mich, der Stiftehalter auf dem Schreibtisch, der Locher, die Ordner in dem Regal, das war ein seriöses Umfeld, da konnte man nicht einfach weinen, zumindest nicht ohne Erklärung.

Die Kollegin saß in einem ähnlichen Büro, gab mir die Hand, fragte mich, wie es mir ginge. Sie stellte weitere Fragen zu Sophia und mir, woher wir uns kannten, wie lange schon, wie die Beziehung sich genau gestaltete, und ich wurde wütend, bitter stieß ich hervor, dass meine Mutter am Vortag gestorben sei, nur um sie zu verletzen, um sie für eine Rücksichtslosigkeit zu bestrafen, für die sie nichts konnte, um sie für alles zu bestrafen, was passiert war.

»Das tut mir leid«, sagte sie einfühlend.

»Mir auch«, antwortete ich tonlos und wünschte, ich hätte mehr Haltung.

21

Es dauerte eine Weile, bis ich die Klingel hörte, und dann dauerte es einige Augenblicke, bis ich den Typen, der vor meiner Tür stand, als Sophias Freund erkannte, und dann dauerte es noch zu lange, bis mir einfiel, wie er hieß.

»Hey, Torben, komm doch rein«, sagte ich.

Torben war unruhig und aufgewühlt, er fuhr sich alle paar Sekunden durch die Haare. Er fragte mich, ob ich Sophia gesehen habe. Als ich wissen wollte, ob er auch bei der Polizei gewesen sei, weiteten sich seine Augen. »Polizei, wieso denn Polizei, warst du bei der Polizei?«

»Ich …«

»Wieso denn Polizei?« Er schluchzte kurz auf. Ich beruhigte ihn. Über mich selbst hatte ich keine Kontrolle, aber ihn zu beschwichtigen, das ging, da konnte ich mich an den Fakten entlangbewegen. Ich sagte ihm alles, was der Kommissar mir mitgeteilt hatte. Er nickte. Die anderen zwanzig Anrufversuche hatte er unternommen. Dass der Kommissar bei mir abgehoben hatte, war reiner Zufall gewesen.

»Ja, genau, genau«, sagte Torben und reihte die Bruchstücke für den Grund seiner Sorge wirr aneinander. Ich verstand nicht alles genau, aber Torben hatte sich von Sophia getrennt und befürchtete, sie könnte durchdrehen, sich was angetan haben.

»Sophia?«, fragte ich ungläubig. »Hat sie was in die Richtung gesagt?«

»Nein, das hat sie nicht, aber wie sie geschaut hat, Anton, das hättest du sehen müssen, um es zu verstehen, so zerbrochen und still hat sie gelächelt und über meine Hand gestrichen und ist gegangen, als wäre etwas endgültig vorbei.«

Das war erst vor zwei Tagen, und jetzt erreichte Torben sie nicht und wusste nicht, was er machen sollte. Ich wusste es auch nicht, aber mir war klar, dass das nicht gut war, dass jetzt schon zwei Leute hier standen, die sich vollkommen im Schwimmen befanden, da hob sich gar nichts auf, das verstärkte sich wie eine Rückkopplung.

»Und ihre Familie? Weiß die vielleicht etwas?«

Ihre Mutter und ihr Vater lebten in anderen Städten, sagte Torben. Sie habe keinen regelmäßigen Kontakt zu ihnen. Torben redete, und Mama war tot und Sophia weg, und ich musste verschwinden, ich musste raus aus der Wohnung, und vorher musste Torben raus, und ich entschuldigte mich, mir gehe es nicht so gut, und obwohl das eine Untertreibung war, fühlte es sich wie eine Lüge an. Wir versprachen uns gegenseitig, uns auf dem Laufenden zu halten. Torben ging, aber es stellte sich kein Gleichgewicht ein, und ich weinte im Stehen, den Kopf am Rahmen der Tür, die er gerade hinter sich geschlossen hatte, nur ein bisschen noch, bis ich die Kraft gesammelt hätte, mich umzudrehen, nur ein bisschen noch.

James war auf Geschäftsreise, Doro bei ihren Eltern, ich gehörte ohnehin nicht mehr hierher, und meine Einsamkeit hallte in den leeren Zimmern wider. Kurz dachte ich daran, Doro anzurufen, aber die Gefahr, dass es mir danach noch schlechter gehen könnte, lähmte mich. Ich nahm einen Schluck Kaffee, aber mir kam es sofort so vor, als bringe mich das ins Wanken, und ich kippte den Becher aus. Meine Atemzüge fühlten sich eng an, und ich wünschte mir so sehr, dass das Gefühl vergehen würde oder dass die Schmerzen in ihren Teilen wenigstens voneinander trennbar wären, wünschte mir, dass ich wüsste, ob die Beklemmung daher kam, dass ich noch keine geraucht hatte, ob die Angst daher kam, dass mein Körper sich nach Alkohol sehnte, und ob die Verzweiflung daher kam, dass ich ohne Doro und Sophia mit niemandem reden konnte, oder daher, dass meine Mutter tot war, und ob die Hoffnungslosigkeit daher kam, dass ich noch keine Zeit hatte, mich zu sortieren, und ob ich die Lähmung wegen des Regens verspürte oder weil ich so oder so immer schon ein Mensch war, der nicht in der Lage war, sich selbst zu helfen. Aber das alles wusste ich nicht, und deshalb vermischte es sich zu einem lähmenden Kummer, der sich anfühlte, als ob er nie wieder besser würde.

Vorher hatte ich nie gedacht, dass es so wehtun könnte zu essen. Oder unter der Dusche zu stehen. Ich hätte nie gedacht, dass es einer derartigen Anstrengung bedürfen könnte, Zähne zu putzen. Was für eine Überwindung, mich zu rasieren. Ich fragte mich, wie der Boden unter meinen Füßen meine Bedrückung aushalten konnte. Ich verachtete mich. Herz und Kopf wieder zusammenzubringen, war schwer. Anflüge von Hoffnung kamen nur im Rausch, doch im Rausch konnte ich nicht richtig nachdenken – und verkatert erst recht nicht. Mit klarem Kopf war ich zu traurig dafür.

Die ganzen ungelebten Leben, die mich immer wehmütig gemacht hatten. Nicht nach Mittelamerika ausgewandert, mich eingeklinkt in einen unversteiften Flow, in die Tage hineingelebt. Nicht nach Kanada gegangen und die Wälder durchstreift, die Kiefern gerochen. Nicht im Getränkemarkt gearbeitet und Bierkisten über den staubigen Boden geschoben. Nicht alles gegeben, um zu sehen, wie weit ich es beim Fußball bringen könnte.

All das kollabierte jetzt und faltete sich ein, schrumpfte zusammen in ein einziges, ungelebtes Leben, eines, in dem meine Mutter fragte, was es im Job mal wieder Neues gebe, und ich in der Nacht nach Doro tastete und erleichtert war, sie zu spüren, und zu ihren Atemzügen wieder einschlief, ein Leben, in dem Sophia da war und mir helfen konnte.

Ich schaltete den Fernseher ein. Der FC Bayern spielte im Pokal gegen einen Zweitligisten, und schon die ganze Vorberichterstattung drehte sich nur um die Münchner, wer auflaufen würde, wie der Trainer verhindern konnte, dass es zu Unruhe im Kader käme. Flutlicht, Pokalfight, einzigartige Atmosphäre, es war angerichtet, nur pflichtbewusst stellten die Reporter diese Hülsen in den Raum. Ein paar beherzte Grätschen zu Beginn, eine vom Heimpublikum bejubelte Ecke, ein Raunen, als der Verteidiger des Underdogs einen Abpraller über die Latte jagte. Vielleicht doch die Sensation, vielleicht doch der eine Abend, an dem alles anders läuft, vielleicht doch ein kleines Zeichen an mich, dass ich der Übermächte Herr werden konnte, aber nein. Systematisch ergriff Bayern die Kontrolle, schnürte den Gegner ein, nutzte die zweite Halbchance, erhöhte auf zwei zu null und schoss das dritte Tor noch im Runterschalten. Es war schwer zu bestimmen, welcher Moment das Spiel entschieden hatte. Die Verlierer äußerten sich in den Interviews nicht unzufrieden. Alles auf dem Platz gelassen. Alles gegeben. Immer dahin gegangen, wo es wehtat. Am Ende der Unterschied natürlich zu groß.

Was willste machen?

Da kannst' nix machen.

Genau.

So schlimm wie diesmal war es noch nie. Aber ich war schon so oft aufgestanden, hatte die Hände auf die Knie gestützt, abgeschüttelt, hatte mich so oft wieder zusammengesetzt. Konzentrier dich. Werde stärker. Denk ja nicht daran, ob du wieder eine Frau findest, deren Nacken so gut riecht. Die so ein hübsches Gesicht im Regen macht, die Nase kraus, niedliche Ablehnung. Denk nicht an deine Mutter. An deinen Vater mit den bebenden Schultern. An deine starke Schwester. An deine beste Freundin. Dahin gehen, wo es wehtut.

Ich machte den Ton aus und schaltete um. Eine Nachrichtensprecherin musterte mich durchdringend. Jemand staunte im Duett über einen Standmixer. Grimassierte. Ein Loch brannte in der Wüste. Ein Drohnenflug über Menschen, die am Rand standen. Ich schaltete den Ton wieder ein. In Turkmenistan lag das Loch. Geologen hatten 1971 dort zufällig eine Höhle gefunden, die mit Erdgas gefüllt war. Die Decke über ihr brach zusammen, daher der Krater von etwa siebzig Metern Durchmesser. Damit das Gas nicht ausströmen konnte, beschloss man, es zu verbrennen. Die Stimme aus dem Off beschrieb diese Schritte ruhig, als wäre es der normalste Vorgang der Welt, einen riesigen Gaskrater in Flammen zu setzen. Die Experten hatten gehofft, es würde nur ein paar Tage lang brennen. Und jetzt loderte es immer noch, fast fünfzig Jahre später. Sie nennen es das Tor zur Hölle. Es glimmt wie Lava in der turkmenischen Nacht. Es glimmt wie Lava. Die Augen fielen mir zu, und das Bild trug mich in den Schlaf: Ein Loch in der Wüste mit siebzig Metern Durchmesser, das seit Jahrzehnten unablässig brannte.

22

Ich dachte, ich könnte alles wegatmen. Mich von Atemzug zu Atemzug retten, bis es ein bisschen besser würde, Stück für Stück Fuß fassen, bis ich mein Leben irgendwann wieder unter Kontrolle haben würde.

Ich hatte mich getäuscht. Wie ich losgefahren bin, ist mir nur vage vor Augen. Aber was es ausgelöst hat, weiß ich noch genau. Wie ich in der Jackentasche nach dem Feuerzeug angelte. Wie meine Finger einen Zettel zu fassen bekamen. Vielleicht ein Kassenbeleg. Vielleicht eine Notiz. Wie ich, immer noch gedankenverloren, das Papier umständlich auffaltete, weil meine rechte Hand noch geschient war. Wie ich die Handschrift meiner Mutter sah. »Geht ois vorbei«, stand auf dem Zettel, Buchstaben zu Worten, die Karikatur eines Mannes mit einer Gewitterwolke über dem Kopf, und wie sich meine Eindrücke danach zerfleddern und die Bilder abgehackter werden. Auch heute kann ich mich nicht an Zusammenhänge erinnern, nur an einzelne Momente. An manche von ihnen nur als undeutliche Gefühle, an andere in stechender Klarheit mit gefährlich scharfen Kanten.

Wie verdutzt James über die Dringlichkeit war, mit der ich ihm am Telefon klarzumachen versuchte, dass ich eine Einladung nach Turkmenistan brauchte. Wie er mein Visum deichselte, obwohl er nicht im Land war und keine Ahnung hatte, was ich vorhatte. Von dem Konsulat in Frankfurt habe ich keine klaren Bilder vor Augen. Ich erinnere mich an Gesprächsfetzen, die ich später in der Stadt aufschnappte, ohne zu verstehen, dass ich mit ihnen gemeint war.

»Hast du gesehen, wie der gerade gelacht hat? Na, den Geldschein hat er zum Bezahlen rausgeholt, und der Barkeeper hat schon die Hand ausgestreckt, aber er hat so komisch den Schein angeschaut und plötzlich gelacht. Aber auf eine verzweifelte Art, irgendwie.«

»Hast du gesehen? Der ist im Gesicht genäht.«

»Ich glaub, der ist nicht ganz normal.«

»Ja, so viel steht fest, der hat einen Hau.«

»Ich weiß nicht, ob der was genommen hat oder so, aber dem hat's mal ordentlich den Draht aus der Mütze gehauen.«

»Der hat den Grip verloren.«

»Was heißt hier verloren?«, dachte ich und lachte noch mal. Es klang fremd. Ich stand daneben und wünschte, die Diskussion könnte den nächsten Schritt nehmen, sich von der beschreibenden Ebene wegbewegen, aufhören, das Offensichtliche festzuhalten, und sich mit Lösungen beschäftigen, es musste doch irgendeine Möglichkeit geben für mich, irgendeine Schrittfolge, die nicht in Zerstörung mündete, die mich in einer fragilen Balance hielte.

Nur die Kreditkartenabrechnung sollte mir später ein grobes Raster geben. Fluggesellschaften. Mietwagenfirmen. Hotels. Hohe Bargeldabbuchungen. Frankfurt. Wien. Belgrad. Istanbul. Aşgabat.

Eine krakelige Unterschrift auf einer Rechnung. Der aufgeklappte Reisepass. Das meiste bleibt verschüttet. Verwaschene Schnappschüsse von Hotelzimmern, kurz der beißende Geruch von schlechtem Wodka, ein ausgeblichener Teppich in einem Hotelflur. Und irgendwo dazwischen, ohne Orientierung, ohne Plan, ohne Zugriff, der hoffnungslose Anton Lobmeier.

Dann der nie vergehende Neuwagengeruch des gemieteten VWs in der Nase, eine hügelige, trockene Landschaft flog Kilometer um Kilometer an mir vorbei, zu einer Diskussion im Radio, deren Inhalt ich nicht verstand, deren Sprache ich nicht sprach.

Schlaglichtartige Bilder:

Ich fahre an den Straßenrand, als ich wegen einer alles durchdringenden Sitarmusik im Autoradio krampfhaft weinen muss.

Ich merke auf der Autobahn, dass das Radio nur noch laut rauscht, weil der Empfänger die Frequenz des Senders verloren hat. Wie lange ich dem lauten Rauschen schon zuhöre, weiß ich nicht.

Im Flugzeug ein Mann, der bei einem kurzen Ruckeln mit schwitziger Hand meinen Arm umklammert und sich schüchtern entschuldigt.

»Oh, he's so important«, sagt eine Frau mit englischem Akzent sarkastisch, als ich mich in der Menge in Belgrad hektisch an ihr vorbeidrücke. Ich verstehe »impotent« und lache ein lautloses Lachen in mich hinein.

Vor meinem Abflug nach Turkmenistan traf ich in einer Kneipe einen jungen Finnen und erzählte ihm in gebrochenem Englisch, was mir alles passiert war, die Fäden im Gesicht, die Schiene am Handgelenk, das ganze Gewicht, das auf mir lastete, und dass ich jetzt zur Hölle fahre, dass es jetzt nur noch ein Ziel geben könne, und ich wusste nicht, ob er überhaupt ein Wort verstand, aber irgendwann packte er mein Handgelenk und wiederholte einen finnischen Satz immer wieder, zwischen Lachen, Verzweiflung und Dringlichkeit, winkte in Richtung des Barkeepers mit dem Finger durch die Luft, erhielt den geforderten Kugelschreiber, schrieb mir den Satz auf eine Serviette, klopfte mir auf die Schulter und ging.

Dann Aşgabat. Alles sauber, alles leer, alles geometrisch. Wie eine Simulation in Architekturbüros. Verlorene Soldaten mit Maschinengewehren. Nirgendwo durfte man rauchen. Der erste Moment, in dem ich mich wieder etwas fing. Ich war hier, weil ich es nicht mehr ausgehalten hatte. Weil alles kaputtgegangen war. Heute Morgen war ich mit dem Guide und einem Jeep vom Hotel aus gestartet.

Endlich stand ich am Tor der Hölle. Mein Fahrer nickte in Richtung des Kraters und lächelte, das Licht der Glut tauchte sein Gesicht in ein nervös flackerndes Orange. Ich hatte ihm eventuell zu viel bezahlt, schämte mich aber sofort für den Gedanken. Aber das war nichts im Vergleich zu der Naivität zu glauben, irgendeine bedeutende Erfahrung würde sich beim Anblick des Loches einstellen. Ich wartete vergeblich darauf, dass etwas Sinnstiftendes mit mir passierte. Ich konnte nicht benennen, was ich mir erhofft hatte. Und ich kann es auch jetzt noch nicht. Wenn überhaupt, durchströmte mich ein Gefühl der Gnadenlosigkeit, der Unbarmherzigkeit. Das Erdgas brannte seit fast fünfzig Jahren, lange vor meiner Geburt, und es würde auch weiterbrennen. Dass hier jemand stand, der das Gefühl hatte, alles verloren zu haben, ließ das Loch gleichgültig. Nichts bündelte sich in meine Richtung, die Glut strahlte gleichmäßig nach außen ab, indifferent, auch ich bekam nur den zufälligen Teil ab, der sich ausbreitete. Das war die Inventur. Meine Freundin hatte mich verlassen. Meine Mutter war tot. Der einzige Mensch, der mich verstand, war verschwunden. Ich war allein.

Was bleibt dir?

Nichts.

Alles.

23

Beide Zettel trage ich im Geldbeutel immer bei mir, den meiner Mutter und den des jungen Finnen. Ich frage mich immer noch, ob er wirklich verstanden hatte, was ich da redete. Ob sein Spruch ein kleiner, dunkler Scherz gewesen war oder ein wahrhaftig gemeinter Ratschlag. »Leuka rintaan ja kohti uusia pettymyksiä.«

Gleich nach meiner Rückkehr zeigte ich den Zettel dem einzigen Finnen, den ich kannte. Er arbeitete in einer Tankstelle. Er lachte. »Das kommt von Matti Nykänen. Ein berühmter Skispringer. Ihr sagt hier ›Kopf hoch und weiter‹, oder? Das ist das Gegenteil. Etwas sehr Finnisches. Es heißt ungefähr: ›Lass das Kinn auf die Brust sinken und mach dich gefasst auf weitere Enttäuschungen.‹«

In diesem Moment verstand ich es mit stechender Klarheit. Ich bedankte mich überschwänglich. Fast euphorisch ging ich durch die Schiebetür. Viel zu lange hatte ich geglaubt, ich könnte mich Dingen aussetzen, um an ihnen zu wachsen. Harscher Kritik, Situationen, die mir Angst machten. Immer hatte ich die Hoffnung, ich würde sie irgendwann beherrschen können, wenn ich mich ihnen nur oft genug stellte. Irgendwann würden die Zweifel verfliegen, und die Nervosität gleich dazu, eines Tages würde ich eine ruhige Art von Selbstbewusstsein spüren. Keine Beklemmung mehr gegenüber Menschen, von denen ich das Gefühl hatte, sie erreichten mehr, seien schon ganz mühelos an einen Punkt gelangt, der für mich in weiter Ferne lag. Was für ein Unsinn. Es war das Gegenteil. Alles loslassen, das Kinn auf die Brust legen und sich für neue Enttäuschungen bereit machen. Warm und fiebrig durchströmte mich die Wahrheit, gegen die ich mich so lange gesträubt hatte. »Ich bin nichts. Ich bin ein Verlierer. Ich bin unangreifbar.« Am liebsten wollte ich das den Passanten ins Gesicht schreien, so erleichtert war ich, das alles aufzugeben. So froh war ich über das Gefühl, nicht mehr neben mir zu stehen, sondern ausnahmsweise, mit einem Mal, zu akzeptieren, wer ich bin.

Als ich wieder nach München zurückkehrte, standen ein paar Kisten in dem WG-Zimmer. Doro war bei ihren Eltern. Mein Shirt, in dem sie das letzte Mal geschlafen hatte, lag sauber gefaltet am Bettrand. Die gemeinsamen Fotos hatte sie vom Kühlschrank abgehängt, aber sie lagen gestapelt auf dem Küchentisch. Wollte sie sie mitnehmen und hatte es sich dann anders überlegt? Hatte sie Sorge, ich würde Hoffnung schöpfen, wenn sie die Bilder mitnähme, ein leiser Beleg, dass sie noch an den Erinnerungen hing? Oder wollte sie nur klarstellen, dass die Bilder dort nicht mehr sichtbar sein sollten, dass das nicht mehr ihre Funktion war, dass sie nichts mehr repräsentierten, sondern in eine Kiste gehörten, vergraben mit all den anderen Dingen, an die zu denken schmerzhaft sein könnte? Eine kleine Zeichnung, die ich ihr geschenkt hatte, stand noch gerahmt auf dem Nachttisch. Die Herdplatten-Espressomaschine, die sie mir geliehen hatte, fehlte, vielleicht weil sie sie brauchte, vielleicht aus Prinzip. Ich ging auf die Toilette und sah den Wäschebehälter, aus dem einer ihrer Spitzen-BHs herausschaute. Er war nicht mehr für mich.

Der Kalender neben der Tür war weg, aber was für eine Kontinuität sollte der jetzt auch noch abbilden? Sie war weg, und unsere Insiderwitze liefen nun ungespiegelt ins Leere. Ich hatte nicht viele Gegenstände in den beiden Zimmern, und es versetzte mir fast einen Stich, dass ich keine bedeutenden Lücken oder leere Flecken hinterließ. Alles blieb, wie es war, nur leicht ausgedünnt. Da weißte Bescheid.

24

Seltsam, ich hatte nicht daran gedacht, wie es meiner Schwester Lisa und meinem Vater ging, bis zu dieser festen Umarmung. Lisa hatte mich gedrückt und unser Vater uns beide umschlungen, die Hände in unsere Nacken gelegt. Ganz so, als wollten sie mich hier fixieren, im Wohnzimmer meiner Eltern, und ich war überwältigt von diesem Druck und dieser Innigkeit. Ich spürte die Umarmung noch, als schon längst wieder alle im Raum ihre Positionen eingenommen hatten, mein Vater auf seinem Stuhl saß und seinen Teebeutel über der Tasse ausquetschte, wie er es immer tat, und Lisa mit verschränkten Armen im Raum stand.

»Wir haben uns Sorgen gemacht«, sagte sie.

»Ich hab's hier nicht mehr ausgehalten.«

Sie nickte, den Blick an mir vorbeigerichtet, als wäre ihr gerade etwas eingefallen, dem sie sich ohnehin fügen musste. Sie zündete eine Zigarette an, und ich fragte mich, seit wann sie wieder rauchte, und ob das seit Neuestem in der Wohnung geduldet wurde. Mit vorgeschobener Unterlippe stieß sie den Qualm hervor, und er kräuselte sich vor der Stehlampe, an den Haaren meines über die Teetasse gebeugten Vaters entlang.

Im Büro fragte niemand nach, wie es mir ging. Natürlich wussten sie alle, was passiert war. Doch was würde nun folgen, ein neuer Start des demütigen Anton Lobmeiers? Ja, so hätten sie es sich gedacht. Ich hätte mich so gekleidet, wie ich dachte, dass es gewünscht gewesen wäre. Ein kräftiger Händedruck. Freundliches Auftreten. Sicher, aber bestimmt. Jahahaha, Herr Lobmeier. Ich hätte nach Entwicklungsmöglichkeiten fragen können. Das mochten sie, ich hätte mich eingebracht. Hätte eigene Vorstellungen präsentiert. Ich hätte den Senior Key-Account-Manager bekommen, nicht zu den Konditionen, die ich mir vorgestellt hätte, aber es hätte mir ein gutes Gefühl gegeben. Und das wäre doch auch schon etwas wert gewesen. Irgendwann hätten sie mir ein Firmenhandy zugeteilt. Ein Firmenhandy, das ist doch was. Nicht so gut wie ein Firmenwagen, aber ich hätte mich professionell fühlen können, mit einer Richtung und Perspektive ausgestattet. Ich hätte die beruflichen Mails auf meinem Handy aufschlagen sehen. Erst hätte ich mich nicht darum gekümmert, aber dann wäre einmal eine einfache Bitte um Weiterleitung gekommen, und das hätte ich dann gemacht. Klar. Es wäre ja auch nur logisch gewesen.

Die Firma hat Standorte in den USA, und mit der Zeitverschiebung wäre jeder Einzelne mehr gefordert, was will man machen, was ist schon die Uhrzeit in einer globalisierten Welt, an einer Trennung zwischen Privatem und Beruflichem hängen nur Gestrige. Eine Gehaltserhöhung? Mal sehen, da müsse man erst mal noch schauen, eine weitere Beförderung könne man mir noch nicht geben, das wäre innerhalb der Teamdynamik nicht fair. Ich hätte wieder von

Neuem begonnen, meine Kollegen als Rivalen zu erleben. Ich hätte mich gestreckt und gestreckt und gestreckt. Aber in Wirklichkeit wäre es nicht unmenschlich gewesen. Die anderen schienen sich ja auch wohlzufühlen. Die wollten ja auch nicht mehr, oder doch? Für die war alles genug. Natürlich musste man wachsen. Die Shareholder verlangen das. Die Ziele sind moderat, nur ein paar Prozent mehr jedes Jahr. Und die Verbitterung über die Firma wäre dem Frust über mich selbst gewichen, denn ich wäre es ja gewesen, immer wieder und unveränderlich, ich selbst, der da mitmachte. Geboren in. Am. Schulabschluss in. Am. Hochschulabschluss in. Am. So wackelig sich das anfühlt, so stabil steht es in der Biografie.

Allein die Vorstellung, wieder von Neuem anzufangen, kam mir bizarr vor. Abstrampeln. Abfucken. Aufrichten. Und dann wieder von vorn.

In einem Meeting wurden die Ziele für das nächste Halbjahr vorgestellt, in kleinen Auflistungen, nicht sehr kompliziert, aber trotzdem konnte ich mich nicht dazu überwinden nachzuvollziehen, was genau damit gemeint war. Das war kein Ort mehr für mich. In einer Kaffeepause fragte ich meinen Chef, ob er fünf Minuten Zeit für mich hätte. Ich sagte ihm, dass ich mich einfach nicht mehr in dem bisherigen Tätigkeitsbereich sähe. Er versprach mir, sich nach Veränderungsmöglichkeiten im Betrieb umzuhören und das auf Abteilungsleiterebene einzubringen.

»Mit der bisherigen Tätigkeit hatte ich eigentlich das ganze Unternehmen gemeint«, sagte ich.

Das überraschte ihn. »Also falls es am Gehalt liegen sollte, könnten wir uns da bestimmt noch mal bewegen.«

»Nein, es liegt wirklich ausschließlich an der Arbeit.«

»Was soll das heißen? Dass Sie kündigen?«

Ich war selbst erstaunt. So weit hatte ich noch gar nicht gedacht.

»Scheint so.«

Letztendlich kündigten sie mir betriebsbedingt, das war ihr Entgegenkommen, sehr nett, besten Dank. Eine ehrenhafte Entlassung angesichts meines Zustands. Ich spürte, dass sie einfach keine menschliche Verbindung wollten, alles sollte sich der Oberfläche entlangbewegen, und auch die betriebsbedingte Kündigung zielte auf ihr eigenes Gewissen ab, damit sie sich einreden konnten, sie hätten alles human gelöst, ich könnte so ja schließlich zeitnah Arbeitslosengeld beziehen. Das hätte mir egaler nicht sein können.

Mein Vater erzählte mir, dass ein Schulfreund in der Marktforschung jemanden benötige, der ein paar Stunden pro Woche Befragungen durchführe. Ich sagte ohne zu zögern zu. Den Fahrradlieferanten sprach ich aus einem spontanen Impuls heraus an. Als ich den vielleicht gerade volljährigen Typen sah, mit dem klobigen Kühlkasten auf dem Rücken, über der Lenkstange schwitzend, wusste ich, dass ich das auch machen musste. Ich hielt ihn an, und als ich ihm mein Anliegen endlich verständlich machen konnte, war er fassungslos, dass jemand, der doppelt so alt war wie er, ernsthaftes Interesse an diesem Job zeigte.

»Ist aber schlecht bezahlt, ist schon klar, ja? Und anstrengend ist es auch. So ein Liefergebiet ist nicht klein. Bist permanent unter Druck.«

»Kein Problem.«

»Deine Sache.« Er zuckte mit den Achseln und diktierte mir die Nummer seiner Chefin. Im Anfahren schüttelte er den Kopf, dann verschwand er wieder im Verkehr.

In einem Kleidersack fand ich ein altes Trikot von Bayer Leverkusen, das, in dem sie 2002 am letzten Spieltag in Unterhaching die Meisterschaft verspielt hatten. Jetzt schien es mir passend. Zufrieden betrachtete ich mich im Spiegel, das unförmige Verlierertrikot am Körper wie ein zu großes T-Shirt.

25

Mittlerweile bin ich viel gefestigter in meiner Weltsicht. Inzwischen bestätigt mich es mehr, als dass es mich verunsichern könnte, wenn ich Leute von früher treffe. Aus dem Blauen heraus hat James angerufen, ob ich Zeit habe, auf ein Bier zu gehen. Jetzt sitzt er mir gegenüber, draußen regelt ein Polizist den Verkehr, und ich frage mich, ob ihm die Konstellation auch so seltsam vorkommt. Wir waren oft zusammen weg, aber es waren immer andere Leute dabei, zumindest Doro. Dass er sich ohne offensichtlichen Anlass mit mir treffen wollte, lässt mich vermuten, dass er ein Problem hat. Vielleicht läuft es mit seiner Freundin nicht gut, oder er hat eine Geschäftsidee in den Sand gesetzt.

»Also«, setzt er zögerlich an, »wie geht es dir denn?«

Mit seinem ernsthaft besorgten Tonfall fällt mir wieder ein, dass es natürlich gar nicht um ihn gehen kann, denn ich bin ja schließlich der tragische Problemfall. Wie albern von mir. Fast hätte ich laut gelacht. Es geht mir gut.

Er will wissen, ob ich mal wieder einen Trip plane, und die Wortwahl amüsiert mich, ganz so, als wäre ich auf einem Abenteuerurlaub gewesen.

»Kann ich mir nicht leisten«, sage ich.

»Sonst alles wieder in Ordnung so weit? Ist alles gut verheilt?«

Ich zeige ihm meine Narbe, meinen schief zusammengewachsenen Finger. »Alles gut.«

Seltsam, er hat sein Bier noch kaum angerührt, und meines ist schon fast leer. James Sorge passt zu der Sorge meiner Tanten, meiner Großmutter, engen Freunden meiner Eltern. Es ist ein spätes Echo. In der Zeit, in der alles passierte, riefen sie mich mit vorsichtigem Tonfall an, fragten nicht direkt, wie es mir ging, erzählten rührende Geschichten über meine Mutter, als versuchten sie, ihre Güte festzuhalten und zu dokumentieren. Sagten zögernd, sie hätten ja auch schon gehört, dass Doro mich verlassen habe, es hätte wohl nicht sollen sein, man wisse nie, wie das Leben so spiele, und wenn der Rückhalt einmal nicht mehr da sei, dann wäre es auch besser, getrennter Wege zu gehen. Ich mag es mir einbilden, aber bei all dem Verständnis schwang unterschwellig auch immer eine Art Respekt, ein Hauch von Neid auf Doro mit, die es geschafft hatte, ihren Lobmeier loszuwerden. Die sich losgewunden hatte von dem ewig uneingelösten Versprechen, dem unbeholfenen Abstrampeln, den lächerlichen, hochtrabenden Zielen, dem ungenutzten Potenzial. Jede von ihnen hatte wahrscheinlich schon mit dem Gedanken gespielt, ihren eigenen Lobmeier zu verlassen, jede pflegte Tagträume, in denen sie den Ballast losgeworden war, zu dem sich selbst ein solcher Windbeutel aufsummieren konnte. Trotzdem bedauerten sie mich.

»Du hast gekündigt, oder?«

Ich nicke.

»Und wovon lebst du? Ich hab was von Lieferservice gehört …«

Mich ermüdet das Gespräch jetzt schon. Ich versuche, es zu erklären, dass ich einen Job brauche, in dem ich im Kopf frei sein kann, in dem ich auch mal die Gedanken wandern lassen kann, in dem es nicht darum geht, abstrakte Ziele zu erfüllen, sondern der Ablauf einfacher ist, das Feedback direkter, der Kunde zufrieden oder eben nicht. Ob ich nicht unterfordert bin? Ich bin nie unterfordert, erkläre ich, wenn ich im Kopf hingehen kann, wohin ich will. Will der Kerl nicht langsam mal trinken? Ich nippe schon zum dritten Mal an einem Rest, der eigentlich nicht mehr ist, als ein Schluck.

»Aber der Job in der Agentur ...«, wendet er ein.

»Der Job in der Agentur war dümmer als Pizzafahren«, unterbreche ich ihn, »dümmer als Schneeschippen, dümmer, als den Hof zu fegen. Vielleicht muss man erst mal unten aufschlagen, um das so klar sehen zu können. Weil man da eben nicht an etwas anderes denken kann, weil das verhindert wird, mit Tausenden kleinen Aufgaben, die über den Tag verteilt hereinprasseln, per Mail, per Kalendererinnerung, und du wirst nie wirklich fertig, und viele verwechseln den Stress auch noch mit Anspruch, aber Stress kann man immer machen, könnte man sogar beim Schneeschippen, mit Deadlines und Ablenkung und Meetings, in denen man darüber diskutiert, wie man Dinge besser priorisieren kann, die sowieso viel zu viele sind. Deshalb ist das noch viel, viel dümmer, weil es dich zwingt, mit dem Kopf dabei zu sein.«

James lacht, amüsiert über meinen Ausbruch. »Na ja, dafür wird man dann eben auch bezahlt«, sagt er.

»Bezahlt werde ich jetzt auch.«

Er nickt, aber ich spüre, dass er es nicht versteht. »Tut ja vielleicht mal gut, so eine Phase.«

Ich lache. »Das ist keine Phase, Mann.«

Er versteht es einfach nicht. Es ist überdeutlich, wie wenig wir gemeinsam haben und jemals hatten. Auf Glückwunschkarten haben wir uns gegenseitig unterschrieben, uns zu Geburtstagen gedrückt, bei Umzügen geholfen, aber das hier ist es, was bleibt, wenn man mal zurückgeworfen wird in einen engen Raum, und selbst im einfachsten Gespräch reden wir völlig aneinander vorbei.

Obwohl es mir ein ungeschriebenes Gesetz zu sein scheint, dass man bei einem Treffen zu zweit zumindest nicht bis zu dem dritten oder vierten Bier aus dem gemeinsamen Rhythmus fällt, bestelle ich noch eins.

»Schöne Grüße von Doro übrigens«, sagt James, und vielleicht ist das auch schon der Anlass dieses traurigen Treffens, dass Doro ihn geschickt hat, nach mir zu sehen.

»Danke.«

Hätte ich ihr gar nicht zugetraut, dieses Indirekte, aber wahrscheinlich macht das das schlechte Gewissen – sie nach wie vor in geregelten Bahnen, ich aus der Kurve geworfen. Da hätte sie doch lieber, es ginge mir gut, vielleicht nicht ganz so gut wie ihr, aber nicht so, dass ich als wunder Punkt in ihren Gedanken auftauche. James hält fragend eine Zigarette hoch, und ich krame nach meinem Tabak, froh, wenigstens diese lose Verbindung halten zu können. Wir gehen vor die Tür, und er redet von seiner neuen Personalverantwortung als Abteilungsleiter.

»Klar kommen die dann oft zu mir und wollen mehr Kohle. Also ich weiß ja nur, was andere verdienen, die in der Branche arbeiten, und ich muss sagen, das ist deutlich weniger.« James atmet Rauch aus, spürbar erleichtert, das der

Pflichtteil des Gesprächs vorbei ist, in dem er herausfindet, wie es mir geht, und betont noch einmal: »Deutlich.«

Wie gern ich jetzt mit Franzi unterwegs wäre, statt mich diesen Monologen auszusetzen. Ich frage mich, mit welchen armen Teufeln James zu tun hat, die es schaffen, deutlich weniger zu verdienen, als die Pauschalisten, die er beschäftigt. Ich stelle mir ihre Existenz knapp über der Armutsgrenze vor, aber ich lasse ihn weiterreden.

Mitarbeiterführung sei natürlich eine Chance für ihn, so verantwortungsvolle Bereiche zu betreuen, könne sich ja schließlich auch nicht jeder auf die Fahne schreiben.

Während er spricht, bemerke ich, dass mich das alles nicht das kleinste bisschen nervös macht, mich nicht hinterfragen lässt, was ich eigentlich mit meinem Leben mache und wie ich in einem Vergleich so dastünde. Das alles braucht mich rein gar nicht mehr zu interessieren, und ich spüre eine überwältigende Befreiung, so stark, dass ich ihn angrinse und er irritiert stutzt, weil er denkt, ich machte mich über ihn lustig.

Er fährt fort, einen neuen Job würde er jederzeit finden, gar kein Problem, vor allem weil er ja jetzt auch viel mehr Budget verwalte. Er zieht noch einmal an der Zigarette, und ich kann nicht anders, als zu bewundern, wie er sein Konstrukt Stück für Stück aufbaut und mit Zufriedenheit und Stolz und Selbstachtung füllt. Es ist sein Ding und nichts, was sich heimlich, aber unveränderlich in letzter Konsequenz doch um mich dreht. Mit dem freien Arm in die Hüfte gestemmt lächelt James derart erhaben in die Ferne, dass ich mich kurz umdrehe, um seinem Blick zu folgen. Aber da ist nur die Kreuzung, wo der Verkehrspolizist unverändert besonnen die Fahrer in ihre Bahnen lenkt.

26

Mit den beiden Jobs und dem Fußballtrikot von Bayer Leverkusen war der Anfang gemacht. Aber ein entscheidender Baustein fehlte noch. Irgendwo musste ich wohnen, nachdem ich meine Sachen aus der WG geholt hatte. Kurz hatte ich überlegt, bei meinem Vater einzuziehen, um zu testen, wie sehr ich alles tatsächlich loslassen konnte, ob es mir peinlich wäre, ob ich mich unwohl fühlen würde. Aber schon nach der zweiten Nacht war mir klar, dass ich rausmusste. Jeder von uns hatte zu viel mit sich selbst zu tun, und um uns gegenseitig zu helfen, fehlten uns die Wege. So war es nur eine vorsichtige, belastende Art von Nähe, die keinem von uns guttat, und auch wenn mein Vater sagte, dass ich so lange dort wohnen bleiben könnte, wie ich wollte, glaube ich, dass er erleichtert war, als ich ging.

Eine Wohnung in München zu suchen, war eine Abfolge von Demütigungen. Schon früher hatte ich manchmal die Anzeigen von Wohnungssuchenden gelesen. Da weißte Bescheid. Doppeltes Einkommen? Kein Problem. Schufa-Auskunft? Aber natürlich. Bürgschaft von den Eltern? Eine Selbstverständlichkeit. Wir sind friedliche, tagaktive Menschen. Meine Eltern besitzen selbst Immobilien, also können wir auch die Vermieterseite sehr gut nachvollziehen. Wir haben unbefristete Anstellungen. Ruhe und Ordnung sind uns wichtig. Wir sind viel unterwegs und ohnehin nicht viel da. Wir rauchen nicht, musizieren nicht und haben keine Haustiere. Wir sind ein zuverlässiges, ruhiges und ordentliches Paar. Eins-a-Bonität versteht sich von selbst. Mit uns haben Sie verlässliche und unkomplizierte Mieter. Ein vertrauensvolles und konstruktives Verhältnis zu meinem Vermieter ist mir äußerst wichtig. Wir ziehen die Schuhe in der Wohnung aus. Wir haben selten Sex, und wenn, dann ganz leise. Wir hören Musik mit Kopfhörern. Kontoauszüge sind kein Problem. Wir haben keine Kinder und auch keine geplant. Der Vasektomiebeleg liegt bei. Ich atme relativ flach und verbrauche nicht viel Luft. Entschuldigen Sie bitte, dass ich Ihnen mit meiner Existenz Unannehmlichkeiten bereite.

Alleine wurde alles noch viel abstruser. WG-Zimmer waren inzwischen teurer als das Einzimmerapartment, in dem ich während meines Studiums gewohnt hatte. Es schien keine Grenze zu geben. Eine Wohnung in Zorneding war »stadtnah« und Giesing auf einmal »im Kommen«. »Ich habe kein Alkohol- oder Drogenproblem«, schrieb jemand in einem Gesuch, und ich fragte mich, warum man etwas ins Bewusstsein rufen sollte, an das die meisten Vermieter wahrscheinlich überhaupt gar nicht denken, außer natürlich es handelte sich um einen rhetorischen Kniff und der Bewerber hatte ein Alkohol- *und* Drogenproblem.

»Entschuldigen Sie«, fragte eine Frau bei einer Massenbesichtigung, »wie ist denn hier so die Mieterstruktur?« Statt zu fragen: »Was wohnen denn hier so für Leute? Wie sind die Nachbarn?«

»Ach, wir haben hier alles ganz bunt gemischt«, antwortete die Hausverwalterin und meinte damit Rentner, Berufstätige, junge Familien und Studenten, statt fortzufahren: »Es sind hier zweiundsechzig Prozent Sozialhilfeempfänger und Minijobber, der Rest Selbstständige, zweiunddreißig Prozent Alleinerziehende, aber das kann ich Ihnen alles gern noch einmal zukommen lassen. Vierundsiebzig Prozent Drogenabhängige, diese schlüsseln sich auf in dreiundzwanzig Prozent Chemie, sechsundzwanzig Prozent Marihuana und dann noch ein paar Ausbrecher, Genaueres entnehmen Sie bitte der Broschüre.«

Eine Maklerin erklärte mir, dass ich gleich alle nötigen Unterlagen beisammen haben sollte, denn wenn »jemand Besseres« käme, wäre das sonst nicht so gut. Sie sagte nicht »einkommensstärker«, nicht »solider«, nicht »zahlungskräftiger«, sondern wirklich »jemand Besseres«, mit der Absolutheit formuliert, mit der sie das wahrscheinlich auch wirklich empfand. Alle in dieser Stadt waren besser als ich, aber das kümmerte mich jetzt nicht mehr. Das war mein Platz, und ich begann, mich wohler zu fühlen, mit jeder Besichtigung und jedem betretenen Grüßen von dreißig anderen Interessenten. Alle musterten sich gegenseitig als Konkurrenten, aber aus jeder Pore drang die Scham, dafür, dass sie hier zusammenstanden, viel zu viele Menschen für eine überteuerte Wohnung, dafür, dass sie ein Spiel mitspielten, das sie nicht mitspielen sollten, für die Zahlen, die sie in Fragebogen eintrugen, nur damit die Antwort lauten würde, es reiche leider nicht. Es gab Bessere.

Aber natürlich gab ich gerne Auskunft. »Sehr geehrte Damen und Herren, mit großem Interesse habe ich Ihre Anzeige zu dem Eineinhalbzimmerapartment in Bestlage in Ramersdorf gelesen. Bisher wusste ich gar nicht, dass Ramersdorf überhaupt eine Bestlage hat, aber so kann man immer etwas dazulernen, selbst nach so langer Zeit in dieser Stadt, das ist doch auch schön. Dementsprechend scheinen mir 800 Euro kalt für 28 Quadratmeter auch ein faires Angebot, zumindest liegt die Wohnung ja verkehrsgünstig. Anbei finden Sie wie gewünscht meine Einkommensnachweise. Ich freue mich, Ihnen mitzuteilen, dass sich meine Einkünfte nicht nur aus einer Quelle speisen, nicht aus zwei, sondern gar aus fünf.« Ich schreibe meine lächerlichen kleinen Nummern in die Zeilen. »Auf ein regelmäßiges Einkommen von 850 Euro im Monat kann ich durch meine Tätigkeit bei einem Lieferservice im Bereich der Kulinarik zurückgreifen, das Trinkgeld kommt auch noch obendrauf. Durch die Arbeit bei einem Marktforschungsunternehmen stehen mir zusätzlich 400 Euro zur Verfügung, des Weiteren habe ich Zugriff auf diverse Premium-Joghurtprodukte noch vor ihrer offiziellen Einführung. Dann natürlich noch Einlagen in Form von Flaschenpfand, das sind gut und gerne sechs bis sieben Euro im Monat. Neben den Gehaltsabrechnungen habe ich Ihnen noch Mittelwerte aus den Zuwendungen meiner Großtante und Großmutter aufgelistet. Jährliche Bonuszahlungen erhalte ich zwar nicht, aber Weihnachten gibt es zuverlässig fünfzig bis einhundert Euro von meiner Tante Gisela. Und da sind Geburtstag und Ostern noch nicht einmal berücksichtigt! Für eine mögliche Ablösung von Küche oder Möbeln könnte ich auch meine Festgeldbestände bewegen, einen genauen Schätzwert habe ich momentan nicht parat, aber es handelt sich um etwa zweieinhalb Maßkrüge mit Kleingeld, von dem mehr als zwei Drittel in der Währung der Europäischen Union vorliegt und dadurch schnell aktiviert werden kann.«

Es klappte natürlich, wie es immer klappt, wenn es klappt. Ein Freund von James musste für längere Zeit ins Ausland, aber wollte seine Wohnung nicht aufgeben. Dass er mir den Kontakt vermittelte, war sicher auch ein Freundschaftsdienst an Doro. So wäre alles geordnet.

Als er mich sah, verlor sogar er seine Fassung. Wo ich denn so lange gesteckt hätte? Was zur Hölle ich überhaupt in Turkmenistan gewollt habe? Alle hätten sich Sorgen gemacht. Ich entschuldigte mich. Meinen wirren Trip beschrieb ich nur knapp.

»Und was ist dir da passiert?« Er deutete auf die Narbe in meinem Gesicht. Inzwischen ist sie blasser geworden, doch in diesem Moment zog sie sich noch als dunkelrote Linie unter meinem Auge entlang.

»Das war schon vorher. Bin in eine Schlägerei geraten. Einer hat mir das Jochbein angebrochen«

»Um Himmels willen. Hast du den angezeigt?«

»War meine Schuld.«

James setzte kurz dazu an, etwas zu sagen, überlegte es sich dann aber anders.

»Wollen wir zu dem Apartment gehen?«

»Gerne.«

»Tja, nichts Besonderes, aber alles da, was man so braucht«, sagte der Vorbewohner fast entschuldigend zu uns, als wir in dem kleinen Wohnzimmer standen. Er hatte recht. Seine Sachen waren schon gepackt, zwei Sporttaschen und eine Gitarre standen zusammengeschoben in einer Ecke. Nur den Schrank würde er gern dalassen, erklärte er, weniger weil er ihm am Herzen läge, sondern weil er kein Auto habe, um ihn zum Wertstoffhof zu fahren und niemand auf seine Kleinanzeige geantwortet habe. Im Bad Fliesen mit Blümchenmuster, ob der dunkle Rosaton wohl Absicht oder jahrzehntelanger Verschmutzung geschuldet war? Die Küche bestand aus einer schmalen Zeile, die man in dem einzigen Zimmer der Wohnung hinter riesigen Türen verschwinden lassen konnte. Mit dem Bett müsse man sich Gedanken machen, sagte der Typ, er habe eine Klappcouch gehabt, man kriege auch eine normale Matratze unter, das werde dann aber schon eng. Ich ging auf den Balkon. Es war mild.

»Passt oder?«, fragte James und zündete sich hinter mir eine Zigarette an.

Ich stimmte ihm zu. Es war ein guter Ort, um sich neu aufzubauen.

27

Die Kioskfrau grüßt mich, als ich mit Franzi reinkomme. »Golden Virginia?«, fragt sie und angelt schon nach dem grünen Tabakpäckchen. Sie legt es vor mich, aber was ist das, dieses Loch am Hals, das schlimmste Bild überhaupt, eine echte Niete, ob sie nicht was anderes hätte? Und sie hat, kennt das Spiel, legt sie vor mir aus, aber bloß nicht das in fettigem Rot glänzende Lungenkarzinom, der abgestorbene Zeh, die kaputten Zähne. Ich will dieses mit Models inszenierte Shutterstock des Todes, das Kind mit dem Zigaretten-Schnuller oder die Frau und Tochter am Krankenbett eines Mannes, der mit rund zwanzig Sättigungsstufen weniger im Vordergrund liegt und schaut, als ob draußen etwas sehr Ekliges vor dem Fenster zu sehen wäre oder als ob er sein frühes Ableben als lästige Angelegenheit empfände, eine von vielen Enttäuschungen des Lebens. Und die Frau mustert den Betrachter, als warte sie auf ein abschließendes Statement zu alledem, aber das einzige Statement steht darunter in großen Buchstaben »Das Rauchen aufgeben – für Ihre Lieben weiterleben«, die Lieben sind natürlich Frau und Kind, die LGBT-Community soll mit Sorgen um die Hinterbliebenen nicht erpresst werden, und die Warnung kommt ohnehin zu spät für den Kameraden. Ich entscheide mich für den blassen Mann, zahle und verabschiede mich von der rasselnd lachenden Kioskfrau, die die ganze Zeit mit Franzi amüsierte Blicke über meine wankelmütige Verhandlung ausgetauscht hat.

Ich halte dem nächsten Kunden die Tür auf, und er nickt mir lächelnd zu, macht ein paar hastige Schritte.

»Ein echter Anstandstrippler«, sage ich.

»Was soll denn das sein?«, fragt Franzi.

Sophia hat den Anstandstrippler erfunden, und ich versuche, mich an alle Aspekte des Begriffs zu erinnern. Er hat zahlreiche Anwendungsfälle. Wenn einem jemand die Tür aufhält, sich in die Lichtschranke der U-Bahn stellt, damit man den Zug noch erreicht, oder mit dem Auto stoppt, damit man die Straße überqueren kann, wenn jemand in der Fußgängerzone seine Kinder zurückhält und sagt: »Lasst doch erst mal die Leute vorbei«, sind das klassische Fälle für den Anstandstrippler. Das normale Gehtempo beizubehalten, ist nicht angemessen, der Anstand gebietet, die Schritte zu beschleunigen. In Stechschritt überzugehen oder loszuspurten, sähe aber dämlich aus, daher muss man sich mit ein paar wippenden Schritten behelfen.

Damit ist es aber längst nicht getan, denn der vollendete Anstandstrippler, zumindest laut Sophia, hat noch einige weitere Register, die es zu bedienen gilt. Wichtig ist auf jeden Fall Blickkontakt, und falls man sich wegen Windschutzscheibe oder der Hörweite nicht bedanken kann, ein Lächeln, das diesen Dank angemessen ausdrückt. Der Anstandstrippler besteht aus mindestens drei hüpfenden Schritten, muss aber spätestens beim Eintreffen an der Tür oder auf der anderen Straßenseite ausgetrudelt sein, damit der durchbrochene Alltag wieder in seinen gewohnten Fluss übergehen kann. Die einzelnen Teile eines Anstandstripplers sind zwar recht leicht zu lernen, ihn aber in einer wirklich eleganten Form auszuführen, ist schwer. Einen natürlichen Schwung aus Beschleunigung, Lächeln, Austrudeln beherrschen nur wenige. Mal sind die Schritte zu hölzern, mal ist das Lächeln zu steif. Mal gerät die ganze Körperhaltung zu entschuldigend, mit hochgezogenen Schultern, den Kopf eingezogen, die Hände erhoben. Ein Anstandstrippler muss trotz aller Dankbarkeit Würde haben. Das meint zumindest Sophia.

Sophia erzählte mir immer, wenn sie mal wieder Zeugin einer besonders schönen Variante geworden war. Echte Meister garnieren den Trippler mit eigenen Gesten, etwa mit einem Daumen hoch oder mit einem kleinen Winken. Da müsse aber jeder selbst seinen Stil finden, da gebe es kein richtig oder falsch, meinte Sophia, deren liebster und meistzitierter Fall eine Dame forschen Schrittes war, die mit einem strahlenden Lächeln, einer angedeuteten Verbeugung und dem Ziehen eines imaginären Hutes eine schwer zu überbietende Messlatte legen konnte. »Wenn du so 'nen Anstandstrippler draufhast, dann haste schon echt viel erreicht im Leben. Andere kommen nicht ansatzweise an so 'ne Perfektion ran, egal, was sie machen.«

Ich weiß nicht, wie viele Menschen wirklich akribisch an ihren Anstandstripplern arbeiten. Der Mann von eben hatte jedenfalls keine besonders ausgefallene Ausführung im Repertoire.

»Na, schönen Dank«, sagt Franzi, »jetzt hab ich noch eine Sache mehr, bei der ich mir blöd vorkommen kann.«

Zwei Männer mit Akkordeon und Geige steigen in die S-Bahn, und sofort herrscht eine Stimme vom Band: »Bitte beachten Sie: Die Beförderungsbedingungen des MVV untersagen das Betteln und Musizieren in den Zügen. Wir danken für Ihr Verständnis.«

Nicht der Verkehrsverbund oder irgendjemand verbietet das Musizieren, sondern die Beförderungsbedingungen, man setzt sie ja nur durch, die schreiben sich ja quasi selbst, die Bedingungen, und es ist niemand greifbar, nicht mal die Person, die den Zug lenkt und die Ansage abgespielt hat, gibt ihre Stimme preis. Stattdessen eine glatte Frauenstimme wie aus dem Navigationssystem, melodiös, pack deine Geige weg, deck das Akkordeon zu, halte bloß niemandem deinen Pappbecher unter die Nase, wir haben zu tun, wir müssen ins Büro, zwing dich nicht auf, mach doch nicht alles so unangenehm hier. Und dein Verständnis, darum bitten wir nicht, wir setzen es voraus, besten Dank auch. Der Mann deckt sein Akkordeon wieder ab. Schwer zu sagen, ob er die Durchsage verstanden hat. Irgendetwas Deutsches halt.

Ich habe nicht viele Leute getroffen, die keine Angst vor Sophia hatten. Sie konnte durch die Jahresausstellung der Akademie gehen und die Künstler stierten in ihre Telefone, um Sophias Blick auf ihre Bilder nicht zu sehen, um kein müdes Lächeln, kein Stirnrunzeln, keine verschränkten Arme, keinen Wink der Ablehnung zu lesen, der von ihr auf eine nicht näher fassbare Weise ein schlimmerer Hieb auf das Selbstvertrauen wäre als von irgendjemand anderem. Die Kapuzenpullis, die unmöglichen Achtzigerjahre-Trainingsjacken, die viel zu großen Logodrucke von Marken, die irgendwann in den frühen Neunzigern mal in Mode waren. Die aus irgendwelchen Secondhandläden gekauften Herrenmäntel. Aber auch die wild gemusterten Abendkleider, die unvorhersehbar, ohne System und ohne Wetterbezug wechselnden Schuhe. Adiletten, Armeeschuhe, Sneakers, Pumps. In einer Kunstausstellung fast schon so etwas wie eine Illusion von Authentizität, eine Zusammenstellung, hinter deren scheinbarer Absichtslosigkeit auf einer Vernissage jeder einen sorgsam kalkulierten Stil unterstellen würde. Ich habe nie erlebt, dass Sophia irgendwo nicht reingekommen wäre oder belächelt wurde. Sie hatte eine unangreifbare Aura. Obwohl sie gerne stichelte, weiß ich nicht, ob sie mit ihren Kleidern absichtlich irritieren wollte, ob sie das als sozialen Auftrag verstand, ob ihr die Auswahl ihrer Kleider egal war oder ob sie den Anschein erwecken wollte, es sei ihr egal. Aber das spielte auch keine Rolle. Eines ist zumindest sicher: Andere machten sich darüber tausendmal mehr Gedanken als Sophia. So wie ich.

Sie selbst war von einer uneinlösbaren Sehnsucht getrieben. Einmal fuhr sie bis zur Endhaltestelle, obwohl sie da gar nicht hin musste, weil ein Typ vor ihr einen schönen Nacken hatte. Nur um dann verstohlen festzustellen, dass er von vorne doch nicht ihr Fall war. Ich erinnere mich an ihre Schilderung der ersten Zugfahrt nach München. Dass sie in Straubing, als der Zug langsam anfuhr, einen Kerl auf dem Bahnsteig sah, Lederjacke, Kippe im Mundwinkel, Gitarrenkoffer neben sich, die Augen forschend auf die Waggons gerichtet. Und ihr Gefühl: Wenn solche schönen Typen schon in Straubing stehen, hab ich in der Stadt keine Chance.

Sie malte sich immer ein anderes Leben aus. »In fünf Jahren bin ich in Sarajevo mit einem verheirateten Mann mit traurigen Augen zusammen. Oder gewitzten Augen. Komisch, oder, wie man die Augen sofort auf das verheiratet bezieht? Er hat es also faustdick hinter den Ohren oder nimmt alles nicht so ernst oder ist unglücklich. Wir treffen uns natürlich heimlich, und die Leute reden hinter unserem Rücken. Es regnet ständig, aber so 'nen warmen, schönen Regen, in dem deine Kippe nie ausgeht. Oder ich wär in Dänemark. Ich hätte einen Mann mit Rollkragenpullover und eine wahnsinnig aufgeräumte Wohnung. So aufgeräumt, dass sich alles von ganz alleine ordnen würde. Natürlich würde ich mir dazu noch einen süßen Dänen schnappen. Mindestens. So 'n Rollkragenpulli ist ja auch wieder nicht alles. Aber wenigstens hätte ich ein Zentrum, wo alles geometrisch ist und alle Oberflächen sauber.«

So ging das immer weiter. Einen Architekten aus Ghana. Einen Radrennfahrer aus Chile. Einen portugiesischen Panflötisten. Meine Einwände bügelte sie weg.

»Warmer Regen in Sarajevo? Ich glaube nicht, dass viele Menschen in Portugal Panflöte spielen. Dass Chile viele Radsportler hervorbrächte, wäre mir neu.«

»Darum geht's doch überhaupt nicht. Das wäre doch genau das Besondere. Meine Herren, du kannst einem auf den Keks gehen.«

»Warst du schon mal in Sarajevo?«

»Natürlich nicht. Aber allein der Klang schon. Sarajevo.«

Ich vermute, dass sie deshalb Schluss mit ihren Freunden machte: Sobald sie das Gefühl hatte, sie wisse, wie es weitergeht, verlor sie das Interesse. Wie der Alltag aussehen würde.

Was man aneinander hätte. Welche Konflikte sich immer und immer wiederholten, welche Macken den anderen zur Weißglut brächten, worauf die Vertrautheit beruhen würde. Sobald sie sich die Zukunft genau vorstellen konnte, wollte sie sie nicht mehr.

28

Mit sicheren Schritten gehe ich zur Arbeit. Das eingestickte »Bella Ciao«-Logo auf meinem Poloshirt kratzt auf meiner Haut, aber ich trage es mit Haltung. Pizzen mit selbst gewählten Zutaten sind die heikelsten, nicht nur, weil man so leicht etwas beim Belegen falsch machen kann. Sondern auch, weil sich die Kunden da selbst als Künstler sehen. Sie gestalten in ihrer Wahrnehmung die perfekte Kombination, eine, die auf der Karte nicht zu finden ist. Kapern zusammen mit Parmaschinken, natürlich muss Barbecue-Soße dabei sein, und nur ein Idiot würde die Ananas vergessen. Wenn man da als Pizzabäcker etwas verkehrt macht, grenzt das an Beleidigung. Im sechsten Stock wohnt der Typ. Ich klappe im Fahrstuhl den Karton noch mal auf. Checke den Zettel. Gehe ihn Zutat für Zutat durch. Pilze. Zucchini. Artischocken. Aber wo steht der Hinweis auf die extrascharfen Chilis, mit denen die ganze Pizza übersät ist?

Und da kommt es mir. Die Chilis hätten auf die Thunfisch-Pizza gemusst. Sassan hatte doch noch geflucht, wer das bestellt, Fisch und Chilis, das kriegt er nie mehr aus den Fingerkuppen, und jetzt hat der Trottel die falsche Pizza mit den Schoten belegt. Wohin mit den Dingern? Ich habe keine Tüte, keinen zweiten Karton, es hilft also nichts, runter mit den Chilis, die erste mal testen, brennt nicht mal so sehr, da geht die zweite, kaum spürbar, rein in den Mund mit den restlichen. Der Fahrstuhl hält.

Ein Schrank von Kerl macht die Tür auf, »Servus«, und bedankt sich, gibt mir Trinkgeld, mustert mich, fragt mich, ob alles klar bei mir sei.

»Ja, alles klar«, huste ich, die Röte schießt mir ins Gesicht, ich schwitze am Hals, die Haarwurzeln jucken, »bald Feierabend, muss ja gut gehen«, aber schon das kommt mir nur verzerrt über die Lippen. Meine Augen füllen sich mit Wasser, und er schaut jetzt regelrecht bekümmert, sagt: »Komm doch rein«, fragt mich, was los sei, und ich schaffe es nicht abzulehnen.

Wir sitzen am Couchtisch. Er habe selbst schon schwere Zeiten erlebt, sagt er, eine schwere Krankheit seines Vaters, Scheidung, seine Kinder könne er nur selten sehen.

»Aber irgendwann geht ois vorbei«, sagt er, und wegen seiner ehrlichen Besorgnis muss ich mit einem Mal wirklich weinen, sodass ich ihm alles erzähle, unzusammenhängend und wirr, und obwohl er nicht verstehen kann, warum sich Doro von mir getrennt hat, wer Sophia ist, was genau mit meiner Mutter passiert ist, klopft er mir auf die Schulter und sagt: »Das muss mal raus«, und: »Manchmal soll es einfach nicht sein.« Er zeigt mir Fotos von seinen Kindern und isst von der Pizza, kurz mustert er sie prüfend. Er bietet mir ein Stück an, aber ich lehne ab.

Die Luft draußen ist feucht, und ich atme durch. Eine Richtung zu haben, ein Auto über die nächtlichen Straßen zu bewegen, das fühlt sich gut und richtig an.

29

»Hey«, sagt Doro.

»Hey.«

Eine kurze Umarmung mit vertrautem, weichem Druck, vage Resonanz von Vergangenem verdichtet sich zu nichts, statt Erinnerungen bleibt nur ein Gefühl von Erinnerung.

»Wie geht's?«

»Besser.«

Sie nickt und winkt dem Kellner. Sie glaubt mir nicht, denn was sie weiß, weiß sie von James, und das sind alles nur Tatsachen ohne Zusammenhänge. Dass jemand mir das Jochbein eingedroschen hat. Dass ich meine Hand kaputtgemacht habe. Dass ich für einige Zeit verschwunden war und dass Sophia verschwunden ist. Aber das alles liegt ja jetzt schon fast ein Jahr zurück. Sie nimmt einen Kaffee, und als ich schwarzen Tee ohne Milch und Zucker wähle, lächelt sie, wahrscheinlich weil sie die Bestellung fast schon für mich vorweggenommen hätte.

»Und bei dir so?«

Sie hat einen neuen Job bei einem Landschaftsarchitekten, zwar ein bisschen mehr Stadtplanung, als sie das eigentlich schön fände. »Aber man kann sich ja immer noch mal verändern«, sagt sie, und ich frage mich, ob das wirklich stimmt.

Andi und sie ziehen zusammen, erzählt sie zögernd und wartet auf meine Reaktion. Fast als hätte sie ein schlechtes Gewissen, denn wir waren ja auch schon mal an dem Punkt, statt der WG mit James eine ganz eigene Wohnung zu suchen. Immerhin wird unser Plan jetzt zu Ende gebracht, wenn auch ohne mich. Es ist gut, Dinge abzuschließen. Ich freue mich für sie, dass sie jemanden gefunden hat, zu dem sie passt. Keine Reue über die gemeinsame Zeit, aber auch keine Wehmut mehr, was gäbe es Besseres?.

Dass ich niemanden habe, mit dem sich das Leben auf ähnliche Weise vertiefen könnte, regt ihr Mitleid wahrscheinlich noch mehr an. Von Franzi will ich ihr nicht erzählen. Ich habe alles weggegeben und habe alles. Ich lächle und sage: »Na, das klingt doch fantastisch, freut mich für dich«, und berichtige mich: »Für euch«, und korrigiere mich in Gedanken noch mal: »Für dich.«

»Wie läuft es beim Essenausfahren?«

»Na ja. Man strampelt sich ab wie überall. Da aber eben auch wörtlich. Ist 'ne Art Hinwendung zum Konkreten, wenn du so willst.«

Sie mustert mich wie einen zu Unrecht selbstüberzeugten Menschen. »Hast du auf einmal deine philosophische Ader entdeckt, oder was?« Sie zuckt kurz mit den Augenbrauen und schüttelt leicht den Kopf, eine Geste, die wohl schon früher öfter mir galt, als ich dachte.

Wie gut hat sie mich jemals gekannt? Ich denke daran, wie ich mal ein Lied für sie aufgenommen habe und sie in das Zimmer gestürmt kam, weil sie dachte, ich hätte mir wehgetan. Oder damals, als wir uns kennengelernt haben. Wie könnte ich das vergessen? Wie ich sie auf einer WG-Party entgegen meinem schüchternen Naturell angesprochen hatte, als sie mir auf dem Gang entgegengekommen war.

»Hey. Wohnst du auch hier? Ich heiße Anton. Schöne Farbe, das Grün an der Wand, ist das dein Zimmer? Ich habe vorhin das Plakat von *Odyssee im Weltall* gesehen. Echt guter Film.« Wie sie ein paarmal schon dazu angesetzt hatte, sich zu verabschieden, ich ihr aber die unwahrscheinlichsten Fragen entgegenfeuerte. »Hattest du als Kind Haustiere? Glaubst du an Sternzeichen? Denkst du, Menschen können sich ändern, oder bleibt eigentlich jeder immer im Grunde doch so, wie er ist?«

Wie sie später immer sagte: »Da wusste ich sofort, da ist einer, der weiß, was er will.«

In Wirklichkeit war das der Mut der Verzweiflung. Ich habe es nie richtiggestellt und ihr gestanden, dass ich sie nur davon abhalten wollte, auf die Toilette zu gehen, die ich mit Klopapier verstopft hatte, ein Malheur, als dessen Verursacher ich nur allzu offensichtlich gewesen wäre. So konnte ich mich dann später arglos und scheinbar ratlos dazugesellen: »Wer war denn das? Wahrscheinlich der Besoffene von eben …« Hatte schon allein dadurch unsere Beziehung auf einer riesigen Lüge gefußt, auf einem zwangsläufig bröckelnden Fundament? Immerhin war genau diese Bestimmtheit für sie der wichtigste Teil jener früheren, souveränen Persönlichkeit, die ich später angeblich verloren haben sollte.

Sie rührt in ihrem Tee, und ich frage mich, ob jetzt der Moment wäre, das zu erzählen. Stattdessen sage ich: »Alles gut. Ich fühl mich so frei wie schon lange nicht mehr.«

Sie lehnt sich zurück, schaut aus dem Fenster, nickt und beißt sich dabei auf die Unterlippe. Ich schiebe hinterher, dass das nicht bedeuten sollte, ich hätte mich von ihr befreit. Ich fühlte mich nur ganz allgemein niemandem mehr verpflichtet, und das habe eben etwas Befreiendes.

Wie haben wir uns voneinander entfernt? Sie muss gelitten haben, das weiß ich. Aber auf welche Weise habe ich mich entzogen? Schon immer habe ich zu lange an kaputten Dingen festgehalten.

Sie lächelt. Das gemeinsame Fußballschauen vermisse sie, so weit traut sie sich, über uns zu sprechen, denn Andi interessiere sich nicht dafür, nicht so jedenfalls, dass er selbstgerechte Urteile in Richtung Bildschirm rufe, und wo bliebe dann der Spaß.

Das bedeutet natürlich nicht wirklich, dass ihr etwas fehlt. Es heißt nur, dass sie unsere gemeinsame Zeit schon so sicher abgeschlossen und versiegelt hat, dass sie über die guten Dinge sprechen kann. Sie will nostalgisch über uns reden, will, dass wir gemeinsam um unsere Zeit trauern, aber das möchte ich nicht, und ich schaue mich nach dem Kellner um.

»Versteh schon«, sagt sie müde.

»Sorry. Bald mal wieder.«

»Man kann nicht ewig alles von sich weghalten«, sagt sie.

Menschen verändern sich, vielleicht nicht so wie ein Gulasch, was ein halbes Jahr lang auf dem Balkon steht, aber sie verändern sich. Ihre Abschlussarbeit wurde damals nicht sehr gut benotet. Der Professor sagte, Improvisation sei nicht zeitgemäß. Die Funktionen von Räumen sollten klar definiert sein. Transportnutzen oder Freizeitwert. Umherspazieren vielleicht innerhalb eines Parks, aber bitte doch nicht so. Man ginge ja nicht spielerisch einen Umweg. »Doch!«, hatte sie gesagt. Ich kann mich an ihre Wut erinnern. Ich frage mich, was für Landschaften sie jetzt gestaltet. Ob die Wege vorgegeben sind. Ich hoffe, dass die kleinen, animierten, verwischten Menschen immer noch zu keiner bestimmten Richtung gezwungen werden.

»Ach«, sagt sie, »fast hätte ich's vergessen. Hier ist noch Post für dich. Kommt immer noch manchmal was an.«

»Danke.«

An der Bushaltestelle durchblättere ich die Briefe. Krankenversicherung. Eine Einladung zum Informationsabend für Gesichtschirurgie. Kontoauszüge.

Eine Werbepostkarte. »Gestern im Suff rumgeknutscht«, steht in Großbuchstaben auf schrilltürkisem Hintergrund. Auf der Rückseite geht es weiter »Ich glaub da geh ich heute wieder hin.« Darunter fett gedruckt die Adresse und Homepage einer Kneipe namens Suff in Saarbrücken. In krakeliger Schrift hat jemand etwas hinzugefügt. Die Buchstaben kippen in alle Richtungen weg und haken sich doch beieinander unter, so als versuchten sie verzweifelt, die Worte zusammenzuhalten. Die Mine des Kugelschreibers hat tiefe Furchen in dem Papier hinterlassen. Mein Herz hämmert. Nur ein Mensch, den ich kenne, schreibt so.

»Hey!«, steht auf der Karte. »Was ist das einzige Schild, bei dem das Wenden auf der Autobahn erlaubt ist? Antwort: Willkommen im Saarland. Haha. Ziemlich komisch hier. Hab grad an dich gedacht. Dann bin ich kurz traurig geworden. Und dann musste ich lachen. Ich hoffe dir geht es gut! Hauste rein, Sophia.«

Sophia. Ich angle nach meinem Tabak. Die Briefe fallen mir herunter. Das Blättchen bewegt sich unruhig zwischen meinen Fingern, und ein guter Teil des Tabaks fällt an ihm vorbei.

»Ist mit Ihnen alles in Ordnung?«, fragt mich ein Mann besorgt, und ich murmele erst: »Weiß nicht«, dann aber: »Ja, doch, danke.«

Ich setze mich auf die Bank und zünde die Zigarette an. Eine längst erstickt geglaubte Hoffnung steigt in mir auf, und ich will ihr nicht nachgeben. Aber es ist ihre Schrift. An den großen Anton Lobmeier. Sommerstraße 26. 81543 München. Ihre Absendeadresse hat sie nicht darauf angegeben.

Der Bus fährt vor. Als ich die Karte in meinen Rucksack stecke, zittern meine Finger.

Sassan ist nicht begeistert davon, dass ich im nächsten Monat keine Schichten übernehmen will. Ihm fallen ein paar Leute aus zurzeit, und er musste sich von ein paar anderen trennen. Ob ich das nicht noch verschieben könnte, bis er neue Leute hat?

»Ich kann nicht. Ich muss mich um etwas wichtiges Privates kümmern. Es lässt sich nicht ändern.«

»Was sich nicht ändern lässt, lässt sich nicht ändern«, fasst Sassan noch mal zusammen. Er seufzt. »Na dann, viel Glück dabei.« Er nimmt die Kärtchen mit meinem Kürzel aus dem Schichtenplan. Es klaffen große Lücken darin.

Auf dem Hof treffe ich Franzi.

»Ich werde jetzt eine Weile nicht da sein«, sage ich.

Sie lacht kurz bitter auf. Dasselbe habe sie auch gerade sagen wollen. Eigentlich sei sie nur da, um ihren Schlüssel abzugeben. Und das modische Poloshirt natürlich. Sassan habe sie rausgeschmissen.

»Warum?«

»Ein Kunde hat sich den Magen verdorben. Der verdammte Aioli-Dip.«

»Das kann man doch gar nicht wissen, woran das genau lag.«

»Na ja. Wenn der Kunde eine Dip-Verpackung zeigen kann, wo das Datum beweist, dass sie seit Monaten abgelaufen ist, sieht's schlecht aus.«

Das stimmt. Ein Dip, der zu lange unter einem Autositz lag. Da hatte ihr Trick wohl seine Achillesferse. Sie zündet eine Zigarette an.

»Und warum bist du länger nicht da?«

»Das glaubst du mir nicht. Sophia hat mir geschrieben.«

»Was denn. Wahnsinn. Die wahrhaftige Sophia? Das ist ja das Comeback schlechthin. Wo treibt die sich denn rum?«

»Ich glaub in Saarbrücken. Ich hab nur eine wirre Postkarte.«

»Wann geht's los?«

»Gleich morgen früh.«

»Aha.« Sie schnippt Asche auf den Boden und fragt ohne mich anzuschauen. »Hast du Lust auf Gesellschaft?«

»Klar.«

»Cool. Ich war nämlich noch nie in Saarbrücken.«

»Erwarte dir mal nicht zu viel.«

Ich sperre meine Wohnungstür auf. Setze mich auf den Sessel. Stehe wieder auf. Trinke einen Schluck Wasser. Lege mich auf das Sofa. Packe ein paar T-Shirts. Gehe auf und ab. Werfe wahllos Socken in die Sporttasche. Setze mich. In meinem Kopf das Bild des Menschen, von dem Sophia erzählt hat. Er hat seine Ausfahrt längst verpasst und fährt immer weiter und weiter und weiter auf einer Autobahn ohne Wendeschild.

30

Mein Vater hat ein vietnamesisches Restaurant im Zentrum vorgeschlagen. Als die Kellnerin fragt, ob es schon etwas zu trinken sein darf, lehnt er sich zurück und deutet auf mich. Ich bestelle ein Wasser, er ein Weißbier und schiebt nach einem kurzen Zögern nach: »Alkoholfrei bitte.«

Ich frage mich, ob ich so blass aussehe wie er, ob sich Verlust auch so eingegraben hat bei mir. Wie es mir geht, fragt er mich. Sein komödiantisches Talent kommt mir in den Sinn, die spontanen Einlagen, mit denen er uns am Frühstückstisch unterhalten hat, wenn er gut gelaunt war. Ich erzähle ihm von Sophias Postkarte, verberge vorsichtig, wie sehr ich darauf hoffe, sie zu sehen, und versuche dadurch zugleich, meine Hoffnung zu drosseln. Vielleicht kann ich mich so schützen. Eine Enttäuschung könnte ich nicht aushalten. Wahrscheinlich spürt mein Vater das. Er lächelt still vor sich hin und sagt schließlich: »Hoffen wir das Beste.«

Ich beschreibe den Crash der beiden Pizzaautos. Er lacht, nicht so sehr, wie ich gehofft hatte, aber er mag diese kleinen Anekdoten des Scheiterns, kleine Glieder in einer Beweiskette, die belegt, wie wenig wir unter Kontrolle haben, wie lächerlich unsere Bemühungen sind.

Mama fand das nie albern. Sie hat unseren fehlenden Glauben ersetzt. Das musst du einfach mal probieren. Das musst du für dich selbst rausfinden. Alles halb so wild.

Eine Werbeagentur hat ihn für einen Spot angefragt, erzählt er jetzt. Wegen der unverhofften Online-Verbreitung seiner Serie. Natürlich soll er seine Catchphrase sagen. »Ich müsste vorher noch mal ganz kurz auf Toilette.«

»Für Toilettenpapier?«, vermute ich, aber nein, es sind helle Köpfe in der Agentur, die denken eine Ecke weiter, es ist für einen Logistik-Dienstleister, der Slogan: »Wenn's schneller gehen muss.«

Aber mein Vater zeigt nicht die zu erwartende Wut. Er findet das Ganze so schlecht, dass es schon wieder gut ist; ich bin nicht sicher, ob der Einfall nicht ganz knapp vor dieser Grenze verkümmert.

»Das hätte ihr gefallen«, sagt er.

Ich nicke und weiß ganz genau, was er meint.

Es ist ein Bruch im Gespräch, wenn auch nicht unbedingt ein schlechter. Den Rest des Essens reden wir nur noch über Belanglosigkeiten. Wir hängen unseren Gedanken nach, aber in Wirklichkeit vermissen wir sie gemeinsam und umarmen uns und klopfen uns auf die Schulter.

Dann geht er nach links und ich nach rechts. Es bleibt die kalte Abendluft und ein unerwartetes Gefühl von Verbundenheit.

Es gab nur wenige Momente, in denen ich mich nicht allein gefühlt habe. Ich erinnere mich daran, wie ich mit Freunden im Club unterwegs war. Erinnere mich daran, wie einer nach dem anderen von ihnen bei einer Frau landete. Wie ein Freund einfach angetanzt wurde, eine Berührung, mehr Berührungen, sie küssten sich. Wie der andere an der Bar den Strohhalm aus dem Drink nahm und auf den Boden warf und die Frau neben ihm das attraktiv fand und mir klar wurde, dass ich nie dahinterkommen würde, wie das Spiel von Anziehung funktionierte. Wie eine Frau einen weiteren Freund ansprach: »Du, also wenn du nicht vergeben bist, meine Freundin dahinten findet dich echt gut.« Alle in Gespräche verwickelt, und nur die Gutfinderfreundin war nett genug, ein paar Worte mit mir zu wechseln. Und wie ich, als ich zum Rauchen ging, schon so befangen war, dass ich nicht mal mehr eine allein dastehende Frau nach Feuer fragen wollte, deshalb so lange wartete, bis ein Pärchen nach draußen kam, wie ich sie beide ansprach: »Entschuldigt, könnte ich vielleicht euer Feuer kurz entführen«, und wie sie trotzdem die Augen verdrehte und das Feuerzeug anspringen ließ, ohne hinzuschauen. Wie ich Entschuldigungen murmelte, während ich halb gebückt versuchte, mit dem Zigarettenende der Flamme zu folgen, die sich mir immer wieder entzog. Ich habe noch bildlich vor Augen, wie sie ihr Gespräch unterbrach und missbilligend schnaufte, mir das Feuerzeug gab, die fünf Versuche abwartete, die ich brauchte, bis es brannte, und das Feuerzeug mit hochgezogenen Augenbrauen wieder entgegennahm und sich wieder ihrem Freund zuwandte. Wie ich dann auf die Toilette ging und mich danach für mein Bier an der ungünstigsten Position der langen Bar anstellte, dort, wo die dichteste Masse sich drängte, nur um noch ein paar Minuten zu haben, in denen ich nicht bei meinen Freunden stehen musste wie ein Bauteil ohne Funktion und dekorativen Wert. Ich hatte das Gefühl, ein lebloser Stein inmitten von Wellen an Bestellungen zu sein, die um mich herum abgewickelt wurden, eingesogen, angeschwemmt, drei Cuba Libre bitte, zwei Bier, gerne, stimmt so, danke. Aber ausgerechnet jetzt sah mich die Barkeeperin in der zweiten Reihe und nickte mir fragend zu, ich bestellte ein Helles, gab zu viel Trinkgeld, stellte mich wieder zu den anderen. *(I've Had) The Time Of My Life* dröhnte aus den Boxen, und ich fragte mich, ob sie bemerkt hatten, wie lange ich weg gewesen war, aber keiner fragte mich, wo ich denn gesteckt hätte.

Als dann einer meiner Freunde endlich mit mir sprach, fragte er mich nach Geld für ein Taxi, er fahre jetzt mit zu der Frau, die er kennengelernt hatte. Als wir uns verabschiedeten, legte er mir beide Hände auf die Schultern, enthusiastisch, als hätten wir gemeinsam irgendetwas erreicht, über das ich mich jetzt genauso freuen musste wie er. Ich erinnere mich, wie ich dann geschlagen nach Hause ging, Jungfrau, die ich immer noch war, und wie ich am Küchentisch betrunken den Kopf in die Hände stützte und schluchzte, ich weiß nicht, wie lange.

»Was ist denn los?«, fragte meine Mutter leise und besorgt, ich hatte sie nicht hereinkommen hören.

Und es brach aus mir heraus, zusammenhangslos und bruchstückhaft, der ganze hilflose Verlauf des Abends.

Sie stand neben mir und strich mir über den Rücken, und als die unkontrollierten Stöße, die aus mir herausbrachen, sich gelegt hatten, lehnte ich meinen Kopf an ihre Hüfte und fragte: »Mama … bin ich hässlich?«

»Aber nein!«, rief sie erschrocken und rutschte nach unten, sodass wir Wange an Wange waren. »Nein, nein. Das darfst du nicht denken. Nein!« Sie nahm mich fest in die Arme. »Du hast nur ganz einfach sehr attraktive Freunde.«

31

In der vorletzten Episode von *Alarm für Ramersdorf 81* wird das Polizistenduo von einem Kollegen aus den USA besucht. Ein amerikanischer Diplomat wurde ermordet, und der FBI-Agent Jameson ermittelt gemeinsam mit Raudinger und Floppe. Ein echter Cowboy, ein Klischeekonvolut mit breitem Akzent und noch breiterem Gang. Die Sonnenbrille trägt er oft auch in geschlossenen Räumen, und er strahlt eine kontrollierte, selbstbewusste Ruhe aus, die den aufbrausenden Raudinger und den fahrigen Floppe überfordert. Schon von Beginn an sind die bayerischen Kollegen offensichtlich eifersüchtig. Wo sie Beschlüsse von der Staatsanwaltschaft benötigen, verschafft Jameson sich mühelos Zugang. Seine halbherzig durch die Luft geschwenkte Marke reicht, um überall hineingelassen zu werden, aber eigentlich, so hat der Zuschauer das Gefühl, ist es sein pures Ego, das Wachleute und Beamte kuschen lässt. Es dringt einfach durch Türen durch. Besonders Raudinger wird immer wütender, gerade wenn Jameson die Kollegen mit einem lässig durch das Kaugummikauen hindurchgemurmelten gönnerhaften »Die gehören zu mir« irgendwohin mitnimmt. Floppe tangiert das alles nicht sonderlich. Er ist glücklich mit Claudia zusammen, der Musikerin, die er bei der Ermittlung in dem Erpressungsfall kennengelernt hat. Zu Jameson schaut er bewundernd auf, aber ansonsten scheint ihn das hochtrabende politische Umfeld nicht besonders zu interessieren. Mein Vater spielt ihn mit der Melancholie eines Menschen, der weiß, wie flüchtig das Glück ist. Auch wenn es nur wenige intime Momente mit Claudia gibt, ist immer wieder bewegend, wie vorsichtig und liebevoll sie miteinander umgehen – als balancierten sie etwas Fragiles und Kostbares, das jederzeit zerbrechen könnte.

Durch die Figur von Jameson traut sich die Serie vieles, was sie sonst unterdrückt. Die Sehnsucht nach Coolness durchdringt die ganze Folge. Am deutlichsten sieht man das an Floppe. Er imitiert den Amerikaner zunehmend, und Raudinger wird immer wütender.

»Seit wann kaust du denn Kaugummi?«, herrscht er ihn an. »Und kannst du vielleicht mal die Sonnenbrille runternehmen.«

Dass auch Raudingers Frau sichtlich angetan von dem amerikanischen Kollegen ist und unter immer hanebücheneren Vorwänden im Büro vorbeikommt, macht die Sache nur noch schlimmer. Einmal backt sie Apfelstrudel, damit Jameson die bayerische Kultur kennenlernen kann. Ein anderes Mal bringt sie Raudingers Kamm ins Büro, weil er ihn vergessen habe.

»Den habe ich nie dabei, zefix!«, brüllt er unbeherrscht.

»Ja mei, dann hab ich mich da wohl vertan«, zwitschert sie in unverändert guter Laune, nur um ihre Aufmerksamkeit wieder Jameson zu widmen.

Aber die Kommissare nähern sich ihrem Ziel. Ein anonymer Hinweis verrät ihnen, dass ein Attentat auf den Botschafter selbst geplant ist. Und ausgerechnet Claudia ist mit einem Jazztrio für den Empfang engagiert, bei dem der Anschlag passieren soll. Die Beamten mischen sich unter die Gäste. In einem Augenblick, der eine halbe Ewigkeit zu dauern scheint, schaut ihr Floppe im Vorbeigehen in die Augen. Sie begleitet gerade eine Ballade am Kontrabass mit einem Lauf bauchiger, tiefer Töne. Sie erwidert seinen Blick und lächelt leise über ihr geteiltes Geheimnis. Es liegt so viel Zuversicht und Sanftmut in ihren Augen, solche Hingabe und Verlangen in Flopenskis Blick, dass sich der Moment bei mir unwiderruflich eingebrannt hat. Ich weiß noch, wie ich als Kind dachte, das müsse Liebe sein.

Dann bricht das Chaos aus. Die Ermittler hatten die falsche Person verdächtigt. Es ist der Oberkellner, der unter der Haube seines Tabletts eine Waffe hervorzieht. Die Menge stiebt auseinander, Jameson erwidert das Feuer, eine wilde Schießerei flammt auf. Am Ende gelingt es Raudinger, den Attentäter zu überwältigen, gerade als Jameson sein Magazin leer geschossen hatte. Mit sichtlicher Genugtuung nimmt er seinen Dank entgegen. Gäste in Abendgarderobe rappeln sich auf, Kellner klopfen ihre Hosen ab. Zwischen umgekippten Tischen und zerschmettertem Geschirr breitet sich Blut aus. Die Kamera folgt der Spur, schwenkt vorbei an Scherben und Servietten, über ein durchlöchertes Klavier, rot besprenkelte Notenblätter, über einen zersplitterten Bass, zu Claudia. Ein überraschter Gesichtsausdruck, als habe sie gerade zu etwas ansetzen wollen. Sie ist tot.

32

»Aber was, wenn wir uns nicht verstehen?«, frage ich Franzi.

»Dann setz ich dich an einem Bahnhof aus«, antwortet sie und lacht.

Für sie ist alles einfach. Ich wünschte, ich könnte das von ihr lernen. Wir stehen am Gleis, und ich bin müde. Es ist sieben Uhr morgens, und der Zug wird mit vierzig Minuten Verspätung eintreffen. Franzi hat einen riesigen Trekkingrucksack geschultert. Neben mir steht ein Rollkoffer.

»Willst du auf Selbsterfahrungstrip nach Indien fahren, oder was?«, begrüßte ich sie.

»Und du? Auf das Außendienstler-Seminar im Ibis-Hotel Quakenbrück?«

Damit war alles gesagt. Der Koffer ist ein kompaktes und pragmatisches Relikt aus dem Geschäftsleben. Außer uns verlieren sich nur einzelne Berufsreisende auf dem Bahnsteig, und durch das diesige Licht ist der Zug erst zu sehen, als er schon in den Bahnhof einfährt.

Franzi schaut aus dem Fenster, Bäume ziehen vorbei, und ihre Augen fallen zu. Nach einer Stunde wacht sie auf und fragt: »Wiegen eigentlich Braunbären oder Eisbären mehr?«

»Ich weiß es nicht.«

Meine Antwort ist nicht zufriedenstellend.

»Aber was glaubst du?«

»Ich weiß gar nichts über Bären«.

»Und wenn du gezwungen wärst zu spekulieren?«

»Wer sollte mich denn zwingen zu spekulieren?«

»Ich weiß nicht. Ein verrückter Geiselnehmer. Er hat mich entführt und lässt mich nur frei, wenn du ihm das beantwortest.«

»Na, wenn ich gezwungen wäre zu raten … Braunbären vielleicht.«

»Braunbären?«, sie schaut kritisch. »Wieso denn ausgerechnet Braunbären?«

»Weiß ich nicht, ich hab doch gesagt, dass ich nichts drüber weiß.«

»Das find ich nicht gut. Es geht immerhin um mein Leben. Da kannst du doch nicht so ins Blaue hinein irgendwelche halb garen Vermutungen anstellen. Da musst du dir schon mehr Gedanken machen. Aus irgendeinem Grund musst du doch Braunbären geraten haben.«

»Okay. Vielleicht weil ich mir vorstelle, dass sie mehr zu essen finden. Außerdem glaube ich, Honig macht dicker als Fisch.«

»Endlich eine vernünftige Antwort.« Sie lehnt sich zufrieden zurück.

Ich dagegen komme meistens gar nicht dazu, eine Geschichte zu Ende zu erzählen, weil sie schon in den ersten Sätzen Zwischenfragen zu nebensächlichen Details hat und die unwichtigsten Dinge anzweifelt.

»Also, einmal hat Sophia mich aus dem Club rausgezerrt …«

»Welcher Club war das?«

»Ist doch egal jetzt. Jedenfalls hab ich da an der Bar gepennt …«

»Warst du da alleine?«

»Ja.«

»Warum gehst du denn alleine in 'nen Club?«

»Ich war ja erst gar nicht alleine. Ich war mit 'nem Kollegen in einer Bar …«

»Sicher keine Kollegin?«

»Nein, ein Kollege … Und dann kam sie wie aus dem Nichts.«

»Wer jetzt?«

»Na, Sophia.«

»Ich versteh's nicht.«

»Egal.«

Im Bordrestaurant löffelt sie systematisch eine Erbsensuppe und mustert mich, als konzentriere sie sich auf eine wichtige Aufgabe. »Aber sie ist deine beste Freundin, ja?«

»Sie ist meine einzige Freundin«, sage ich.

Das reicht ihr natürlich nicht. Sie will wissen, woher das kommt, und mir fällt es selbst schwer, das zu erklären.

»Ich hatte immer das Gefühl, alle tun so, als nähmen sie mich ernst, aber tun das in Wirklichkeit nicht. Bei ihr ist das irgendwie umgekehrt. Sie ist einer der ganz wenigen unbefangenen Menschen. Man hat das Gefühl, sie sagt immer direkt, was sie meint. Wenn ich etwas nicht verstehe, ordnet sie es. Ich hab mich immer danach gesehnt, ein bisschen mehr so zu sein wie sie.«

Dass jemand keine Angst davor haben sollte, was andere denken, war für mich früher eine absurde Vorstellung. Aber die Meinung fremder Menschen beschäftigte Sophia nicht aus Sorge, sondern höchstens aus Neugierde. Spontane Reaktionen interessierten sie, Wutausbrüche, Vorwürfe, herablassendes Lächeln, alles, was ihr echt vorkam und den für sie unerträglichen, ermüdenden Konsens durchbrach. In den Freundeskreisen war sowieso jeder grob derselben Meinung, niemand hatte Lust zu diskutieren, also mochte sie es, etwas in den Menschen hervorzukitzeln. Sophia konnte das, und ich beneidete sie darum. Ich bin zu schwach dafür. Sie war sogar imstande, bewusst Dinge zu tun, auf die Kränkungen von anderen Menschen folgen würden. Abwertung und Spott hat sie vorausgesehen und trotzdem durchgezogen, was immer sie gerade vorhatte. Und das nicht einmal, weil ihr die Resonanz egal war. Im Gegenteil. Sie hat sie frustriert und aufgebracht. Aber sie hat sich bewusst dazu entschieden, das in Kauf zu nehmen: ihre eigene Befangenheit überwunden. Bestimmt hat sie auch das damit gemeint.

Wenn du alles weggibst, was bleibt dir?

Nichts.

Alles.

Ich habe mich oft gefragt, warum sie überhaupt mit mir befreundet war, was sie an mir finden konnte. Selbst hat sie nur wenig dazu gesagt. »Du hast ein echtes Talent zum Abfucken. So was ist selten.« Und damit hatte sie im Nachhinein betrachtet vielleicht sogar recht.

»Deine einzige Freundin«, lässt Franzi die Silben jetzt noch mal faul über die Unterlippe kippen. »Aber du kanntest sie doch überhaupt nur für ein paar Jahre, oder? Hattest du früher keine Freunde?«

Ich überlege.

»Eher so Zweckgemeinschaften.«

Klar ging ich mit den Jungs vom Fußballverein weg, auf der Suche nach einer guten, nach einer besseren und irgendwann einfach einer anderen Party. Damit man nicht alleine rumsteht, bis irgendwann hoffentlich irgendetwas passiert. Als die meisten dann später eine Freundin hatten, gab es ab und zu noch WG-Partys. Weggegangen sind vor allem die paar verbliebenen Singles. Bei den anderen drehten sich die Wochenendabende dann um Brettspiele, Restaurantbesuche oder gemeinsames Kochen. Ich war immer froh, wenn dabei vier Leute zusammenkamen, die es irgendwie schafften, ein Gespräch in Gang zu halten, und zwar gemeinsam, anstatt dass einer ständig moderieren musste und zu etwas Nachfragen stellte, das schon im ersten Moment völlig belanglos geklungen hatte. Jemand Zugewandtes, der immer versuchte, dem anderen das Gefühl zu geben, er sei interessanter, als er es in Wirklichkeit empfand. Jemand wie Doro. »Buchhalterin? Oha, da ist Konzentration gefordert, mh? Viel Verantwortung.« Oder wie sie bei jedem Stichwort mit einer Anekdote eingehakt hat, selbst wenn niemand sonst von sich aus etwas erzählte. Letztendlich waren auch das natürlich Zweckgemeinschaften. Alles änderte sich und blieb doch gleich. Ich habe das nie als tragisch empfunden.

»Sophia ist der einzige Mensch, mit dem ich überhaupt über etwas richtig Persönliches geredet habe. Über Dinge, an die ich normalerweise sogar vermieden habe zu denken.«

»Nicht mal mit deiner Ex?«

»Nicht mal mit meiner Ex.«

Unser Zug fährt in Karlsruhe ein. Ich frage mich, was das ist, das wir haben. Freundschaft, Affäre oder jetzt schon mehr als das.

»Man muss doch nicht immer alles irgendwie benennen«, sagt sie. »Jetzt schau nicht so.«

»Zumindest ist es für mich kein Rebound«, sage ich.

»Das kannst du doch noch gar nicht wissen«, antwortet sie. Und sie hat recht. Es ist typisch für mich, gleich wieder alles definieren zu wollen, bevor es seine Form gefunden hat.

»Ich mache mir eben manchmal Sorgen«, sage ich und versuche zu erklären, wie Dinge sich in mir verselbstständigen, wie sich ein unbeantworteter Anruf in meinem Kopf zur Katastrophe auswächst, wie ein Streit die Trennung heraufbeschwört, wie eine kritische Bemerkung zu einer tiefen Kränkung oder Enttäuschung wird.

Als ich es ausspreche, hört es sich für mich schwach und überempfindlich an. Wenn sie auf all das Rücksicht nehmen müsste, hätte ich ihr meine Wahrnehmung aufgezwungen, ihr eigenhändig die Samthandschuhe angezogen, ohne die ich nicht berührt werden wollte.

»Das ist doch ganz einfach. Wenn so was vorkommt, dann rede mit mir«, sagt sie und gähnt. Sie nimmt meine Hand, legt sie auf ihren Bauch und schläft.

Mit den leichten Schwingungen der Scheibe gegen meine Schläfe fliegen die Industriebauten am Fenster vorbei.

Wenn es einen Moment gibt, der beschreibt, wie Sophia für mich da war, dann ist es der Abend nach der Trennung von Doro. Ich kann mich nur an verschwommene Eindrücke erinnern, aber das Gefühl, dass da jemand auf mich aufpasst, ist mir auch jetzt noch mit all seiner Wärme gegenwärtig. Jemand fasste an meine Schulter und sagte etwas, dann noch mal lauter, aber ich wollte das nicht anhören, wollte mir nicht die Mühe machen, die Silben zu Worten zusammenzusetzen, denn es gab doch den Bass aus der Box, der war doch genug, daran konnte ich mich entlanghangeln, und der Beat ging unbeirrt weiter, auf den konnte ich mich wirklich verlassen, und unter meinen Fingerkuppen lag eine kalte, glatte Fläche, die mir Sicherheit gab, und es wäre doch gut, wenn auch meine Stirn diese kalte, glatte Sicherheit fühlen könnte, und ich bewegte meine Hand zur Seite und spürte die Kühle über den Augenbrauen. Gelächter. Jemand sagte: »Der ist durch«, und das war doch eine schöne Vorstellung, wenn ich nur wüsste, wo ich eigentlich durch war. Ich lachte auf, nur kurz durch die Nase, dann hob jemand meinen Kopf an und zog einen Lappen unter meiner Nase vorbei, ein beißender, chemischer Geruch. »Aber Haltung hat er«, sagte eine Frauenstimme, »der wischt unter seinem Kopf den Tresen, und der bewegt sich keinen Millimeter.« Und ich hörte ein raues Lachen, das ich kannte. Sophia.

»Wie lang hängt denn der da schon so?«

»Ach, sicher schon zwei Stunden.«

»Junge, Junge. Na komm.« Sie stieß mich sanft an, es sei langsam Zeit, nach Hause zu gehen, sagte sie, und ich schüttelte den Kopf.

»Nur noch fünf Minuten«, murmelte ich, aber sie hielt mir schon ein Glas Wasser direkt vor die Nase und befahl mir zu trinken, und ich machte den Mund auf und zog die Augenbrauen hoch, weil die Hälfte danebenging.

»So, auf jetzt.« Sie tauchte unter meinen Arm und stemmte mich hoch.

»Brauchst Hilfe?«, fragte jemand, aber Sophia sagte: »Der packt das schon«, und wenn Sophia sagte, dass ich das packte, dann stimmte das wahrscheinlich auch.

Ich schaute meine Füße an, gar nicht schlecht funktionierte das, außer mit dem Vorwärtskommen, hoppla, sie schob mich voran.

»War alles ein bisschen viel für ihn heute«, sagte sie zu einem Security, »so viel Aufregung, so viele Leute.«

»Meine Freundin hat mein Gehirn verändert«, informierte ich den Türsteher lallend.

»Er ist nur müde«, sagte sie, »da wird er immer ein bisschen anstrengend. Und so viele fremde Leute um ihn rum, so viele Eindrücke …«

Sie lenkte mich nach draußen und ignorierte meine Forderungen nach Bier, sagte: »Nix da, jetzt geht's ins Taxi, und reiß dich zusammen, sonst nimmt dich keiner mit.«

Und da hielt schon eins, Sophia öffnete die Tür, und in dem Moment sah ich die Türme der Frauenkirche, falsch und prall und unerreichbar wie Silikontitten, und übergab mich auf den Bürgersteig.

Gleich am nächsten Morgen stand sie wieder auf der Matte.

»Junge, was zur Hölle ist denn hier los?« Sie stellte zwei Styroporschalen auf dem Küchentisch ab und riss das Fenster auf. »Das riecht ja wie auf der Pangasius-Farm.«

»Pangasius-Farm?«

Mein Schädel dröhnte. Warum dröhnte mein Schädel? Weil ich mich betrunken hatte. Warum hatte ich mich betrunken? Weil Doro mich verlassen hatte. Ich wünschte, das wäre mir nicht so bald eingefallen. Ich wäre noch gern etwas allein mit meinem Kater gewesen. Wo war Doro? Bei ihren Eltern, bis ich etwas gefunden hatte. Warum hatte Doro mich verlassen? Nichts überstürzen.

»Ja klar, Pangasius. Den essen doch hier alle. Steht auf jeder guten Speisekarte. Kriegste überall.« Sophia hob zu einem Monolog über den Pangasius an, der darauf hinauslief, dass die Fische auf engstem Raum in Aquakulturen voller Abfallprodukte und Fäkalien gezüchtet werden.

»Der kann in Scheiße leben. Und das macht der dann eben auch.«

»Vielen Dank. Das ist ja ein schmeichelhafter Vergleich.«

Sie ging darauf gar nicht ein. »Hier. Trink mal was.« Sie warf mir eine Flasche Limo zu.

»Hier ist alles hygienisch«, beharrte ich.

»Hygienisch, klar. Höchstens, weil es einen geradezu zum Händewaschen zwingt.«

Sie war aber natürlich nicht nur wegen der Nährstoffe da. Dass Doro mich verlassen hatte, wusste sie zwar schon, aber jetzt wollte sie genauer nachhaken, was passiert war, weil außer »Doro hat mein Gehirn verändert« nicht viel aus dem Kerl rauszubringen war, den sie aus dem Club geschleppt hatte.

Ich erklärte, dass ich dachte, Doro wolle Verantwortung und Perspektive. Dass ich deshalb vom Zusammenziehen gesprochen hätte, also so richtig, was Eigenes, nicht mehr in einer WG. Dass sie direkt geblockt habe und meinte, sie sei schon länger nicht mehr sicher. Dass sie meinte, sie habe daran gedacht, etwas mit anderen anzufangen. Sie habe es zwar nicht getan, aber dass sie daran gedacht habe, wäre schon Beweis genug, dass etwas nicht richtigläuft.

»Mh.«

»Stimmt das denn? Mal dran zu denken, dass alles auch anders sein könnte, bedeutet doch nicht automatisch, alles hinschmeißen zu müssen.«

»Wenn du das so glaubst, ist das so. Aber wenn sie anders drüber denkt, hat sie eben auch recht.«

»Was soll das denn heißen?«

»Na ja, wenn jemand denkt, es läuft nicht, dann läuft es auch nicht. Die Schlussfolgerung genügt selbst schon als Beweis. Da braucht es nicht mehr.«

»Was soll ich denn jetzt machen?«

Ich war selbst erstaunt, wie schwer mir alleine schon fiel, das zu sagen. Es war so anstrengend.

Aber ausnahmsweise hatte auch Sophia keinen klaren Rat. »Klar kann man ausrasten«, meinte sie. »Kiste packen mit all ihren Sachen. Ihr Bescheid geben, dass man den ganzen Kram verbrennt, wenn sie ihn nicht bis morgen abholt. Ihren Kontakt löschen. Ausrasten. Sich ein paar Tage weghauen. Natürlich geht es aber auch auf die besonnene Tour. Mit ihr drüber reden. Versuchen zu verstehen, warum euch das passiert ist. Das eine ist eben kurz und schmerzhaft. Das andere tut auch weh und zieht sich. Merkst' was?«

Sie steckte sich eine Zigarette an und inhalierte genüsslich. Als ich sah, wie zufrieden sie wirkte, wollte ich das auch.

»Kann ich eine Kippe haben?«

»Du? Du rauchst doch gar nicht.«

»Das weiß ich selbst, danke.«

Sie zuckte mit den Schultern und warf mir den Tabak rüber. »Blättchen und Filter sind drin.«

»Rauchen kann Ihr ungeborenes Kind töten«, stand auf der Packung. Mein ungeborenes Kind? Das kam mir wie eine übertrieben harte Strafe vor. Amüsiert sah Sophia mir zu, wie ich versuchte zu drehen.

»Klebestreifen ist auf links«, informierte sie mich.

»Danke.«

Als ich den Tabak ins Blättchen befördert hatte, fiel der Filter raus. Als ich versuchte, das Papier zu befeuchten, atmete ich aus der Nase und verstreute den Tabak auf dem Couchtisch. Endlich hatte ich eine krumme, ausgebeulte Zigarette zustande gebracht. Ich zündete sie an. Es brannte in der Kehle, und ich hustete. Dann wurde mir schwindelig. Dann wurde mir schlecht. Mir war rätselhaft, was ich als Teenager daran gefunden hatte.

»Schmeckt?«, fragte Sophia.

»Ganz ausgezeichnet«, sagte ich und zog trotzig noch zweimal daran.

Ich weiß noch, dass ich meinte, ich könnte vielleicht etwas aus dem Ende der Beziehung mitnehmen, etwas daraus lernen, aber Sophia hielt das für überschätzt. Schluss ist Schluss. Es war aus, und so musste ich mich eben auch verhalten. Nicht irgendwas in der Schwebe halten. Nicht für sie da sein. Sie nicht um Rat fragen. Auf keinen Fall Sex mit ihr haben.

»Sonst verstehst du nie, wie das ist, wenn es aus ist. Und sie auch nicht.«

Sie öffnete eine Styroporschale. Ich wollte einwenden, dass ich keinen Appetit hatte, aber wusste genau, dass sie hier sitzen bleiben würde, bis ich wenigstens ein paar Löffel gegessen hätte, und schlimmstenfalls wieder einen ihrer Monologe über Pho halten würde, »Pho hilft immer«, weil allein die Brühe einen schon auf die Beine bringe und es ja eine Frühstückssuppe sei, was ich denn glauben würde, warum? Und dass es bei Kater nichts Besseres gäbe, aber auch nicht bei Erkältungen oder überhaupt bei Missstimmungen. So löffelte ich also, ein Hauch von Salz und Koriander, und sie nickte zufrieden. Sophia.

Franzi schnauft auf meiner Brust. Der Zug wird langsamer. Wir fahren in den Bahnhof Saarbrücken ein.

33

Franzi macht Fotos von uns, vor dem Saarbrücker Rathaus, in einem Stadtpark, auf einer Brücke. Sie baut etwas, wir bauen etwas, von Foto zu Foto, von Erinnerung zu Erinnerung. Ist es ist eine Aufschüttung von ungeprüftem Material? Wer weiß, ob da unten schon was klappert. Es sind nicht nur die Küsse, und es ist auch nicht nur die Nähe. Es sind Dinge dazwischen, ihre Hand auf meinem Knie während der Fahrt, eine Berührung im Schlaf, um sich zu vergewissern, dass ich noch da bin, die Frage »Alles gut?«, wenn der andere in sich gekehrt ist. Dass ich jetzt weiß, dass ihr Bruder bei einem Autounfall gestorben ist, dass sie als Kinder in dem Baumhaus gespielt haben, das sie auf ihrer Schulter tätowiert hat. Dass ich ihr von meiner Mutter erzählt habe. Wir bauen etwas auf, und es nimmt Form an.

»Warum trägst du eigentlich immer diese Sporttrikots?«

»Das ist so eine Art Insiderwitz«, sage ich.

»Über was denn?«, fragt sie.

»Über mich natürlich.«

»Und was ist mit deinem Ex?«, frage ich sie, als wir am Saarufer entlanggehen. Lass mal reinschauen, in deinen Rucksack. Was trägst du so mit dir rum?

»Na ja, meinen letzten Freund hatte ich nur kurz. Der davor, das ist wahrscheinlich der interessantere.«

Jonas sei immer aufgedreht gewesen, sagt sie, ständig habe er sie mit Ideen bombardiert, unfertigen Thesen und Vermutungen. Ununterbrochen habe er sie nach ihrer Meinung gefragt und dann selbst einen Monolog gehalten. Ständig hatte sie das Gefühl, irgendwelchen Erwartungen nicht gerecht zu werden, nicht genug zu etwas beizutragen zu haben, und das obwohl auch er ganz offenbar nicht in der Lage war, mehr als Spekulationen anzubieten. Es zog ihn immer nach draußen, eine rastlose Suche nach besonderen Begegnungen. Er setzte sie zwar nie unter Druck mitzukommen und freute sich, wenn sie es mal tat – dennoch fühlte sie sich wie gelähmt. Natürlich hatte die Zeit ihre Hochmomente – ein verlassenes Erlebnisbad an der Reiseroute, das er hatte erkunden wollen, die Fahne, die er gefunden und am Rathaus gehisst hatte, all die Gespräche mit leuchtenden Menschen in Kneipen und Zügen, die er immer und überall anzuziehen schien. Trotzdem war es anstrengend, ihm zu folgen. Immer diejenige zu sein, die müde war. »Ich geh schon mal, aber klar, schau noch, ob am Strand Glühwürmchen fliegen.«

»Weißt du, am Anfang hatte ich immer Angst, er verlässt mich irgendwann, weil ich ihm zu langweilig werde. Aber ich hab Schluss gemacht. Hab es einfach nicht mehr ausgehalten. Und weißt du was? Es war nicht mal besonders schwierig. Eigentlich hat uns nicht wirklich viel verbunden.« Sie macht an einem Geländer neben der Saar halt und stützt sich darauf ab. »Vielleicht wollte ich nur mal ausprobieren, wie es wäre, anders zu sein.«

»Das kenn ich.«

Ich weiß, wie es sich anfühlt, wenn man sich gegen sein eigenes Naturell nach etwas sehnt. Ein Ausflugsschiff zieht langsam vorbei. Es verlieren sich nur wenige Leute an den Tischen auf dem Oberdeck.

»Wir haben nie gestritten. Nie. Ich glaube, das ist nicht gut.«

»Vielleicht betrachtet man sich auch irgendwann als selbstverständlich.«

»Ja.«

Jonas sei nicht übertrieben eifersüchtig gewesen, aber er habe es auch nicht hinbekommen, sie einfach mal ihr Ding machen zu lassen. Er hatte gleich Angst, wenn sie mal zwei Tage für sich gebraucht hat.

Ich mache Notizen im Kopf: Lass es nicht langweilig werden. Überrasche sie. Nimm sie nicht als gegeben hin. Gib dir Mühe. Lass ihr Freiraum. Streite. Wie zur Hölle streitet man?

Sie sieht mich grübeln und lacht. »Entspann dich. Sei einfach so, wie du bist.«

»Aber wie?«, möchte ich sie fragen.

»Tja und dann«, sagt sie, »Sebastian ist schnell erzählt.«

Sebastian ist schnell erzählt. Ohne ihn zu kennen, tut es mir leid, wie er zur Randnotiz geworden ist.

»Als ich den getroffen hab, war das so, wie wenn es draußen laut ist, und du machst endlich die Tür hinter dir zu.«

Bei ihm sei es immer aufgeräumt gewesen, er hatte ein geordnetes Leben, ein paar Hobbys, aber mit Terminen und Regelmäßigkeit. Entspannt sei das gewesen, er habe nichts von ihr gefordert und sie gern gehabt. Eine Zeit lang habe das gereicht, aber dann musste Sebastian ins Ausland.

»Da hab ich gemerkt, es war gar nicht Sebastian, der mir gutgetan hat, sondern einfach nur, dass Jonas weg war.«

Wir gehen weiter. Langsam wird es kalt. Ich stecke meine Hände in die Jackentaschen, und sie schiebt ihre Hand dazu.

Ohne Sebastian sei es sogar noch besser gewesen. Affairen, Flirts, jeder Tag, wie sie es wollte. Das ist viel aufzugeben, und das sollte auch der große Anton Lobmeier verstehen.

»Und da hast du nie jemanden getroffen, wo du dir mehr vorstellen konntest?«

»Einmal. Das ging aber auch nur kurz.«

Sie hatte einen Bolivianer kennengelernt. Erst war alles elektrisch gewesen, mit Bangen und Fingerkuppen unter Strom und ungewohnter Nervosität. Aber als er dann wieder in der Heimat war, verloren die Texte nach und nach ihre Wucht. Er wollte, dass sie kommt, aber sie suchte Ausflüchte, bis sie ihm sagen musste, dass sie nicht in einen Flieger für ihn steige, dafür reiche es nicht. Sie habe sich entschuldigt und geschrieben, er würde ganz sicher jemanden finden, der alles für ihn tut. Aber tief in sich drinnen weiß sie, dass das eine Lüge ist, denn genau das ist das Bild, das sie von ihm hat – dass er nicht genug Substanz hat, so einen Impuls auszulösen, ganz egal, ob in ihr oder in irgendjemand anderem. Dass er nett ist, aber nichts aufwühlen kann, nicht nachhaltig, nicht für länger. So oder so ähnlich erklärt sie es mir.

»Würdest du für mich in einen Flieger steigen?«, frage ich.

»Aber du bist doch hier«, sagt sie.

34

Der Suff hält, was sein Name verspricht. Ein Neonschild über einer schweren Metalltür. Gleich im Eingangsbereich neben dem Zigarettenautomaten steht ein Aufsteller mit den Postkarten. Große weiße Buchstaben vor grellen Farben schreien mir die Slogans entgegen. Im Suff rumgeknutscht. Im Suff das Handy verloren. Im Suff blamiert. Im Suff danebenbenommen. Innen sind die Wände schwarz und übersät mit eingeritzten Sprüchen und Namen. Es läuft Punkrock und im Nebenraum stehen Kickertische.

»Na, ihr Süßen, was darf's denn sein?«, fragt der bärtige Hüne hinter dem Tresen.

»Mach uns zwei Bier, ja?«, sagt Franzi.

»Na, viel zu machen ist da ja nicht«, erwidert er und bewegt sich in Richtung Zapfhahn.

Als ich nach Sophia frage, weiß er sofort, von wem ich rede. Klar, sagt er, die sei immer beim Kicker gewesen. Er habe sie aber lange nicht mehr gesehen. Aber da hinten, Vero, die mit dem gepunkteten Haarband, die sei eine Freundin von ihr.

Wir warten neben dem Kicker, bis Vero ihr Spiel beendet hat. Es dauert. Ein Zweiergespann nach dem anderen legt eine Münze auf den Kicker, um sie herauszufordern, aber Vero und ihr Begleiter ziehen sie alle ab. Bis keiner mehr übrig ist, sind wir schon drei- oder viermal zur Bar gegangen.

»Ihr seid als Nächstes?«, fragt Vero, und ich will abwehren, doch Franzi hat schon »Jupp« gesagt und einen Euro in den Schlitz geworfen. Wenn zwei Leute zusammen spielen, und einer ist viel besser als der andere, dann dauert es nicht lange, bis der Gegner die Schwachstelle herausfindet. Die Schwachstelle bin ich. Franzi spielt den Kicker, als ob er ihr gehört. Sie lässt den Ball lässig zwischen den Figuren hin und her laufen, tippt auf ihm herum und schmettert ihn krachend ins Tor, ich schaffe es nicht, die langsamsten Bälle zu stoppen, meine Hände kommen mir klobig, taub und fremd vor. Ich bin das tollpatschige Anhängsel, der Außenstehende, das ist klar, ohne dass es jemand sagen müsste. Das eingeweihte Lächeln nach bestimmten Spielsituationen, das Klopfen auf die Bande, das alles tun die drei anderen mit einer natürlichen Sicherheit, und ich entschuldige mich abwechselnd bei Franzi für leicht aufgegebene Tore und bei den Gegnern für Schüsse, die meine sonstige Leistung als pures Glück entlarvt. Endlich ist die Tortur vorbei, wir haben verloren, uns aber dank Franzi nicht blamiert. Ich erkläre Vero, warum wir hier sind.

»Ach, ihr seid Freunde von Sophia? Und extra aus München gekommen? Nach Saarbrücken? Na, das ist ja auch mal 'ne Bildungsreise, oder?«

»Ist nicht jede Reise eine Bildungsreise?«

Sie lacht ein glockenklares Lachen. »Na, ihr seid ja gut. Bei Sophia weiß man ja nie so genau. Aber das wisst ihr wahrscheinlich besser als ich. 'ne Nummer hab ich nicht von ihr. Aber ich weiß, wo sie wohnt, wenn's euch was bringt?« Sie schreibt eine Adresse auf. »Probiert das doch einfach mal morgen. Aber erst mal trinken wir noch einen, ja? Hier gibt's 'nen Kumpeltod. Der knallt unter der Perücke.«

Ich zögere.

»Keine Sorge«, sagt sie, »ich muss auch morgen früh in der Kanzlei sein.« Sie ist Steuerberaterin und sofort stellt ihr Job für mich die Echtheit ihres Rockabilly-Stils infrage. Komisch, wie man die zweite Ebene, die man von jemandem kennenlernt, immer als die eigentliche begreift.

Natürlich verschlafen wir fast die Check-out-Zeit der Pension, und natürlich habe ich einen Mordskater. Die Straßen des Viertels machen es nicht besser. Graue Häuser reihen sich aneinander, und wir kommen an unzähligen Erotik-Videotheken vorbei, obwohl doch niemand mehr DVD-Player benutzt. Wie die benachbarten Bauten ist die Fassade des Hauses in Schichten von Abgasen vergraut, die das Grün darunter fast nicht mehr erkennen lassen. Als ich die Klingel drücke, bin ich so aufgeregt wie seit Ewigkeiten nicht mehr, aber das verfliegt, als ein bärtiger Typ die Tür öffnet und sich als Peter vorstellt.

Sophia? Die ist schon wieder weg. Sie war nur ein paar Monate da gewesen. Peter zuckt mit den Schultern. Jedenfalls sei sie schräg drauf gewesen.

»Ja, so ist sie«, sage ich, aber Peter steigt nicht in mein Lachen ein.

»Normal ist anders«, sagt er und beschreibt, wie Sophia mitten in der Nacht Essen gekocht hat. Wie sie Zeitungen gewälzt und scheinbar zufällige Zeilen unterstrichen hat. Wie sie auf der Arbeit »einen Polnischen« gemacht habe. Und das in einem Aushilfsjob, den er ihr besorgt hatte.

»Wie«, frage ich, »einfach gegangen, oder wie?«

»Ja, einfach ’nen Polnischen gemacht«, erklärt er. Sie sei gegangen, ohne sich bei irgendwem zu verabschieden. Aber nicht bei einer Party gegen Ende, sondern am Nachmittag im Büro. Wobei, so habe sie Peter später erklärt, die Gründe natürlich die gleichen seien. Bei jedem Einzelnen verabschieden, das hätte nur zu Diskussionen geführt, was, du gehst schon, warum denn, bleib doch noch. Und die anderen hätten auch den Eindruck gemacht, dass sie dableiben wollten, im Büro, niemand habe gewirkt, als wolle er weiterziehen, aber richtig zufrieden waren sie auch nicht, kam keine Stimmung auf, alle nur am Rumnörgeln, was ihnen nicht passt, kein Papier im Kopierer, Kaffeemaschine kaputt, so viel zu tun. Aber einen besseren Vorschlag hatte natürlich auch wieder mal keiner gehabt. Als sie dann von der Toilette kam, habe sie beim Händewaschen gemerkt, dass sie auch schon ziemlich fertig ist. Und eh hier nicht das Gefühl hatte, großartig was zu verpassen. Keine Lust, extra noch mal zurückzugehen und sich zu verabschieden. Sie war dann einfach runtergegangen und hatte sich ein Taxi genommen, denn auf den Stress mit den Öffis hatte sie auch keinen Bock mehr. Sie habe dann einer Kollegin noch eine SMS geschrieben, das schon, aber erst, als sie fast zu Hause war. »Bin nach Hause. Viel Spaß noch.«

»Normal ist anders«, wiederholt Peter noch mal.

»Weißt du, wo sie hinwollte?«

»Keine Ahnung.« Sie habe nur auf einmal so richtig gute Laune gehabt. Sei mitten in der Nacht in sein Zimmer gekommen und habe das Licht angemacht. Habe gerufen, sie wisse jetzt, wo der Tiefpunkt ist, und dabei so aufgedreht gelacht. »Wie geil ist das denn«, habe sie gesagt. Und dann meinte sie, sie müsse jetzt dahin. Am nächsten Morgen habe sie ihre Sachen gepackt.

Die Wohnung ist unrenoviert und seltsam geschnitten, mit einem achteckigen Erker, in dem ein runder Frühstückstisch steht. Es leuchtet ein, dass Sophia sich hier wohlgefühlt hat, die in München immer bemängelte, dass man nicht richtig abfucken konnte, dass es keinen unsanierten Altbau gebe, dass nichts knarzte und knirschte, dass nichts häßlich und grau sei. Den Vorwurf kann man der Wohnung nicht machen.

Peter sagt, wir könnten ruhig hier pennen. Das Zimmer von Sophia sei ohnehin frei. Freunde von Sophia sind willkommen. Dass Peter nicht viel von ihr zu wissen scheint und auch nicht sonderlich gut auf sie zu sprechen ist, spielt wohl keine Rolle. Das Übernachtungsangebot leitet sich aus einer höheren, grundsätzlicheren Regel ab, einer Art studentischer Solidarität. Wenn es aus Gastfreundschaft geschieht, ist es ihm nicht anzumerken. Wir lehnen ab.

Er fragt nicht nach, woher wir Sophia kennen, er will nicht wissen, was wir so treiben. Als Franzi fragt, wo man hier in Saarbrücken noch was machen kann, schnauft Peter zynisch, nennt dann aber doch ein paar Läden.

»Ich weiß aber nicht, ob das das Richtige für euch ist«, sagt Peter, und zum ersten Mal nehme ich uns als Paar wahr, mich als Teil einer neuen Einheit, die von anderen auf ihre Stimmigkeit hin abgeklopft wird, gegen Stereotypen abgeglichen. Franzis Tattoos und meine ausgebeulte Jeans, sind wir in Peters Augen Rocker? Modeopfer? Passen wir zusammen?

Es käme immer darauf an, wer auflege, sagt Peter, manchmal sei es da ganz okay. Als wir uns verabschieden, wirkt er mit einem Mal unerklärlich enttäuscht, steht auf und umarmt Franzi sogar, sagt dann noch mal: »Also dann«, etwas verlegen, so als habe er sich selbst damit überrascht. Also dann.

Ich erzähle Franzi von dem Radfahrer. Die Frage, wie die Geschichte mit dem Radfahrer sich wirklich abgespielt hat, war eine der ständig wiederkehrenden Diskussionen zwischen Sophia und mir. Es war aber nicht nur strittig, was genau passiert war, sondern auch bei welcher Version der Geschichte es sich um die bessere handelte. Das war ungeklärt, und deshalb diskutierten wir das immer und immer wieder. Über ein paar Dinge waren wir uns einig. Dass es gegen fünf oder sechs Uhr morgens passierte, dass wir nach dem Weggehen auf dem Nachhauseweg waren, dass wir uns auf eine Brücke in der Nähe des Hauptbahnhofs zubewegt hatten, dass der Radfahrer eben diese Brücke hinuntergeschossen kam. Es bezweifelte niemand, dass sich zwischen uns und dem Radfahrer Poller befanden, und auch nicht, dass wir sie gleichzeitig mit dem Radler erreichten. Wir erinnern uns beide, dass der Radfahrer auf dieser Höhe gegen ein Hindernis prallte und einen astreinen Abflug über die Lenkstange hinlegte. Wir sind auch sicher, wie könnte man das vergessen, dass er ein Wort ausrief, noch im Flug, in der Luft, an uns vorbei, bevor er mit dem Gesicht im Kiesbett landete.

»Tatsächlich.«

Das war seine unmittelbare Reaktion. Strittig ist, welches Hindernis diesen spektakulären Flug auslöste. Ich war mir ziemlich sicher, dass er in eine Kette zwischen den Pollern gefahren war, während Sophia schwor, es habe gar keine Ketten gegeben. Er sei direkt und ungebremst gegen einen der Betonklötze geprallt. In meiner Version erklärt sich das »Tatsächlich« natürlich daher, dass der Radler plötzlich die Metallkette erkannte. Er kommt also die Brücke runter, sieht die Poller, visiert einen Kurs zwischen ihnen an, aber im letzten Moment nimmt er etwas dazwischen wahr, eine durchhängende schattige Linie, sollte da etwa eine Kette befestigt sein? Tatsächlich.

In Sophias Version nimmt der Radfahrer die Brücke hinunter Tempo auf. Vielleicht ist er angetrunken, vielleicht nur zögerlich und unsicher, aber er sieht die Poller längst, sieht sie von Weitem, aber misstraut seinem Fahrgeschick, der wachsenden Geschwindigkeit. Zwischen den Pollern ist natürlich genug Abstand, fast zwei Meter, aber dennoch macht sich in den wenigen Sekunden ein Gefühl in ihm breit, eine Ahnung, eine Befürchtung: Ich werde doch nicht ausgerechnet, bei all dem Platz links und rechts davon, in einen dieser Poller hineinfahren? Tatsächlich.

Sophia wurde nicht müde, die Vorzüge dieser Version aufzuzählen. Die Tragik. Das Unausweichliche. Die Schicksalshaftigkeit. Wie der Poller und das Fahrrad sich fast magnetisch anziehen. Wie der Fahrradfahrer im Moment seines Scheiterns aus sich heraustritt, als ob es um jemand anderen ginge, der da durch die Luft fliegt, jemand, den er aus sicherem Abstand beobachtete und dessen Sturz er kommentierte. Tatsächlich. Brat mir einer 'nen Storch.

Ich fand immer meine Version die wertvollere. Und ich fand wichtiger, was wirklich passiert war, als was die bessere Geschichte war. Aber jetzt bin ich mir bei beidem nicht mehr so sicher.

»Ich finde, Sophia hat recht«, sagt Franzi. Sie hat meine Kapuzenjacke angezogen, ich lege meinen Arm um sie, sie streicht über die Narbe in meinem Gesicht. Ganz kurz zieht es mich nirgendwohin, und das überrascht mich selbst.

35

»Wie war das denn genau mit der Narbe?«, fragt Franzi.

»Schwer zu sagen«, antworte ich.

Irgendwie im Nachklang von allem. Meine Mutter war unter der Erde. Es war alles erledigt. Den Zettel hatte ich noch nicht gefunden. Ich spürte, dass irgendwann der Tag kommen würde, an dem etwas wie eine Heilung beginnen konnte, aber ich wollte das noch nicht zulassen. Ich wollte es aufschieben. Zigarette zu Zigarette zu Zigarette. Austarierter Rausch. Schnaps, Grog, ein Bier. Heißes Wasser über den Kopf, dann kaltes. Dann wieder weiter.

An dem Abend musterte der Türsteher mich kurz. Ich erinnere mich, dass er mich mit einem Lächeln passieren ließ, das eine als fundamental empfundene Autorität ausdrückte. Weißes Hemd, Anzughose, Lederschuhe, sauber geschnittene Haare, kein Anlass, den seriösen Anton Lobmeier abzulehnen, aber auch garantiert kein Grund ihm zuzunicken, ihn zu respektieren, ihm Spaß zu wünschen. »Schnösel«, brauchte er nicht zu sagen, das Wort hing ihm schon lässig im Mundwinkel wie eine beiläufig gerauchte Zigarette. Ich ging an die Bar, bestellte einen Bourbon Highball und noch einen Whiskey einzeln, drehte eine Zigarette, tippte sie mit dem Filter auf den Tisch, schob sie auf dem Tresen hin und her. Der DJ legte auf und schnitt eine fließende Masse aus

Musik in Teile. Chers *Believe* lief, die Stimmung stieg, alle kamen sich näher, alles konzentrierte sich in der Mitte der Tanzfläche, alles schob sich zusammen, alles wurde voneinander angezogen, und ich stand außen, abgekoppelt von dem Sog. Schlaglichtartig erinnerte ich mich an Dinge, nach denen ich mich gesehnt hatte, an Jack Johnsons *Rodeo Clowns* aus der Stereoanlage in einem Wohnheim, an eine Frau, die weit, weit, weit in der Vergangenheit nach meiner Hüfte griff, wie ich sie an mich herangezogen und meine Nase in ihrem Nacken vergraben hatte. Die beschlagene Windschutzscheibe auf einem Roadtrip durch die Bretagne. Ich schüttelte den Kopf, schüttelte die Bilder ab, überflog die Menge. Nur ein bisschen Hoffnung aus Blicken bauen. Nur eine Verbindung, nichts weiter, nur ein kleiner Blick, der mich hoffen lassen konnte, dass da mehr war, dass es eine Wärme gab, dass jemand mich wahrnahm, ein leises Echo auf meine Sehnsucht.

Blaues Licht auf nackter Haut. Eine Frau reckte den Kopf. Aber sie schaute nur, wer schaute. Sie wollte gewollt werden, um dann ablehnen zu können, das wollte ich auch, das wollten alle. Ich trat einen Schritt zurück, als sie vorbeiging. Sie wusste, ich hatte sie bemerkt.

Mir ist die ganze Energie der Leute immer noch präsent, der Wille, dass etwas passierte. Die Vibration beklemmte mich, gebräunter Teint, weiße Zähne, Eiswürfel in Drinks, die sachte auf den Tisch gestellt wurden, schöne Glut, immer die schöne Glut.

Ich bestellte noch mal das Gleiche und gab zu viel Trinkgeld. Zwei Kerle bestellten etwas am anderen Ende der Bar. Der eine schaute in meine Richtung und sagte etwas, das ich nicht verstand. Endlich jemand, der bestätigen konnte, dass ich existierte. Der andere wandte sich grinsend ab. Ich schaute sie direkt an und nahm einen langsamen Schluck. Wenn sie wussten, dass ich sie beobachtete, ließen sie es sich nicht anmerken. Ich musste mich nicht gerade halten, musste nicht sicher auf dem Boden stehen, ich saß auf dem Barhocker, und der stand mit allen vier Beinen unverrückbar auf dem Boden, wie festgenagelt. Ich hatte den Plan gefasst, mich jetzt hier festzusaufen, und da kamen welche und bestellten was und übergaben ihr Geld an mir vorbei, und das Lächeln der Barkeeper galt Menschen hinter meinem Rücken.

Eine Frau sagte etwas zu ihrer Freundin und fixierte mich dabei mit einem ausdruckslosen Blick, in dem von Verachtung oder Abschätzigkeit bis zu etwas, das gar nichts mit mir zu tun hatte, alles liegen konnte. Es wurde voller, die Anlage lauter, die Gespräche an der Bar deswegen auch. »Als er das gebracht hat«, schrie eine Frau ihrer Freundin ins Ohr, »da war der Ofen aus, dann hab ich gesagt, nee, mein Freund.«

»So schlimm war's auch wieder nicht«, unterbrach ich sie; mit schwerer Zunge belehrte ich sie in ihre konsternierten Gesichter hinein, sie sollten die Kirche im Dorf lassen, klar sei die Aktion krass gewesen, aber so, wie sie es darstellte, dann auch wieder nicht, vielleicht wäre es besser, wenn jetzt jeder mal ein bisschen die Nerven behielte.

»Was willst du denn? Du weißt doch gar nicht, worum es geht«, sagte sie fassungslos.

»Abstand hilft dabei«, ich schnaufte und setzte noch einmal an, »Abstand hilft, die Dinge richtig einzuordnen.«

Sie drehten sich angewidert um. Die Freundin machte noch eine Wischbewegung vor ihrem Gesicht und hatte natürlich recht, Klarheit wäre angezeigt, aber die war jetzt nicht erreichbar.

»Prost«, murmelte ich.

»Was willst du?«

Was wollte ich? Eine gute Frage, die ich nicht beantworten konnte, auf jeden Fall war in den letzten Wochen so viel weggebrochen, dass nichts Substanzielles mehr übrig war. Ich fühlte mich betrunken, aber vielleicht sollte ich den Rausch verifizieren mit einer Zigarette, einer leckeren, ekligen, schwindelverursachenden Zigarette, und da lag sie ja auch schon. Ich rutschte vom Barhocker, ein paar Schritte, bahnte meinen Weg durch die Menge, und Einsamkeit umklammerte mich plötzlich, und deshalb war ich ja überhaupt hierhergekommen. Die Luft draußen war kalt. Ein Zug von der Zigarette packte meinen Kopf auf eine ungute Art in Watte, aber ich nahm noch einen und noch einen, und da kam der Typ von der Bar und wollte wissen, warum ich mich in fremde Gespräche einmischte, und ich lachte ihm ins Gesicht und fragte ihn, wer er sei und was ihn das anging. Ach so, es war seine Freundin, na schön, so hätten wir das Interesse erklärt, aber trotzdem.

»Das war unsere Unterhaltung.«

»Bist du noch ganz dicht?«

Das sind ja schwierige Fragen, mein Freund, für diese Stunde hier draußen. Oh natürlich, du bist nicht mein Freund, da gehören ja immer zwei dazu.

»Scheiß BWLer«, sagte er zu mir.

Oho, na, da kramt ja jemand tief in der Kiste, sag mir doch mal, womit du dich denn abhebst, was hast du denn außer Plattitüden auf Lager, aus welchen Gründen bist du dir denn sicher, dass du cool bist. Witzfigur? Natürlich bin ich das, aber du, du bist der Main Act, es ist doch so überholt, sich über irgendwas aufzuregen, und jetzt geh mir aus dem Licht, du langweilst mich.

Sein Schubser ließ mich zurückstolpern, aber sieh an, da waren wir schon bei der nächsten Routine, der Freund, der kam und ihn zurückzog, während er »komm her, komm her« brüllte, wenigstens einer, der ein Bedürfnis nach Nähe hatte, und ich lachte und lachte und lachte, der Typ hatte sein Gesicht schon verloren und brach aus der Umarmung seines Freundes und schlug mir ins Gesicht. Etwas knackte, ein ferner, kristalliner Schmerz, und ich knickte ein und lachte weiter, denn das war es, was ich gewollt hatte.

Die Leute schauten, aber sollten sie doch schauen, der Typ ging mit erhobenen Fäusten ein paar Schritte zurück. Ich bückte mich nach der Zigarette, die mir aus dem Mund gefallen war, und drückte sie auf meinem Handrücken aus, das war besser, es ging um die ganze Welt bis zu ihrem Mittelpunkt, auf den das Stoppschild zeigte, ich schlug mit der Hand gegen die Stange, scheppernd federte sie zurück, ich trat dagegen, aber unten war sie fester.

Es war doch ich, der niemanden retten konnte, der nicht geliebt werden würde, von dem alleine nie genug da sein würde, dass es reichte, für immer zu wenig. Wie von Weitem rief jemand etwas, und ich holte noch einmal aus und schlug zu, der Schmerz durchzuckte mich und füllte mich für einen Moment ganz aus, ein flüchtiger Augenblick, in dem alles abfiel. Ich schlug und schlug und bemerkte erst, als mich jemand wegriss, dass ich heulte, dass meine Hand in Strömen blutete, dass mein Ringfinger in einem seltsamen Winkel abstand, dass ich meinen Knochen sehen konnte. Sophia, Sophia war doch immer gekommen, vielleicht konnte sie mich auch dieses Mal retten, aus dem Nichts auftauchen, vielleicht wusste sie einen Weg aus diesem Gewirr.

Jetzt griff mich jemand an den Armen, kontrolliert, aber nicht unsanft, mein Ärmel wurde hochgekrempelt, ein kleiner Stich, und da spülte eine sanfte Welle alles weg, beruhigte mich, ein Aufwallen von Ruhe und Glück. Ich grinste durch meine Tränen, und erst das besorgte jemanden so, dass er sich zu mir beugte und fragte: »Hey, Mann, geht's dir gut?«

»Dem geht's besser als uns allen«, sagte die Sanitäterin und klappte ihre Mappe zu, »das Zeug ist verdammt teuer.« Sie desinfizierte meine Wunde, und ich weiß noch, dass ich die Polizei gar nicht wahrgenommen hatte, bis sie mir leise riet, auf jeden Fall Anzeige zu erstatten, denn das, sagte sie, täten die anderen sowieso auch gerade. Die Männer redeten einige Meter weit weg auf die Polizisten ein, und ich konnte nur einzelne Satzfetzen verstehen. »Völlig neben der Spur … vielleicht Drogen oder so … ohne Grund …«

»Der Typ hat doch gar nichts«, sagte ich mit schwerer Zunge.

»Trotzdem.« Sie erklärte, dass es viele Verletzungen gebe, die schwer zu dokumentieren seien. Leichtere Gehirnerschütterungen, Schwindelgefühle, Hörprobleme. Sie packte ihren Koffer zusammen, wünschte mir alles Gute und ging. Allen Umständen zum Trotz schien sie mir irgendwie die Daumen zu drücken.

»So, dann reden wir doch mal mit dem Star des Abends. Grüß Gott, der Herr. Ham Sie den Ausweis parat, gerade? Kleine Auseinandersetzung gehabt?«

»Kann man so sagen.« Ich gab ihm den Pass.

»Ist sonst nicht so viel los, im Leben, hm? Bisschen langweilig alles.« Er musterte mein Bild. Wahrscheinlich hatte er eine Frau und Kinder und eine lebendige Mutter.

»Haben Sie etwas dabei, das man nicht dabeihaben sollte?«, fragte der Polizist. »Waffen? Drogen?«

Das war ein Mensch, der einen zum Nachdenken brachte, das musste man ihm lassen, das hatte er drauf, diese offenen Fragen.

»Dürfen wir in den Rucksack mal reinschauen, wäre das in Ordnung?«

Sie durften. Ruhig und routiniert nahm der jüngere Polizist, der bis dahin nur danebengestanden hatte, einen Gegenstand nach dem anderen heraus und platzierte ihn auf der Bank neben sich. An den Inhalt hatte ich mich gar nicht mehr erinnern können, also schaute ich gespannt zu, was da zum Vorschein kam. Eine bräunliche Banane, die ich vollkommen vergessen hatte, ein Flaschenöffner, eine Säge, eine Unterhose, zusammengedrückte Aluminiumfolie in kleinen Stücken, von Dutzenden Kaugummis, deren Verpackung ich in den Rucksack fallen gelassen hatte. Ich schämte mich dafür, dass ich nichts Stichhaltigeres mit mir herumtrug. Nichts davon war auf irgendeine Weise persönlich oder interessant. Der Polizist sah es anders, das merkte ich jetzt, er zog Handschuhe an und blätterte, ohne nach ihrem Sinn zu fragen, Folie für Folie auseinander als wären es Lose, und ich stand daneben und wünschte mir auf einmal ganz fest, dass sein unaufgeregter Fleiß belohnt würde, indem er etwas fände, obwohl ich schon wusste, dass das nicht passieren würde.

Aus dem Augenwinkel sah ich meine Blutspur, die sich bis zur Stange zog, als markiere sie den Ort, an dem ich verschwunden war.

Im Krankenhaus legte der Arzt ein Papier mit einem Loch darin über meinen Kopf und zog daran herum, bis er die Stelle unter meinem Auge fand. Ich kam mir ganz allgemein missachtet von ihm vor, von seinem geregelten Tonfall, von seinem Seufzen, es musste doch hier etwas Mitgefühl geben, aber verdiente ich das denn überhaupt? Möglicherweise schmerze es gleich etwas, sagte er, obwohl er nicht daran glaube, der Blutalkohol sei ja dann wahrscheinlich doch sehr hoch. Es könne sein, dass eine Narbe bleibe, und ob der Finger seine volle Beweglichkeit zurückerlangen würde, gelte es erst einmal abzuwarten.

»Gut«, antwortete ich.

Sie mussten mich zur Sicherheit röntgen und über Nacht beobachten.

»Gut kaputt gemacht«, sagte eine Schwester, die das Röntgenbild im Vorbeigehen an ein Leuchtbrett klemmte. Die Diagnose war klar und verständlich, Jochbein angebrochen, glücklicherweise keine Knochen verschoben, keine Operation nötig, man konnte es konservativ behandeln. Ich war ein Röntgenbild, ein Diagramm mit Werten, ein Datensatz auf der Versicherungskarte, und das war die beste Form, die ich gerade annehmen konnte. Ich hörte den Arzt kurz mit der Schwester diskutieren, morgen dann, alles klar. Sie hatten meine Alkoholwerte gemessen, und das Ergebnis disqualifizierte mich für alles Mitleid, ich konnte ihnen nur recht geben.

Im Bett neben mir lag ein Greis, der fortwährend und zittrig »Oh weh, oh weh, oh weh« ausstieß, und seine Wellen von Schmerz trugen mich in den Schlaf.

36

Sophia ist also schon länger nicht mehr in Saarbrücken. Keine Spur, keine Ahnung. Ich weiß nicht, was mit Franzi und mir passiert, wenn die Reise vorbei ist. Vielleicht reichen ja die Bilder, vielleicht reicht es für ein paar »Weißt du noch« oder ein paar Imitationen von Peter, ein paar nette Erinnerungen an Vero. Wie traurig, auf so etwas zu hoffen. Nicht, dass der Schwung verloren geht, dass die Bewegung erlahmt, dass wir keine Richtung mehr haben.

»Jeder Bahnhof sieht gleich aus«, sagt Franzi und scharrt mit den Füßen im Kies. »Der hier könnte statt Saarbrücken genauso gut in Karlsruhe, Hannover oder Erfurt stehen.«

»Da war ich noch nie.«

»Aber die Bahnhöfe dort würdest du dir auch nicht anders vorstellen, oder?«

»Nein.«

»Na, da hast du es ja. Und überall Flaschensammler.«

»'tschuldigung.« Ein Mann in einer ausgebeulten Hose stellt das Fahrrad vor der Bank ab, auf der Franzi und ich sitzen. Mit einen langen dünnen Holzstab angelt er eine Flasche aus dem Mülleimer. Mühelos zielt er mit der Stange in den Flaschenhals und manövriert die Flasche den Rand des Papierkorbs entlang nach oben. Die Seitentaschen neben dem Gepäckträger sind schon randvoll mit Pfand. Über den Fahrradsattel hat er einen weißen Bezug mit Nase und zwei langen Ohren gespannt, ein trauriger Entwurf eines Dalmatiners. Franzi ist begeistert.

»Na, du kannst ja Tricks«, sagt sie, und es ist mir unangenehm, denn jetzt wird er stehen bleiben und mit uns reden.

Er sei erst letzte Woche aus dem Gefängnis entlassen worden, sagt er. Zwölf Jahre habe er gekriegt, acht Jahre davon gesessen. Er hat seine Freundin erstochen. Er überlegt, ob er Exfreundin sagen müsste. Er meint, es sei Notwehr gewesen. Das Problem sei, dass er keinen Zugriff auf seine Aktien habe. Als er auf sein Firmengelände wollte, hätte man ihn angeschossen. Er verlange die Herausgabe der Meisterschale und des Champions-League-Pokals, die er gewonnen habe. Der Mann, der sich als Jupp Heynckes ausgebe, sei ein Betrüger und Transvestit. Aber der Sicherheitsdienst ließe ihn nicht ins Stadion.

»Habt ihr gesehen?«, fragt er plötzlich unvermittelt, zeigt auf den Fahrradsattel und lacht, »lustig oder?«

»Ja«, nicke ich, froh ihm zustimmen zu können, »hab ich gesehen. Lustig. Der Hund.«

»Kuh!«, bricht es aus dem Mann wütend heraus, »guckst du, ist eine Kuh!«

»Aber die Ohren, das ist doch ein Hund, ich meine, ganz klar …«

»Ist eine Kuh!«, brüllt der Mann und fuchtelt wild mit den Armen, sodass ich mich wegducke und sage: »Ah, jetzt seh ich es auch, eine Kuh, genau«, und der Mann zufrieden nickt und sein Fahrrad weiterschiebt und Franzi sich kaputtlacht, mich imitiert, ganz ergeben nickt: »Ah ja, eine Kuh, was denn sonst, ja, jetzt seh ich es auch ganz genau, eine Kuh, ich Schussel.« Die Realität von jedem anderen Menschen hat mehr Geltung als meine eigene.

Ob sie mich bewertet, jedes Mal auf mein Konto einzahlt, wenn ich sie zum Lachen bringe, mich vergleicht? Ob sie jemand ist, für den der Partner immer alles aushalten und ausgleichen muss? Der alles umsetzen und verkörpern soll? Ich hoffe es nicht. »Dafür gibt's doch verschiedene Menschen«, hat Sophia gesagt. »Dafür hat man doch Freunde. Über Punkrock kann ich mit deiner Mutter reden. Mit der kuschel ich aber nicht. Na und? Ist doch kein großes Ding.« Ich wüsste gern, ob die Welt immer so einfach für sie war, wie sie tat.

»Weißt du, was ich nicht checke?«, fragt Franzi. »Wenn Sophia schon länger nicht in Saarbrücken war, wann hat sie dann die Karte abgeschickt? Kann ich die mal sehen?«

Ich gebe sie ihr.

»Ja. Siehste. Von wegen Saarbrücken. Guck mal den Poststempel an. Aus Berlin kommt die Karte.«

Ich schaue sie ungläubig an. Es stimmt. Berlin 525 steht im Stempel. Die Adresse der Kneipe steht so fett gedruckt auf der Karte, dass ich nie darauf gekommen war, den Stempel überhaupt anzuschauen. Der begriffsstutzige Anton Lobmeier.

»Und was denkst du, was hat Sophia mit Tiefpunkt gemeint?«

»Damit kann sie alles Mögliche gemeint haben. Sie hatte immer ganz eigene Begriffe für alles. Anzugträger waren Serviettenknechte, wegen der Krawatte. Wenn man zu Hause bleibt, obwohl draußen gutes Wetter ist, war das für sie rumlurchen. Tiefpunkt kann alles sein. Vielleicht ein Job für ein börsennotiertes Unternehmen, so was wäre ein Tiefpunkt für sie.«

»Vielleicht ist es aber auch einfach wieder eine Kneipe«, lacht Franzi, und mir ist sofort klar, dass es das natürlich sein muss.

Ich hole mein Handy raus und suche danach. Und da steht es. Tiefpunkt. Saalestraße. Neukölln, Berlin.

»Also fahren wir nach Berlin«, sagt sie.

37

Im Hotel deckt eine Frau gerade die Tische für das Frühstück am nächsten Tag ein und begrüßt uns mit einem Kopfnicken. Der Mann hinter dem Tresen kratzt Essensreste von einem Teller in den Mülleimer. »Denk nicht mal dran«, sagt er zu dem Hund, der das Ganze mit schief gelegtem Kopf aus ein paar Metern verfolgt. Aber der denkt daran, ich kann es genau sehen.

»Ein Zimmer für zwei, sehr gerne, eins mit Doppelbett habe ich nicht mehr, aber ihr könnt die Betten ja zusammenschieben, nicht wahr?«, sagt er ohne das leiseste Zucken im Mundwinkel.

»Das ist sein Humor«, teilt die Frau uns in neutralem Tonfall über die Schulter mit.

Der Tiefpunkt erfüllt fast alle Kriterien, die Sophia an einen akzeptablen Laden stellt. An Spielautomaten sitzen Menschen, als hätten sie sich schon seit Wochen nicht von ihrem Platz bewegt. Die Gäste kennen sich. »Mensch Susi«, sagt einer, als er reinkommt, »biste schon wieder da oder immer noch?« Mit den Dartscheiben gibt es mindestens ein Spiel zum Zeitvertreib, aber keinen Kickertisch. Alternativ gingen noch Kegeln und Kartenspiele. Billard zahlt nur ein, wenn es mit minimaler Ambition gespielt wird und das Tuch des

Tisches abgewetzt ist. Es müssen Urkunden oder Pokale zu sehen sein, die vor mindestens zwanzig Jahren errungen wurden und die von höchstens regionaler Bedeutung sind. Die Inneneinrichtung darf keinem erkennbaren Konzept folgen, auch nicht der beabsichtigten Wahllosigkeit von Flohmarktbeute. Am meisten Wert legte Sophia darauf, dass die Kneipe eine Wirtin haben musste. »Eine Wirtin ist immer ein gutes Zeichen«, sagte sie. »Es gibt auch Ausnahmen, aber eine Wirtin hält den Laden auf eine ganz andere Art zusammen.« Und eine Wirtin gibt es hier.

»Hallo, Leute, ick bin die Karla. Wenner wat braucht, ick bin da vorne«, sagt sie im Vorbeigehen und verschwindet hinter dem Tresen. Wir folgen ihr.

»Zwei Bier, bitte«, sagt Franzi.

»Henkel oder Kugel«, rattert es aus ihrer Kehle.

»Was ist denn da der Unterschied?«, frage ich vorsichtig.

Karla lehnt sich nach vorne. »Da gibt's keen Unterschied. Dit eine Glas hat so 'nen Henkel. Und dit andere is 'ne Kugel.«

»Na dann, einmal Henkel, einmal Kugel, ne?«

»Kommt sofort.«

Es kommt nicht sofort. Karla ist in ein Spiel mit den Stammgästen verwickelt und würfelt irgendetwas, das sie in ein derart dröhnendes Lamento hineinwirft, dass sie an die Biere erst wieder denkt, als ihr Blick zufällig in unsere Richtung wandert. Die Plätze vor den Automaten sind am begehrtesten, die Stehtische in der Mitte des Raumes sind leer. An der Bar kichert einer über das, was ein anderer ihm ins Ohr flüstert. Ein kleines, zischendes Kichern. Die beiden wirken wie Eingeweihte. Als teilten sie ein Geheimnis, das alles andere unwichtig und albern machte. Geht diese Welt unter? Rauch steht dicht im Raum, und man kann an der Ausfaserung der Schwaden bis in kleine Details hinein genau sehen, dass die Luft hier keinen Millimeter zirkuliert.

Franzi nippt an ihrer Kugel. Sie setzt ab, schiebt mir ihr Glas rüber, greift nach meinem kleinen Krug mit Henkel und nimmt einen Schluck. »Gibt wirklich keinen Unterschied«, sagt sie.

Das Spiel ist vorbei oder pausiert zumindest, und Karla kommt zu uns an den Tisch. Was uns hierher verschlägt, fragt sie, und ich erzähle, dass wir eine Freundin suchen, die anscheinend öfter vorbeikommt. Schon nach wenigen Worten, »also wenn man sie mal getroffen hat, erkennt man sie wahrscheinlich wieder«, schlägt Karla auf den Tisch und ruft: »Na klar, Sophia oder Sophie, die war 'ne Zeit lang fast jeden Tag da.« Sie nennt sie abwechselnd »Marke« oder »Nummer«, ohne genauer zu beschreiben, mit welcher Exzentrik sie sich um die Bezeichnung verdient gemacht hat.

»Was wollte sie denn hier?«

»Hier, in Berlin? Oder hier im Tiefpunkt?«, lacht Karla und gibt gleich zu, beides nicht zu wissen. Sie war schon länger nicht mehr da, und was Karla erzählen kann, ist bruchstückhaft. »Wenn Absturz, dann richtig, hat sie immer gesagt. War jeden Tag am Tresen. Hat aber gar nicht so viel getrunken. Also viel schon, aber nicht extrem. Man hat es ihr gar nicht so angemerkt. Aber sie ist immer mit jemand anderem hergekommen. Manchmal auch mit einer ganzen Gruppe. Hat viel gestritten und immer gesagt, bevor das hier alles zerfällt, machen wir wenigstens noch ein bisschen Krawall. Hat ganz schön was abgeschleppt hier. Typen,

Frauen. Einmal ist sie mit 'nem Paar abgezogen. Eine Stadt geht immer mit der Kneipe los, hat sie immer gemeint, und die richtige Stadt erkenne sie an der richtigen Kneipe.«

»Und war Berlin die richtige Stadt?«

»Nee«, lacht Karla, »zuletzt wollte se wieder nach Bayern. Da hatte Uwe von erzählt gehabt.« Sie stellt den Namen in den Raum, ohne zu erklären, wer Uwe überhaupt ist. Vielleicht ist das auch nicht nötig. »Nach Straubing. Da gibt es wohl 'ne Jazzkneipe, die ist anscheinend so richtig legendär. Schräger Vogel, der Betreiber. Also das hat der Uwe ihr richtig schmackhaft gemacht. Das klang schon nach Remmidemmi.« Karla lacht und winkt einer Frau, die zur Tür reinkommt.

»Für den Tiefpunkt isses hier eigentlich ganz angenehm«, sagt Franzi.

»Tiefpunkt ist Tiefpunkt.«

»Na, dann danke«, sage ich im Rausgehen zu Karla.

Die Gäste sitzen mit dem Rücken zum Raum am Tresen. Ich stelle mir vor, Sophia säße daneben, Abend für Abend für Abend. Das hier war also auch nicht der Ort, nach dem sie gesucht hatte.

»Schöne Grüße und Küsschen an Sophia, ja? Wenn ihr sie denn findet.« Sie drückt uns nach einem kurzen Zögern.

»Warum grinst du denn so?«, fragt Franzi auf der Straße.

»Nichts. Diese Umarmung da eben, die hat mich an was erinnert.«

Dafür hat Sophia auch ein Wort, erkläre ich ihr. Der Höflichkeitsdrücker. Wenn wie eben eine Nähe entstanden ist, die noch mal bestätigt werden soll. »Bei der Begrüßung ist immer alles noch einfach«, sagte Sophia, »du gibst die Hand und stellst dich vor. Oder du winkst in die Runde. Aber der Abschied, das ist das Problem, alle anderen sind enger befreundet, als du es mit ihnen bist, und sie herzen sich, sie haben sich lieb, sagen, dass sie es bald mal wieder schaffen müssen, dass es schön ist, sich zu sehen. Und sie drücken sich gegenseitig, und du stehst einen Schritt dahinter, mit deinem höflichen, dämlichen Grinsen, bis sich einer von ihnen denkt, was soll's, und dich auch umarmt. Das ist der Höflichkeitsdrücker, der kann verschiedene Gründe haben, ein tief empfundenes Gerechtigkeitsgefühl, echte Verbundenheit, Mitleid. Er darf natürlich nicht zu intim ausfallen, aber keinesfalls zu distanziert. Nur wenige kriegen die Balance richtig hin, ohne ein seltsames Gefühl zu hinterlassen.«

Die Rezeption ist verlassen und der Straßenlärm draußen mit dem Einrasten der Tür völlig weg. Der Teppichboden der Treppe schluckt unsere Schritte, und kurz kommt es mir so vor, als ob uns alle Geräusche abhandengekommen sind, als ob wir durch eine stille Welt gingen und mit den Klängen auch alle Reibung verloren gegangen wäre. Also muss ich etwas sagen, um diesem Gefühl entgegenzuwirken, und räuspere mich, Franzi lacht und sagt: »Du wirkst ja desorientiert, was ist denn?« Aber es ist nichts mehr, die Stille ist gebrochen, und alles ist gut. »Na komm«, sagt sie. Ich liege an sie geschmiegt mit meiner Hüfte auf einer harten Holzkante und frage mich, ob wir mehr sind als das: zwei Menschen, die ihre Betten für eine bestimmte Zeit zusammenschieben.

Beim Frühstück hängen wir unseren Gedanken nach.

»Sind wir jetzt schon an dem Punkt, dass wir uns anschweigen?«, fragt Franzi, und wir lachen drüber. Aber in

Wirklichkeit habe ich Angst davor, dass wir gestresst sind, ironisch von außen kommentieren, es aber tatsächlich im Kleinen schon nagt, irgendwann wirklich nervt, und dann der Witz nicht mehr greift. Dann erstickt es uns. Das ist ja die Crux, dass etwas zu verstehen nicht hilft, Reflexion ist da völlig überbewertet, ob du erkennst, dass etwas zu Ende geht oder nicht, wenn die Tatsache da ist, ist sie da, und einen Unterschied im Schmerz gibt's auch nicht.

Was willste machen?

Kannst' nix machen.

Genau.

38

Mein Vater und ich hatten mit dem Pfarrer gesprochen und versucht, ihm Mamas Wesen irgendwie begreiflich zu machen, ihre zugewandte Geladenheit, ihre Energie. Er tat mir leid, der Pfarrer, der jetzt mit persönlichen Worten über einen ihm unbekannten Menschen sprach. Er hatte von uns Beispiele hören wollen, Geschichten, Anekdoten, und leitete zu ihnen über. Jeder habe Erinnerungen, die er sich vergegenwärtigen könne, wenn er einen Moment der Ruhe und Verinnerlichung finde. Vielleicht erinnere sich mancher an ihre lustige Seite, an ihre Verspieltheit. An die Zettel, die sie ihren Liebsten gerne zusteckte, wenn sie das nicht bemerkten. Zettel mit einem ganz eigenen Humor.

»Viele der hier Anwesenden werden das Gefühl kennen, in der Hosentasche ein gefaltetes Stück Papier zu ertasten.«

Jemand schluchzte. Ein kurzer, hoher Laut, der herausbrach und gleich unterdrückt wurde, und gerade das Unterdrückte grub sich tiefer in die Stimmung als der Ton selbst.

»Viele werden es erlebt haben, dass sie einen solchen Zettel gedankenverloren auffalten, nur um einen Aphorismus oder eine witzige Illustration zu sehen, die sie lächeln lässt. Ein kleiner, privater Witz, ein kleines Durchbrechen des Alltags, das eine Wärme, eine Verbindung schafft. Wir kennen die Kompromisslosigkeit, mit der sie sich stets für andere eingesetzt hat. Als das Theaterengagement ihres späteren Mannes nicht verlängert werden sollte, war sie es, die unangekündigt das Büro des Intendanten aufsuchte und mit ihrem unnachahmlichen Nachdruck schnell eine Verlängerung des Vertrags erwirkte.«

Der spätere Mann. Ich sah ihn aus dem Augenwinkel. Den Blick zur Decke gerichtet, die Lider, die Mundwinkel, die Hände auf den Knien, alles in einem kaum wahrnehmbaren Zittern. Ein Kampf am ganzen Körper, aber kein Kampf um Haltung, um Fassung, darum, nicht zusammenzubrechen, sondern ein viel existenziellerer Kampf. Ein Kampf darum, nicht an Ort und Stelle in eine Milliarde Partikel zu zerbersten oder alle Spannung schlagartig zu verlieren, und ich hatte das Gefühl, genau das würde passieren, wenn ich ihn in diesem Moment berührte.

»Wir erinnern uns an ihren selbstlosen Einsatz. Wie sie ihren Sohn bei Wind und Wetter auf dem Fahrrad zum Fußballtraining begleitete, weil er unbedingt in dem Verein seiner Freunde spielen wollte.«

Der Pfarrer sprach einfühlsam und hatte doch keine Ahnung. Dafür konnte er nichts. Aber das machte es so traurig, dass er die Geschichten nicht wirklich kannte, nicht vermitteln konnte, dass sie nur Auslöser waren für Erinnerungen und mehr Erinnerungen und dass ihre karge Version es umso nötiger machte, sie zu vervollständigen. Er wusste nicht, dass die Zettel mit Vorliebe skurrile Obszönitäten darstellten, eine Giraffe, die sich übergab, oder einen flachhumorigen Spruch, wie er auf jeder Kneipentoilette stehen könnte und wahrscheinlich auch stand. Ihm war nicht klar, dass sie einen scharfen Brieföffner vom Schreibtisch des Intendanten gegriffen und damit bedrohlich vor ihm herumgefuchtelt hatte. Und dass genau das letztendlich den Intendanten dazu bewogen hatte, das Engagement zu verlängern, da er die dramatische Auseinandersetzung mit der Frau des Schauspielers als Ausdruck eines bewegten Lebens sah, das er doch als das einzig Wahre bezeichnete. Dass er noch Jahre später erzählen sollte, Klaus Kinski und Roman Herzog im Urwald bei den Dreharbeiten zu *Fitzcarraldo*, das sei nichts im Vergleich zu dem von Hass verzerrten Gesichtsausdruck, mit dem die Frau in sein Büro gestürmt sei. Als Schutz vor dieser Frau habe er seinen schweren, großen Schreibtisch, den er immer als unmodisch empfunden hatte, erst richtig zu schätzen gelernt.

All diese Ausstaffierung fehlte in der Predigt des Pfarrers, und die Details blitzten aus vergrabenen Erinnerungen hervor. Das waren die echten Stiche, das waren der wirkliche Schmerz und die wahre Hilflosigkeit, die stumpf in die Glieder fuhr.

Der Pfarrer konnte den munter fordernden Gesichtsausdruck meiner Mutter nicht kennen, mit dem sie sich umdrehte und rief: »Na, was ist denn mit dir? Vor dem Training schon alle?« Wie ein ganz leichter feuchter Streifen auf ihrem Rücken durch den Stoff drang. Wie sie beim Antreten im Stehen radelte und dann mit dem aufgenommenen Schwung in einer seltsam erhabenen, aufrechten Position durch die Landschaft rauschte. Er konnte nicht wissen, wie unnachgiebig sie mich verteidigt hatte, wenn Lehrer mich eines Fehlverhaltens bezichtigten – und wie eiskalt sie mich dann später dazu befragte, genau wissend, dass ich zu Recht verdächtigt worden war. Er kannte die Erleichterung nicht, wenn sie lachen musste und mir vergab. Er wusste nicht, wie sie nach Parfüm roch, wenn sie vom Einkaufen aus der Stadt zurückkam. Er hatte keine Ahnung, wie sich meine Hand in ihrer anfühlte, wenn sie mich zur Grundschule begleitete.

Ein Streichquartett spielte ihr Lieblingslied, und die Melodie ließ mich die Worte hören, in Schallplattenaufnahmen von Hildegard Knef, Zarah Leander oder Brigitte Horney.

»So oder so ist das Leben, so oder so ist es gut. So wie das Meer ist das Leben. Ewige Ebbe und Flut. Heute nur glückliche Stunden, morgen nur Sorgen und Leid. Neues bringt jeder Tag, was da auch kommen mag, halte dich immer bereit.«

Die Bilder waren nicht mehr aufzuhalten, nicht mit offenen, nicht mit geschlossenen Augen. Sie wallten auf und verteilten sich im ganzen Körper, bevor sie wie eine Welle zurückschwappten und sich ganz ins Innere konzentrierten, ins Dunkelste, wo, tief drinnen, eine Träne brannte. Lisa berührte meinen Ellenbogen sachte mit den Fingern. Mein Vater legte die Hand auf mein Knie, erst zaghaft, aber als ich meine eigene Hand darauflegte und sie drückte, krallte er seine Finger in den Muskel über dem Knie, bis die Knöchel hervortraten, bis alles vorbei war.

Die Luft draußen war kühl. Eine Freundin meiner Mutter kam zu mir und drückte mich. Das wiederholte sich noch einige Male. Niemand sprach mir Beileid aus. Der Verlust gehörte jedem hier.

39

Nächster Halt Straubing. Eine seltsame Richtungslosigkeit, aber natürlich hat Sophia kein klar umrissenes Ziel, und mir fällt ein, dass es Straubing war, wo sie den Typen am Bahnsteig gesehen hatte.

»'tschuldige«, sagt eine junge Frau zu ihrer beschäftigten Sitznachbarin, »dein Handy vibriert immer so, wenn du eine Nachricht kriegst. Kannst du das ausmachen? Das reißt mich immer so raus«, und obwohl die andere schon geantwortet hat: »Klar, kein Problem«, und die Funktion abgestellt hat, spricht sie weiter, errötet, erklärt sich, sie müsse lernen, »schon gut«, Chemie, für die Uni, »kein Thema«, und ich empfinde Mitleid für diese zaghafte Person, die sich das alles offensichtlich schon lange zurechtgelegt hat, bis sie sich dazu überwinden konnte, ihre Nachbarin anzusprechen, auch den entschuldigenden Witz über den langweiligen Lernstoff, dröge, da müsse man sich echt konzentrieren, damit man nicht einschlafe. Und es tut mir leid, wie ihre warmen Gesten ins Leere laufen, keine Versöhnung, nur ein unverbindliches Lächeln, der Wunsch wurde ja bereits erfüllt. Die Frau wendet sich wieder ihrem Display zu.

»Das kost' aber 'nen Taui«, kommandiert ein junger Mann im Anzug neben mir in sein Telefon, er sieht aus, als habe er sich gerade neu erfunden und probte noch. »Ein Taui muss dann schon drin sein«, und es dauert einige Augenblicke, bis ich verstehe, dass er mit Taui einen Tausender, tausend Euro, meint. »Okay, dann mach das. Ja, das sollte schon safe sein.«

Schräg gegenüber sagt einer zu seiner Freundin: »Wir ham früher in Nürnberg immer Tramsaufen gemacht, Oida.«

»Was soll das sein?«, antwortet sie.

»Na in die Tram gesetzt und gesoffen.« Er strahlt sie an, als handle es sich dabei um eine besonders raffinierte Idee, und ich frage mich, welches der beiden Gespräche losgelöster von der Realität durch den Raum fliegt, und spreche dem Schnösel einen leichten Vorsprung zu, immerhin ist Tramsaufen, egal, wie man dazu steht, wenigstens etwas Greifbares.

Und Franzi lacht still in sich hinein, hat alles gehört, freut sich schon darauf, die Situation später noch mal zu rekapitulieren.

Die Menschen in Straubing wirken, als hätten sie schon sich selbst nichts zu beweisen und anderen erst recht nicht. Ich habe mit einem Mal das Gefühl, Sophia nah zu sein. Gerade weil der Jazzclub in einer Nische zwischen baufälligen Schuppen und schiefen Häusern steht, wirkt er unantastbar und würdevoll und eher zeitlos als aus der Zeit gefallen. Eine Jamsession läuft, und nur wenige Gäste sitzen hinten am Tresen, der durch einen breiten Zugang vom Bühnenbereich getrennt ist. Der schlecht rasierte Mann hinter der Bar sagt nichts, sondern nickt nur mit hochgezogener Augenbraue in unsere Richtung. »Zwei Bier, bitte.« Nichts an ihm verrät, ob ihn das erreicht hat. Er stapelt in Ruhe leere Gläser neben der Spüle. Dann kommt er zu uns.

»Helles?«, fragt er, ohne mich anzuschauen, und hält das leere Glas schon unter den Zapfhahn, bevor ich »Ja, bitte« antworten kann. Er stellt die Biere mit einem Gesichtsausdruck auf den Tresen, als habe er sich für uns zu einem großen Akt der Selbstüberwindung gezwungen.

Als ich ihn frage, ob er Sophia kenne, fährt etwas über seine versteinerte Miene. Nur eine kleine Regung, ein doppeltes Blinzeln, ein kaum wahrnehmbares Zucken im Mundwinkel. Dann entspannt sich sein Ausdruck wieder.

»Welche Sophia?«

Ich beschreibe sie.

»Hat hier gearbeitet«, sagt er und beginnt, die Gläser wieder von der einen Seite der Spüle auf die andere zu bewegen. Meine Nachfragen beantwortet er einsilbig. Seit wann sie nicht mehr hier ist? Er weiß es nicht genau. Eine Woche. Vielleicht zwei. Ist sie gegangen? Er hat sie rausgeworfen. Warum? Das geht mich nichts an. Wo sie hinwollte? Keine Ahnung. Ist ihm auch egal. Ob es ihr gutging? Dafür hat er nur ein Schnauben übrig. Er schüttelt den Kopf und beißt die Lippen aufeinander. Ich entschuldige mich und bringe das Bier an unseren Tisch.

»Mach dir nichts draus«, sagt Franzi, die das Gespräch mitgehört hat. Ich seufze und drehe eine Zigarette.

Sanft angeschlagene Klavierakkorde erinnern mich daran, dass wir in einem Jazzclub sind. Ich kenne das Lied. Eine Sängerin singt *Alone Together*, der Besitzer des Clubs geht mürrisch seinem Geschäft nach, Franzi legt die Hand in meinen Nacken. Bisher hatte ich nur Instrumentalversionen des Stückes gehört, und ich konzentriere mich auf die Worte. »… Our love is as deep as the sea«, dringt die Stimme zu mir, »our love is as deep as a love can be. And we can weather the great unknown, if we're alone together.«

Ich komme mir verraten vor. Seit Jahren dachte ich, der Song drehe sich um eine hilflose Melancholie, ein Gefühl des Alleinseins, das auch zu zweit nie schwindet, eine fundamentale, unbezwingbare Einsamkeit. Der Text verkehrt das Lied, von dem ich mich verstanden fühlte, in sein Gegenteil. Die Verlassenheit löst sich in eine simples Credo auf, es als Paar mit der Welt aufzunehmen, eine Trotzgemeinschaft, die sich selbst genügt, die alles bewältigbar erscheinen lässt. Ermattet atme ich aus. Franzi streicht mit ihren Fingerkuppen über meinen Handrücken.

Draußen ist es windig, und ich muss einen unterwürfigen Tanz aufführen, bis meine Zigarette brennt: Erst mit der hohlen Hand, wie um ein Geheimnis zu schützen, dann dem Wind abgewandt, dann ganz in die Hausecke geduckt.

»Ihr kennt Sophia?«, fragt eine Frau, die uns nach draußen gefolgt ist und es irgendwie geschafft hat, ihre Zigarette beim ersten Versuch mit einem Zündholz anzuzünden. Sie ist knochig, und es ist schwer zu sagen, ob sie ihre Kilos an Drogen, Ausdauersport oder jahrelange Maloche in einer Marketingagentur verloren hat. Sie wirkt auf eine eindringliche Weise energetisch.

»Ja. Also er«, sagt Franzi.

»Die ist ja 'ne ganz schöne Wucht«, sagt sie und nickt, als sie an ihrer Zigarette zieht, noch mal nachdrücklich. Sie sei immer hier, erzählt die Frau, seit mehr als dreißig Jahren komme sie hierher, sie sei die Monika und seit fast zwanzig Jahren kenne sie den Betreiber Frank. Außer ihm arbeiten ein, zwei Leute im Service, sagt sie, mit denen es zwar gelegentlich Reibereien gegeben habe, aber mit Sophia sei es etwas anderes gewesen. Schon als sie ankam und fragte, ob sie an der Bar arbeiten könne.

»Hast du schon mal in einer Kneipe gearbeitet?«, habe er Sophia gefragt.

»Nein. Aber ich hab viel in Kneipen getrunken.«

Sie habe ihn wahnsinnig gemacht. Die Preise willkürlich bestimmt. Ein Bier für zwei Euro verkauft und das nächste für sechs Euro und vierzig Cent. Nicht aus Sympathie heraus, sondern aus einer spontanen Einschätzung der Kaufkraft, wie sie sagte. Sie hatte ein System. Monika kann es nicht vollständig wiedergeben, aber zum Beispiel wurden ältere Paare höher bepreist, besonders wenn sie von »einkommensindikativen Merkmalen« gekennzeichnet waren. Monika lacht und schüttelt den Kopf. Sophia habe das sogar aufgeschlüsselt, zwanzig Cent für ein teures Telefon, fünfzig Cent für Autoschlüssel und so weiter. Natürlich habe es oft Streit mit den Gästen gegeben. Die meisten hätten aber gelacht und den Preis einfach bezahlt. Nur Frank sei ausgerastet. Als Sophia meinte, sie könne ja jederzeit die Preisliste an der Bar aushängen, um Missverständnissen vorzubeugen, wäre er ihr fast an die Gurgel gegangen. Auch sonst hätten sie den ganzen Tag gestritten, und das nicht nur über die Arbeit. Über alles eigentlich. Sophia mit Fragen, die Frank auf die Palme brachten, hartnäckig, nie lockerlassend, bis Frank sein Küchenhandtuch in die Spüle schmiss, etwas brüllte und sich ans andere Ende der Bar trollte. Dort stand er meistens wortlos für eine halbe Stunde, nur um sich dann ruckartig umzudrehen und die Diskussion an genau der Stelle wiederaufzugreifen, wo sie stehen geblieben waren.

»Aber auf eine Weise haben die gezankt«, sagt Monika, »so schlagfertig. An manchen Abenden bin ich gar nicht von der Bar weggegangen, um ja keinen Spruch zu verpassen.«

»Er scheint ja nicht gut auf sie zu sprechen zu sein.«

»Ach.« Monika zuckt mit den Schultern. »In echt haben die sich gemocht.« Sie schaut sich um. »Ich bin mir sicher, er vermisst sie. Er ist kein schlechter Kerl, er ist nur eben auch auf seine Weise festgefahren. Liebevoll, das kann er nicht. Aber wenn man ihn lange kennt, muss man ihn einfach gernhaben.«

Man muss ihn einfach gernhaben. Es klingt wie eine aus der Luft gegriffene Regel, insbesondere weil sie überhaupt keine Argumente dafür nennt, Frank sympathisch zu finden. So als bedürfe das keiner weiteren Gründe, sondern sei eine Entscheidung, zu der man sich selbst eines Tages überwindet. Wahrscheinlich passiert das, wenn man hier jeden Tag hingeht. Irgendwann mag man jeden.

»Wann ist sie dann weg?«

»Ach, genau weiß ich das gar nicht. Es hing aber nicht mit Frank zusammen. Sie meinte immer, sie muss jetzt endlich was machen.«

»Weil es nicht reicht, Sachen nur zu erkennen.«

»Ja, genau.« Monika lacht.

»Und wo wollte sie hin?«

»Nach Hause. Aufs Land. In das Kaff kommt ihr aber nur mit dem Bus.«

Franzi geht rein, während ich fertigrauche, und als ich die Türe aufdrücke, unterhält sie sich mit einem Bekannten, den sie zufällig an der Bar getroffenen hat. Eifersucht steigt in mir auf, giftig und vertraut. Ein lange verschüttetes Gefühl, so tief vergraben, dass ich einige Augenblicke brauche, um es überhaupt benennen zu können. Was es genau ausgelöst hat? Vielleicht ihr plötzlich aufgehelltes Gesicht im Gespräch mit dem Typen, vielleicht, dass ich ausgeschlossen neben dem rastlosen Small Talk stehe, während sie staunen, was das für ein Zufall ist, ausgerechnet in Straubing, wohnst du nicht in Regensburg, ja genau, und du in München. Möglicherweise auch ihr Zögern, als ich frage, woher sie den Mann kennt, dessen Namen ich sofort wieder vergessen habe, als er mir mit einem strahlenden Lächeln die Hand gedrückt hat. Ihr vorsichtiger Tonfall, als sie sagt: »Ein alter Kommilitone«, der mich nicht verletzen soll, mich aber gerade dem Fremden viel mehr Bedeutung zumessen lässt. War das was für eine Nacht? Eine längere Affäre? Nur ein Freund aus der Arbeitsgruppe? Die alte Sehnsucht, mehr zu bedeuten, überkommt mich, der uneinlösbare Wunsch, von ihr bestätigt zu werden. Sie bemerkt meine Verstimmung, stößt mich an, lacht, sagt, alle anderen seien ihr doch egal. Sie überbügelt mich und sagt, es habe nichts zu bedeuten.

Gib es weg. Was bleibt dir?

Mehr denn je klammere ich mich an den Gedanken, dass ich auch das hier alles jederzeit loslassen kann, wie ich es schon mal getan habe. Und der Moment verfliegt.

»Gehen wir?«, frage ich, »oder hab ich jetzt die Stimmung gekillt?«

»Nein, nein, wo denkst du hin?«, sagt sie.

Ja. Wo denke ich hin. Es ist gefährlich, sich in bestimmte Gebiete zu denken, und wenn man erst mal dahin gedacht hat, hat man keinen Job mehr oder keinen Partner, wenn man sich erst mal erlaubt hat, dahin zu denken, da, wo man Angst hat, hin zu denken, weil man vorher schon befürchtet, was später auch eintritt – eine unangenehme Entscheidung, zu der man aber keine Alternative mehr hat. Dann doch lieber Schwebezustand, dann doch lieber Pro und Contra, abwägen, Kompromiss und Beliebigkeit, irgendeinen Job muss man ja machen; einen Partner an seiner Seite zu haben, ist gesund. Nicht irgendwohin denken. Aufhören, mehr zu wollen. In den großen Kanon einstimmen. Die mehr wollen, sind Träumer, Romantiker, Realitätsferne, und deshalb mach mit, kastel dich ein, zieh einen Zaun, halt durch.

Die Nacht zieht uns draußen kalt ums Gesicht.

»Was ist denn los?«

»Alles gut«, sage ich, »fühlt sich gut an mit dir. Und wenn es irgendwann nicht mehr passt, dann passt es halt nicht. Was willste machen.« Fazit eines langen Gedankengangs, den sie nicht nachvollziehen kann, und sie staunt über meine Abgebrühtheit. Sie ahnt nicht, wie sehr ich mich selbst von meinem fragilen Konstrukt überzeugen muss. Ich greife nach meinem Tabak.

»Musst du jetzt rauchen?«, fragt Franzi.

»Ich rauche nur noch, bis es mir wieder besser geht«, antworte ich.

40

Ein Gefühl der fortschreitenden Entzerrung: Die Umsteigezeiten werden immer länger, die Züge älter und leerer, die Bahnhofskioske kleiner. Am Straubinger Bahnhof haben wir noch acht Minuten gewartet, an der Station Osterhofen waren es schon fünfundzwanzig, und an der Bushaltestelle dauert es noch eine Dreiviertelstunde, bis die örtliche Linie auf einer ihrer wenigen Fahrten hier haltmacht.

Franzis Rucksack lehnt zusammengesackt in der Ecke an meinem Rollkoffer, ein erschlafftes Duo, erschöpfter als wir selbst. Ich zünde eine Zigarette an, huste wegen des trockenen Tabaks und mache sie nach drei Zügen wieder aus. Franzi lehnt sich zurück, legt den Hinterkopf an die Rückwand der Haltestelle und nimmt meine Hand, ohne konkreten Anlass beschwichtigend.

»Ich geh mir mal neuen Tabak holen.«

»Viel Erfolg.«

Ich überquere die Straße zu einem kleinen Shop.

Die Höflichkeit des Besitzers äußert sich über die schiere Frequenz seiner Floskeln. »Also, ge. Merci, ge. Tschau. Mach's gut. Mir sehn uns. Baba.«

Ich habe einen echten Joker unter den Zigarettenbildern auf dem Tabak. Den impotenten Mann. Der impotente Mann ist fantastisch, und würde man ein Motiv in der

Druckauflage limitieren und es so zu einer wertvollen, heimlich gehandelten Rarität machen – es müsste der impotente Mann sein. Der ist wahre Kunst. Man könnte einen sechzigjährigen, übergewichtigen Kettenraucher erwarten, aber das ist durchaus nicht der Fall. Im Gegenteil. Ein etwa dreißigjähriger Athlet kauert auf einer grau-bläulichen Bettdecke. So viel Ausdruck liegt in seiner Pose. Einerseits ist es natürlich eine hilfsbedürftige Fötushaltung, andererseits streicht er sich mit der Hand tröstend durch die Haare. Eine seltsame, selbstbezogene Intimität beschwört er herauf. In seiner misslichen Lage hat er immer noch genug Kamerabewusstsein, seinen definierten Bauch anzuspannen und den Trapezmuskel schön in Szene zu setzen. Aber was bringen die ganzen Muskeln jetzt noch, eine Frau, ein Mann, irgendein Mitspieler für sexuelle Vorhaben ist nicht zu sehen, vielleicht haben sie das Bild nach ein paar vergeblichen Anläufen verlassen,

Zärtlichkeit kann der jetzt nur noch von sich selbst erwarten, aber es sieht nicht gut aus, Bruder.

»Was ist los mit dir? Bist du nervös?«, fragt Franzi.

»Ja, ein bisschen.«

Mit einem Mal fühle ich mich nicht gut darauf vorbereitet, Sophia zu treffen. Freut sie sich, mich zu sehen? Ich konnte Franzi nicht erklären, was genau ich von Sophia will, außer wieder eine Verbindung zu ihr zu haben. Ich habe keine konkreten Fragen, die sie für mich beantworten soll. Ich sehne mich nur nach dem Gefühl von Sicherheit, das sie ausstrahlen kann wie niemand sonst.

Franzi bringt mich gerade durch ihre unkomplizierte Art ins Schwanken, vielleicht wünsche ich mir deswegen mehr denn je, dass die Dinge klarliegen. Missverständnisse amüsieren sie, sie ist kein Fan von stillschweigendem Einverständnis. Ich brauche mich nicht zu fragen, was sie an mir findet, denn sie sagt es mir: Sie mag, wie ich ihr zuhöre, womit sie nicht meint, dass ich Ratschläge gebe und einhake, wenn ich etwas nicht verstehe, sondern, dass ich sie reden lasse. Sie mag, wie ich daran teilnehme, was sie erzählt, dass sie mir ansieht, wenn mich ein Aspekt erstaunt, wenn ich von einem Argument nicht überzeugt bin, wenn ich, mehr zu mir, den Kopf schüttele, wenn ich die Augen zusammenkneife und mir schon die Punkte merke, zu denen ich gleich nachhaken will. Aber auch wenn mich etwas bewegt, wenn ich bedauere, dass jemand anderes leiden muss, von dem ich erst zwei Sätze zuvor das erste Mal gehört habe. Das alles ist mir neu, und ich bin nicht ganz überzeugt, dass ich es so ausdrucksvoll tue, wie sie es mich glauben machen will.

»Du bist so nachdenklich.«

»Ich bin müde.«

»Von was?«

»Vom Nachdenken.«

Das amüsiert sie.

Die Sitze im Bus sind mit bunt gemusterten Polstern bezogen und stehen in engen Reihen. Es gibt nur einen Einstieg vorne, und die Busfahrerin nickt uns zu, ohne einen genaueren Blick auf unsere Fahrscheine zu werfen. Von einer hohen Fensterreihe aus sehen wir über die nebligen Felder. Obwohl die Liniennummer deutlich in der Windschutzscheibe platziert wurde, ist das Modell ein typischer Omnibus, wie ich ihn von Klassenfahrten aus der Schulzeit kenne. Ein Hund wälzt sich am Straßenrand in etwas, und sein Besitzer zieht ihn weg. Der Bus verlangsamt, und ich sehe, dass es ein totes Eichhörnchen ist.

»Hier kannst du dir ja auch gleich die Kugel geben«, sagt Franzi, und trotz der schönen Landschaft in der Herbstsonne und obwohl es überhaupt keinen benennbaren Grund dafür gibt, stimme ich ihr zu.

Die Haltestelle heißt »Rathaus«. Einen zentralen Platz scheint es nicht zu geben. Es ist keine andere Anordnung zu sehen, als die an der Durchfahrtsstraße entlanggereihten Häuser. Das Wirtshaus hat noch bis achtzehn Uhr abends geschlossen, nur ein Dönerladen ist geöffnet. Ein Fußballspiel läuft ohne Ton. Beşiktaş Istanbul spielt zu Hause gegen Trabzonspor. Die Gastmannschaft führt, und der Inhaber schaut nervös auf den Bildschirm. Ob er eigentlich am liebsten im Stadion wäre? Oder ob er zu einer milderen Art Anhänger gehört, von der Sorte, die gelegentlich den Ticker auf dem Handy prüfen, aber ihr Leben ansonsten nicht nach dem Spielplan einer Sportmannschaft richten? Ich hoffe, dass er all die Höhen und Tiefen lebt.

Wie Franzi. Sie ist ein echter Fan. Sie ärgert sich allen Ernstes, wenn Werder Bremen verliert, sie liest gern Bücher von Siri Hustvedt und John Irving, sie hört Cake und The Kooks, und sie wird wütend, wenn man die Qualität infrage stellt, wenn man sagt: »Das klingt ja wie«, und dann den Namen einer falschen Band nennt, wenn man ihre Autoren als redundant kritisiert, wenn man es albern findet, wegen einer Fußballmannschaft schlecht gelaunt zu sein. Außer ihr kenne ich niemanden, der Band-Shirts trägt, und wenn, dann welche von ganz bestimmten, unanfechtbaren Gruppen, die nicht unbekannt sind, das ja eben nicht, sondern von ganz wenigen verehrt, aber von den Richtigen. Überhaupt lässt sich kaum jemand dazu herab, irgendetwas oder jemanden zu feiern oder zu unterstützen, es sei denn, sie sind durch die Zugehörigkeit zu irgendeiner Gruppe dazu verpflichtet. Wieder einmal hinter etwas so zu stehen, vor Wut fast zu kotzen, weil jemand es nicht geschafft hat, einen Ball in ein Netz zu treten, vielleicht wäre das wirklich schön.

Es gibt nichts anderes zu tun, also schauen wir das Spiel, bis das Gasthaus öffnet. Beşiktaş gleicht in der achtzigsten Minute aus, und in der Nachspielzeit stochert ein schlaksiger Verteidiger den Ball zum Sieg über die Linie. Der Mann ballt die Faust.

Der Hund im Eingangsbereich würgt ein keuchendes Schnappen heraus, wie um zu sagen: »Wenn ich jung wäre, würde ich dir jetzt hinterherfetzen.« Dass er sich da mal nicht vertut.

Ich frage die Wirtin, ob noch ein Gästezimmer frei ist. Sie lacht, ja, da hätten wir außerordentliches Glück. Ob wir es vorher sehen wollen? Nein danke. Ich bestelle zwei Biere und bezahle sie gleich. Sie gibt mir einen Fünfeuroschein heraus. Er ist in feinste Linien zerknittert, als hätte jemand tausendmal vergeblich versucht, eine Origami-Figur daraus zu falten.

Ich hatte verschlossene Gäste erwartet, die sich nach einem Blick über die Schulter schweigend wieder ihren Getränken zuwenden. Aber sie sind alles andere als wortkarg. Sie freuen sich, dass jemand da ist, der andere Geschichten zu erzählen hat, als die, die sie alle schon tausendmal gehört haben. Wahrscheinlich freuen sie sich auch über neue Zuhörer, zumindest löst die Frage nach Sophia eine vehemente Diskussion aus. Ein Mann am Tresen kramt Anekdoten aus seinem Gedächtnis. Zwischendrin kneift er die Augen zusammen und tippt mit dem Zeigefinger auf etwas Unsichtbares in der Luft ein, um ja nicht unterbrochen zu werden. Die verächtlichen Satzfetzen, die die Frau neben ihm einwirft, ignoriert er.

»Einen Briefkasten hat die angezündet. Mit vierzehn.«

»Die hat sie nicht mehr alle.«

»Sie konnten es gerade so noch löschen.«

»Bescheuert ist die doch.«

»Ein paar Briefe waren natürlich schon dahin.«

»Also, ich würde der nichts durchgehen lassen.«

»Danach ist sie das erste Mal weggekommen.«

Die Wirtin seufzt milde und schüttelt den Kopf.

»Gerade erst neulich«, sagt der Mann und unterbindet drohende Einwürfe mit einer einschnappenden Handbewegung, »die Nummer mit den Kleidern.« Ein Nachbar von Sophia hatte seine Klamotten zum Trocknen im Hof aufgehängt und nach ein paar Stunden bemerkt, dass seine Cordhose und ein Flanellhemd fehlten. Er erkundigte sich im Haus, ob jemand mitbekommen hatte, wer die Kleider genommen haben könnte, aber niemand hatte etwas gesehen. Sophia öffnete nicht, aber sie hatte ihm vorher noch vom Balkon zugewunken, deshalb klingelte er noch einmal. Sie machte die Tür einen Spalt weit auf. Was es denn gebe, fragte sie. Ob sie gesehen habe, wer seine Kleider von der Leine genommen habe?

»Kleider … Nein, nein, da habe ich gar nichts mitgekriegt, von irgendwelchen Kleidern«, sagte sie und öffnete die Tür.

Am Körper ein viel zu großes Flanellhemd und eine ausgebeulte Cordhose.

Der Mann erzählt die Geschichte von berauschtem Kichern durchsetzt. Mich macht sie traurig. Franzi drückt meine Hand.

»Und das war noch vor der Sache, wegen der sie jetzt weg ist«, fährt er fort, denn eine Steigerung hat er noch anzubieten, eine spektakuläre Geschichte kann er noch raushauen, das merkt man ihm an, wie er fiebrig nervös auf dem Stuhl kippelt.

Aber die Wirtin unterbricht ihn, sagt ganz ruhig: »Die Schule hat sie angezündet«, sicher, um ihm den Höhepunkt zu stehlen, den Wind aus den Segeln zu nehmen, und auch den Rest strickt sie faktisch ohne Ausschmückungen herunter. Der Mann wendet sich beleidigt ab. Sophia habe eigentlich gesagt, dass sie sich nur eine Zeit lang um die Eigentumswohnung ihres Vaters kümmere, erzählt die Wirtin. Die Eltern lebten ja beide schon lange nicht mehr hier. Dann sei sie aber jeden Tag in die Wirtschaft gekommen. »Hat sich ja nichts verändert, immer noch die gleiche Machoscheiße wie immer«, habe sie gesagt. Eine kleine Bemerkung eines Gastes habe sie zum Austicken gebracht. Mit einem sanften Kopfschütteln schildert die Wirtin, wie Sophia einen Barhocker in Richtung des Stammtisches schleuderte, ein Glas am Tresen zerschlug und die aufgebrachten Männer damit auf Distanz hielt. »Das arme Mädchen.«

Die Wirtin lehnt sich nach vorne. »›Nichts hat sich verändert. Gar nichts, gar nichts, gar nichts‹, hat sie noch mal gesagt. Dann ist sie hinausgestürmt und hat bei ihrer alten Grundschule im Nachbarort Feuer gelegt. Es war nachts, und es ist kein großer Schaden entstanden, sonst wäre alles natürlich noch mal empfindlicher abgelaufen.«

»Die ist schon wild«, sagt der Mann.

»Die gehört weggesperrt«, spuckt die Frau aus.

»Ihr habt ja keine Ahnung«, sagt die Wirtin und wendet sich ab. Das beendet die Diskussion. Als sich die letzten der wenigen Gäste verabschiedet haben, sagt sie zu uns: »Ihr wollt also wirklich zu Sophia. Die ist gleich ganz in der Nähe.« Sie schreibt eine Adresse auf eine Papierserviette und drückt dabei mit dem Kugelschreiber so fest auf, dass der Schwung der Buchstaben kleine Lücken in das Papier reißt.

In unserem Zimmer stehen ein Bett, zwei Nachtkästchen, ein Schreibtisch und ein Stuhl, alles aus dem gleichen, schweren, hellen Holz. Das Kreuz hängt Franzi ab, und die Bibel steckt sie in die Schublade. Es erinnere sie zu sehr an zu Hause, sagt sie. Als sie sich an mich schmiegt, wünsche ich mir nichts mehr, als dass alles genauso bleibt. Und der einzige Grund, aus dem ich daran zweifle, ist, dass ich so sehr darauf hoffe.

41

Die letzte Folge von *Alarm für Ramersdorf 81* heißt *Requiem für Floppe*. Keine andere Episode habe ich so oft gesehen. Es ist so etwas wie der letzte große Auftritt meines Vaters, und ich habe es immer als unfair empfunden, dass niemand das Potenzial des jungen Schauspielers gesehen hat, das sich in dieser Folge am offensichtlichsten zeigte. Zwar wird die Ermittlung selbst wie gewöhnlich an Raudingers Szenen entlangerzählt, aber Floppe wird zum Serienabschluss zur zentralen Figur. Er ist es, mit dem sich die Zuschauer identifizieren sollen, mit dem sie mitfiebern. Es geht um eine verschwundene Prostituierte und einen toten Zivilpolizisten mit einer mysteriösen Schusswunde im Kopf: Bei der Obduktion wird kein Projektil im Gehirn gefunden.

Der alleingelassene Floppe trinkt sich durch die Kneipen. Nach Claudias Tod hat er niemanden mehr und lehnt jede kumpelhafte Aufmunterung, jedes Mitleid ab, er will seine Einsamkeit bis zum Äußersten treiben. Es geschehen noch Missgeschicke, und skurrile Situationen treten ein, aber das Machtgefüge hat sich verlagert. Der Zuschauer lacht nicht mehr über Floppe. Floppe hat das Unglück höhnisch gekapert, es gehört ihm, er zelebriert es grinsend, lacht ihm ins Gesicht. Und damit, so hat man das Gefühl, auch über den Zuschauer, über die ganze gesetzte Konstellation, deren Opfer er sein sollte und die er sich zu eigen gemacht hat. Seine bunt gemusterten Hemden wirken nicht mehr wie die unbeholfene Adaption einer Mode, sondern wie die Uniform eines Menschen, der sich absichtlich außerhalb von allem stellt. Er schubst einen Zuhälter vom Barhocker, lässt den Zylinder seiner Waffe rotieren, hält sie ihm an den Kopf, dann sich, dann wieder ihm und drückt ab. Es klickt. »Du bist ja völlig irre«, sagt der Zuhälter, und anstatt eines verrückten Lachens, eines überlegenen Grinsens kommt mein Lieblingsmoment. Das Gesicht meines Vaters in einer von wenigen Großaufnahmen, ein plötzlich sanfter, schwermütiger Ausdruck in den Augen, und ganz leise über die Lippen: »Irre … ja, irre.« Wie er sich aufrappelt und langsam den Raum verlässt. Ein Bild der Einsamkeit. Die ganze Erzählung ist von der Gewissheit geprägt, dass es für Floppe nicht gut ausgehen wird. Als die Kommissare Informationen zu einer Auseinandersetzung im überwachten Bordell erhalten und Raudinger hektisch nach Dienstwaffe und Hut greift, erhebt sich Floppe schwerfällig und sagt, statt wie üblich darum zu bitten, noch kurz auf die Toilette zu dürfen: »Bin schon da.«

Raudinger wütet über Floppes immer extremere Grenzübertretungen. Gleichzeitig ist er ihm so nah wie noch nie, denn er versteht seinen Verlust. Eine herzliche Umarmung, von der man schon ahnt, dass es die letzte sein wird. Floppe ist es, der den Fall löst. Entgegen aller falscher Fährten, die die Handlung legt, ist es kein Erpressungsfall, kein Racheakt eines verurteilten Zuhälters. Es ist eine Beziehungstat, und die Auflösung ist ungewöhnlich: Mit einem hochhackigen Schuh hat die verlassene Prostituierte ihn erschlagen, der

Absatz hat sich durch die Schläfe bis in die Kopfmitte gebohrt. Deshalb kein Projektil, deshalb keine Schmauchspuren. Als Floppe sie konfrontiert, wirkt sie eigentlich gefasst und stark. Doch in einem unachtsamen Moment greift sie nach einem Messer und sticht ihm in die Brust.

»Das ist es also«, sagt Floppe und sinkt zusammen, mit dem Gesichtseindruck eines Menschen, dessen tiefste Ahnungen bestätigt wurden. In wenigen Momenten habe ich mich meinem Vater so nah gefühlt. Der unnachahmliche Hannes Lobmeier. Ich kenne die Folge fast auswendig. Das Spiel meines Vaters, in dem alles zum Tragen kommt, was er im Fernsehen hätte sein können. Verzweifelt und entschlossen. Resigniert und wütend. Ein Sarg wird zu Blasmusik feierlich in die Grube gesenkt.

42

Dass ich Sophia endlich gefunden habe, ist jetzt schon fast einen Monat her. Es ist wieder kälter geworden, und die Blätter ihrer Hanfpflanze zittern. Es riecht frisch draußen. Ich trage sie ins Warme, fülle eine Flasche mit Wasser und gieße sie behutsam. Unsere Begegnung kommt mir jetzt, wo ich wieder zurück bin, unwirklich vor. Wie hülsenhaft sie gewirkt hat. Auf eine neue Weise unzugänglich. Nur zwei kurze Nachrichten hat sie mir seitdem geschickt. »War schön. Du bist einer von den Guten.« Und einige Zeit später: »Gel ins Haar und ab in den Wind!«

Die Pflanze sieht gesund aus, ihre Blätter kräftig. Ansonsten wirkt meine Wohnung auf mich wie ein eigentlich schon überwundener Zustand. Ich sollte mir wirklich etwas anderes suchen. Das ganze Gerümpel auf dem Balkon muss weg. Ein überfüllter Aschenbecher mit vertrockneten Zigarettenstummeln steht auf dem Fensterbrett. Die Filter sind tiefbraun, und der Gedanke, dass sich alles, was sich nicht in ihnen verfangen hat, in meiner Lunge abgelagert hat, macht mich traurig. Ein verlorener Planet. Ich werfe meinen restlichenTabak weg, leere den Aschenbecher in den Papierkorb und wasche ihn mit Spülmittel aus. Irgendwie macht es das besser.

Franzi kommt mit einem Handtuch um den Kopf gewickelt aus dem Bad. »Was sagst du, sollen wir uns was zu essen holen?«

Hinter ihr stehen auf dem Waschbecken zwei Zahnbürsten im Becher, und es fühlt sich kurz an wie Frieden nach einem langen, harten Kampf.

»Gerne.«

Vor dem Asiaten treffen wir James. Ich stelle ihn Franzi vor.

»Schön zu sehen, dass es dir wieder besser geht«, sagt er, stemmt die Arme in die Hüften und blinzelt ins Licht.

Was für eine selbstverliebte Pose. Das meint er mit besser: Hand in Hand mit einer Frau den Bürgersteig entlangzugehen, sich dem geregelten Leben wieder zu nähern, aus dem er mich ausgebrochen wähnte. Wie kleine Abweichungen vom normalen Weg ihn schon nervös machen.

»Na ja«, sagt er, wie um einen ernsten Moment zu unterwandern, bevor er entstehen kann, »du bist aber auch nicht mehr so in Form, oder?«

»Stimmt«, sage ich, klopfe mir zur Bestätigung auf den Bauch und lächle, denn er hat es genau richtig benannt. Die ganze Zeit war ich in Form: ein Meter siebenundachtzig, fünfundachtzig Kilo, Bizeps und Brustmuskeln, Trizeps und Rücken, Cardio zur Fettverbrennung. Und alles andere gehört ja auch noch dazu: Um neun Uhr aufstehen trägt auch zur Form bei, Müsli essen, mit dem Fahrrad zur Arbeit, abends mal in die Kneipe, aber nicht zu lang, Weißbier und Longdrinks, Gehaltsabrechnungen per Brief jeden Monat, regelmäßige Kontoeingänge und Daueraufträge. Ich bin nicht mehr in Form. Ich muss eine Weile vor mich hin gelächelt haben, denn er knüpft an, zögerlich, die Hauptsache sei ja, es gehe einem gut. Ich will ihm erklären, dass es mir, seit ich in der Agentur aufgehört hatte, stetig immer besser ging, aber er kann es nicht verstehen oder traut sich nicht, mich ernst zu nehmen. Er schaut skeptisch, während ich das beteuere, aber meine Überzeugung reicht für uns beide. Ein kurzer Zweifel an der selbst eingeredeten Sicherheit huscht über sein Gesicht. Ich schüttele ihm die Hand, was soll's, komm ran da, lass dich drücken, und wir gehen weiter.

»Kommst du mit rein?«, frage ich Franzi vor der Kneipe.

»Ach, lass mal. Ich muss sowieso noch kurz einkaufen.« Das überrascht mich nicht. Seit ein paar Straßen spüre ich schon, wie ihre Anspannung wächst.

»Sorry. Ich lern deine Schwester dann nächstes Mal kennen, okay?« Sie küsst mich. Ich verstehe sie.

Lisa sitzt in der Ecke, steht umständlich auf und bringt den kleinen Tisch vor sich so in Bewegung, dass etwas Wasser aus der Blumenvase überschwappt. Ich lache und beuge mich zu ihr, eine Art steifer Diener, und drücke sie, ihr Seidenschal liegt leicht und kühl zwischen unseren Wangen. Charlie steht hinter der Bar. Er hat uns warm begrüßt, aber lässt uns in Ruhe. Manchmal versteht sogar er, wenn er sich zurückhalten sollte.

»Hast du Sophia eigentlich letztendlich gefunden?«, fragt sie, vielleicht auf der Suche nach irgendeinem Thema, das unsere Begegnung in eine akzeptable Länge strecken kann.

Ich zögere. Sie wäre betroffen. Ist ja schlimm zu hören. Aber hey, das rastlose Leben, würde sie sagen. Das Feiern. Der Alk. Die Drogen. Ewig kann man das halt auch nicht durchziehen. Irgendwann muss man den Absprung schaffen. Sonst geht's halt so aus. Sie hätte so viel Talent gehabt. Schade, wenn Leute sich selber so kaputtmachen. Eine gute

Geschichte wäre das für sie. Eine Prise Fuck-up nimmt jeder gern. Irgendwas musst du den Freunden deiner Kinder ja erzählen, wenn sie mit fünfzehn in deiner Küche rumhängen. Ein bisschen Authentizität für deinen Lebenslauf. Ich kannte mal eine, die war richtig hart drauf. Aber insgesamt, insgesamt würde es sie natürlich erleichtern. Ein Schlussstrich unter die Fragezeichen, ob es ein Leben außerhalb gibt, ein Leben ohne Gehaltsstaffelung und Rücklagen, ein Leben, in dem all das nicht wichtig ist. Es wäre die endgültige Legitimation für ihren ganzen Lebensstil.

»Sophia ist weg«, sage ich.

»Na ja. Wie man sie kennt, taucht sie wahrscheinlich wie aus dem Nichts wieder auf.« Das sagt sie, um mich aufzubauen, und ich bin kurz bewegt.

»Was gibt's Neues bei dir?«, frage ich sie.

Sie keucht nervös. »Bei mir? Seit wann interessiert dich das?«

»Interessiert mich eben.«

»Na ja.« Sie schweigt und rührt in ihrem Tee.

In der Hoffnung auf irgendeine Reaktion sage ich: »Ich bin wieder mit jemandem zusammen. Fühlt sich gut an.«

Sie schnauft sarkastisch und lacht ein angespanntes kehliges Lachen. »Na ja. Wie gut ihr wirklich zusammenpasst, wird sich ja dann zeigen, wenn die erste Verliebtheit vorbei ist.«

Ich ärgere mich darüber, dass die Sache für sie schon wieder so klarliegt. Phasen, die unvermeidbar aufeinander folgen, Begehren und langweilige Vertrautheit.

»Man wird sehen«, sage ich, und sie erkennt meine Verstimmung natürlich, unterbricht mich gleich mit einem mitleidigen Seufzer, entschuldigt sich, sagt gönnerhaft, wir sollen einfach die Zeit miteinander genießen, und meint aber damit die Illusion, den Trugschluss, den sie mir unterstellt – dass da keine Entscheidungen warten, dass ein Hochgefühl ohne Energieverlust fliegt. Sie kann sich nicht vorstellen, dass Dinge sich vertiefen können, die Anziehung, das Vertrauen, aber auch zu zweit einsam zu sein, nicht mehr zueinanderzufinden, eine leise Verzweiflung, die die Wände jeden Tag ein paar Zentimeter enger zusammenrücken lässt. Das weiß sie nicht, das kennt sie nicht, und jetzt leitet sie aus ihrer Sortiertheit meine Unsortiertheit ab, teilt mit dem kalt freundlichen Tonfall der Navigationsgeräte mit, wo ich falsch abgebogen bin, wo ich mal wieder haltmachen müsste, um einen Blick in die Karte zu werfen, wo meine Daten ungenau sind.

»Ist alles okay bei dir, Lisa?«

»Aber natürlich. In allerbester Ordnung. Alles in Butter. Alles paletti. Alles geht seinen geregelten Gang.« Ihr Tonfall ist höhnisch.

»Was ist los?«

Sie atmet aus, in kleinen, harten Stößen, und es dauert eine Weile, bis mir klar wird, dass sie weint. Unzusammenhängend und brüchig erzählt sie es mir. Sie ist unglücklich, aber ohne greifbaren Grund. Sie ist sich nicht mehr sicher, ob sie Konstantin liebt. Es ist keine Fassade, die bröckelt, hinter der sich Abgründe auftun, niemand hat etwas Unverzeihliches verheimlicht, es ist nur die Aussicht darauf, dass das alles so weitergeht, dass sich alles genauso wiederholt, immer und immer und immer wieder. Die erste Verstimmung, der erste tiefere Zweifel, den sie noch weggewischt hat, es kann ja gar nicht sein, sie hat sich ja schon entschieden für das alles, sie wohnen zusammen und haben sich die Zukunft ausgemalt. Es ist undenkbar, aber trotzdem lässt sie der Gedanke nicht los, was, wenn das alles nicht das Richtige ist, und sie spürt kalten Horror, blank und kühl: Was, wenn sie woanders sein sollte?

Ich würde ihr gerne sagen, dass das alles wieder wird. Ich würde ihr gerne sagen, dass Konstantin und sie wieder zusammenfinden. Aber ich finde nicht die Worte dafür. Und auch nicht die Überzeugung.

An der Wand hängt das Plakat zu *Geschlossene Gesellschaft*, drei Silhouetten und der Name unseres Vaters. Daneben wurde ein neues Poster befestigt, kleiner, nicht so stilsicher, mit einer Fotografie des ganzen Ensembles als Grafik. *Mord im Utopiapark*.

»Gehst du hin?«, frage ich Lisa.

Sie folgt meinem Blick. »Dass der sich allen Ernstes noch mal auf eine Bühne stellt.« Sie schüttelt den Kopf, aber ich sehe genau das ganz leichte Lächeln in ihren Mundwinkeln. »Ich denk schon.« Sie lässt ein paar Münzen auf dem Tisch liegen. »Mach's gut, Anton.«

Sie öffnet die Tür der Kneipe, und für einen kurzen Moment fällt das Licht gleißend von außen in den Raum und zeichnet ihre Umrisse nach. Dann ist sie verschwunden und lässt die Kneipe in ihrem milchigen Dunst zurück. Ich angle mein Bier von dem Tisch. »Setz dich doch zu mir«, sagt Charlie hinter dem Tresen, aber ich danke und lehne ab. Ich gehe zur Jukebox und durchblättere die Nummern. Aber die alten Chansons sind verschwunden. Keine Greta Keller, keine Hildegard Knef, keine Zarah Leander. Sie sind alle ersetzt, nicht durch aktuelle Songs, sondern durch Rockklassiker. Es geht alles vorbei.

Bei der Premiere lächelt mein Vater so unbeholfen wie ich wahrscheinlich auch, und wir umarmen uns auf unsere alte steife Weise, kurz und fest, als prüften wir den Druck von etwas.

Er hat so bescheiden von der Veranstaltung gesprochen, dass ich jetzt von der Größe des Theaters überrascht bin. Sein Tonfall hatte es als fragwürdig erscheinen lassen, dass sich überhaupt jemand in das Stück verirren würde, und wenn mehr als fünf Leute auftauchten, käme der kleine Zuschauerraum auch schon an die Grenze seiner Kapazität. Es finden aber sicher zweihundert Menschen Platz in den Reihen, und es ist ausverkauft. Mit dem Stück und seiner Rolle darin hat er auch untertrieben. Er spielt den Nachlassverwalter einer reichen Vergnügungsparkbesitzerin, und die raffgierige Verwandtschaft kommt zusammen, um sich bei der Testamentsverkündung, die mit einigen Überraschungen ausstaffiert ist, um das Erbe zu bekriegen. Jeder hat mit irgendwem noch eine Rechnung offen, wovon auch der Nachlassverwalter nicht ausgenommen ist, der sich als Ziehsohn der Verschiedenen entpuppt. Natürlich dauert es nicht lange, bis der erste Mord geschieht. Es ist ein klassisches Krimiszenario, so klassisch, dass es schon fast nostalgisch wirkt. Trotzdem ist es in unaufdringlicher Art modernisiert, die Enkelinnen geben überzeugende Teenager ab, und die Auflösung ist befriedigend, weil sie weder völlig offensichtlich, noch vollkommen an den Haaren herbeigezogen ist.

Als das Licht angeht und mein Vater sich verbeugt, passiert etwas Seltsames, das ich nicht mehr erlebt habe, seit ich ihn als Kind zum ersten Mal auf dem Bildschirm sah. Ich merke, dass ich in keinem Moment meinen Vater als Vater wahrgenommen habe. Nicht mal kurz zwischendrin. Das ist umso seltsamer, als mein Vater kein Schauspieler ist, der seine eigene Persönlichkeit auf der Bühne vollkommen unterdrückt. Der immer leicht entschuldigende, sorgenvolle Gesichtsausdruck, die behutsame Gestik. Im Alltag wirkt all das ein bisschen schlaff und schwach, wenn er zum Beispiel im Supermarkt nachdenklich eine Zitrone nach der anderen in der Hand wendet, um schließlich wie in Zeitlupe eine von ihnen in den Einkaufswagen zu legen und ihn weiter den Gang hinunterzuschieben. Aber auf der Bühne wirkt genau das elegant und erhaben – und lässt gleichzeitig Raum, etwas in ihn hineinzuprojizieren. Immer vermutet man, dass hinter dieser Sanftheit mehr steckt. Eine tiefe Wut, die darauf wartet, sich Bahn zu brechen. Ein Geheimnis. Eine unbeglichene Schuld.

»Ich hätte ja gedacht, dass der Nachlassverwalter der Mörder ist«, sagt ein Mann neben mir zu seiner Begleitung. »Der hat immer so geguckt.«

Deshalb ist er besetzt worden. Während dieser Momente auf der Bühne und im Fernsehapparat ist er mein Vater und gleichzeitig nicht mein Vater. Und dass ich ihn nur in seiner Rolle erlebt habe, macht mir ein schlechtes Gewissen.

Schon früher hatte er lieber mit den Technikern geredet, als sich mit Schauspielkollegen gegenseitig mit Lob zu überhäufen, und auch jetzt steht er mit der Beleuchterin in einer Ecke und scherzt über irgendetwas. Er sieht mich und kommt rüber, drückt mich und fragt mich, wie es mir gefallen habe, nur um alle Komplimente sofort mit einer kleinen

Kippbewegung aus dem Handgelenk fortzuwischen. Der spätere Mann. Nicht mehr auf der Bühne fühlt er sich sofort wieder unwohl. »Jeder muss sein Talent finden und es verfolgen«, hat er immer gesagt. Sein Talent ist es, jemand anderes zu sein.

43

Ich war selten in meinem Leben so aufgewühlt wie an dem Morgen, an dem ich Sophia tatsächlich wiedersehen sollte. Die Luft stand kalt und unbewegt um Franzi und mich herum.

»Kommst du mit rein?«, fragte ich.

»Geh du mal alleine.«

»Ich weiß nicht, ob ich mich traue.«

»Wir waren doch schon am Tiefpunkt, was soll da noch passieren?«

Und ja, ich kannte den Tiefpunkt. Ich küsste Franzi, unsere Hände lösten sich sanft voneinander, eine leichte Berührung unserer Fingerkuppen. Ein älterer Mann stand im Garten und schnitt einen Baum mit einer großen Schere. Er trat ein paar Schritte zurück, um zu kontrollieren, ob er die Äste in die gewünschte Form gebracht hatte. Er schien zufrieden, und als ich an ihm vorbeiging, nickte er mir zu, fachmännisch, fast schon kollegial. »Amberger« und »Viersen« stand auf dem Klingelschild für den zweiten Stock und darunter geklebt, mit Kugelschreiber auf weißem Klebeband, »Martins«. Sophia.

Im Treppenhaus kam mir eine junge Frau entgegen, kaum volljährig. »Hallo«, grüßte sie mich leise. Ohne mich anzuschauen, glitt sie an mir vorbei. Die Tür war nur angelehnt, und ich hörte Sophia gedämpft etwas sagen. Ich verstand die Worte nicht, aber schon ihre Stimme zu hören, versetzte mich in Unruhe. »Aber darüber können wir dann ja noch mal in Ruhe sprechen«, sagte ein Mann in geordnetem Tonfall und öffnete die Tür ein Stück weiter. »Guten Tag«, sagte er und musterte mich kurz. Sein Gesicht wirkte zu jung für seine weißen Haare.

»Hallo«, sagte ich.

»Also bis später dann.« Schon lief er mit leichten Schritten die Stufen hinunter.

»Ach, sieh mal an. Wen haben wir denn da? Der große Anton Lobmeier. Aus welchem Loch kommst du denn gekrochen?«

Ihr typisches spöttisches Lächeln. Ich drückte sie.

»War das dein Mitbewohner?«

Sie lachte trocken. »Mein Mitbewohner. Das ist gut. Kann man so sagen, ja. Komm rein.«

Sie ging in die Küche, und ich folgte ihr. Eine Elektroherdplatte, ein Toaster und ein Wasserkocher standen nebeneinander auf der Anrichte wie um ein Gesprächsthema verlegene Zufallsbekanntschaften. Mit bedächtigen Bewegungen setzte sie Wasser auf, ging zu einer kleinen Stereoanlage auf dem Fensterbrett und legte eine CD von Bach auf. Die Solosuiten für Cello.

»Schön, oder? So klar. Als wenn jemand deinen Kopf aufräumt.«

»Ja.«

Ein paar Augenblicke lang lauschten wir nur der Melodie, die in klaren Linien von Ziel zu Ziel lief, von Wendung zu Wendung, geerdet und doch verletzlich.

»Was machst denn du für Sachen?«

»Was meinst du?«

»Na, mit dem Feuer. Ganz schön wild, oder?«

»Ach das.« Sie winkte ab. »Das war ja auch nur eine Sache. Manche machen ganz viele Sachen. 'tschuldige bitte. Mir geht's zurzeit nicht ganz so gut. Wir sind Freunde, oder?«

»Natürlich sind wir Freunde. Ich hab dich überall gesucht.«

»Überall«, sagte sie nachdenklich, »ja, so was dauert. Das kann sich ziehen.«

»Aber warum hast du das gemacht, mit dem Feuer? Das bist doch nicht du?«, sagte ich.

Sie verzog die Mundwinkel und riss das Fenster auf. Kalte Luft drang in den Raum, langsam und unerbittlich. Sie griff nach einer zur Hälfte gerauchten Zigarette auf einem Unterteller und zündete sie an.

»Ist ja schön, dass du so genau weißt, wer ich bin. Du kennst mich nicht. Keiner kennt mich.« Sie atmete hart aus und sah mein verletztes Gesicht. »Tut mir leid. Alles komisch zurzeit.«

»Kann doch jeder mal den Grip verlieren. Weißt du noch, der Typ, von dem du erzählt hast? Der die Ausfahrt verpasst hat und immer weiter und weiter gefahren ist?«

»Ach, Anton«, sie schüttelte den Kopf. »Das war ich doch selber.«

Ich fragte mich, ob das stimmte. Mir fiel das Stück Blinker ein, das ich seit dem Crash mit Franzi mit mir herumtrug, und ich tastete in meiner Jackentasche danach.

»Warum bist du abgehauen?«

Sie schaute aus dem Fenster, konzentriert, als versuchte sie, den Verkehr zu entziffern. Ich wollte meine Frage gerade wiederholen, da antwortete sie. Ihr habe es den Schalter rausgehauen. Einfach so. Torben war weg. Dabei konnte sie sich noch gar nicht vorstellen, wie ihr gemeinsames Leben aussehen würde. Sie hatte noch nie so etwas empfunden. Das habe sie überrascht, sagte sie. Sie habe sich von außen beim Leiden beobachtet, versucht, ihren Schmerz zu sezieren. Da ist also ein ganz neues Gefühl. »Solange so was passiert, biste wenigstens noch nicht tot.« Aber dann, auf der Parkbank mit dem Bier, sei der Schmerz plötzlich angekommen. Von außen nach innen. Zack. Und dann habe sie gedacht: »Wenn das nun nie wieder weggeht«, und dann wurde ihre Angst vor der Beklemmung plötzlich größer als die ursprüngliche Beklemmung selbst. All diese Leute im Telefon, und niemand konnte ihr helfen.

»War zu belastend. Lauter Namen, lauter Verbindungen. Hab mich nicht nach Verbindung gefühlt. Vor allem nicht mit Torben. Deshalb schmeiß weg das Zeug, rein in den Müll damit.«

»Du hättest mich anrufen können«, sagte ich gekränkt, aber ich wusste, warum sie es nicht getan hatte. Weil ich selbst nicht klarkam, weil sie mich auf ihren Schultern getragen hatte, und auch meine zweiunddreißig Anrufe waren ja für mich gewesen, denn um mich war es mir gegangen.

»Klar«, sagte sie und wippte nervös mit dem Fuß. Immer noch ging es ihr auf die Nerven, wenn sie etwas erklären musste, das für sie doch ganz eindeutig auf der Hand lag. Dass die Sophia, die ich kannte, kurz aufblitzte, erfüllte mich mit einem unvernünftigen Gefühl von Hoffnung.

»Und das Blut?«

»Hab mich an der Bierdose geschnitten.«

Stille. Der Wasserkocher sprudelte, aber sie machte keine Anstalten aufzustehen. Ich wollte sie fragen, was sie nun vorhatte. Ich wollte ihr sagen, dass Mama gestorben war. Ich wollte ihr von Franzi erzählen. Von dem Tor zur Hölle. Dass ich alles losgelassen hatte. So viele Dinge, zu denen ich ihre Meinung hören wollte. Ich wünschte mir, dass sie stolz auf mich war. Aber ich bremste mich. Es ging nicht um mich. Stattdessen fragte ich sie, was ich für sie tun konnte.

»Lass dich mal blicken. Vergiss mich nicht.« Die Endgültigkeit in ihrer Stimme erschreckte mich.

»Was redest du denn? Wir sehen uns noch ganz viel.«

»Ist das da draußen deine Freundin?«

Ich schaue an ihr vorbei. Hinten, an der Straße, saß Franzi auf der Bank. Ihr Mantel leuchtete. Von hier war sie nicht viel mehr als ein roter Fleck in einer blassen Landschaft.

»Ja. Franzi heißt sie.«

»Das ist schön. Das freut mich. Ich wünsch euch was. Wer hätte gedacht, dass ich so ende?«, sagte sie tonlos.

»Aber du bist doch gar nicht am Ende.«

»Ja, danke, is' nett von dir, voll unterstützend und …« Sie schaute mich an und lachte. »Na ja. Mal hat man es eben so und mal so, ne? Kann man halt vorher nie so genau wissen. Ist auch nicht so wichtig. Du bist nicht wichtig. Ich bin nicht wichtig.«

Eine Wespe kroch über das Fensterbrett. Sie winkte mit der Hand in ihre Richtung, aber sie bewegte sich nicht. Eine alte borstige Wespe mit dürren Flügeln.

»Glaubst du, Insekten sterben, weil ihnen irgendwann die Kraft ausgeht?«, fragte sie, »oder weil sie einfach irgendwann keine Lust mehr haben auf das ganze Heckmeck?«

»Die werden einfach alt. Hier, ich hab was für dich.« Ich zog das sternförmig abgesplitterte Stück Blinker aus der Jackentasche.

Sie nahm es und drehte es in den Fingern. Ein Lichtschimmer lief über die orangefarbenen Waben.

»Falls du mal wieder eine Ausfahrt erwischen musst.«

Sie lächelte und legte das Plastikteil sachte auf den Tisch. Endlich stand sie auf und goss Tee auf. Das Papierschildchen am Beutel rutschte in die Tasse und verschwand unter dem kochenden Wasser. Sie stellte den Tee vor mich, und ich umschloss die Tasse mit beiden Händen, nahm alle Wärme auf, die ich kriegen konnte.

»Mama ist gestorben«, brach es aus mir heraus, und da wurde mir klar, wie viel an ihr vorbeigegangen war, und ich bemerkte meine Tränen erst, als sie auf ihre Schulter tropften, und sie weinte mit, und es ging nicht um meine Mutter, auch, aber nicht nur. Ich weinte um sie, und sie weinte um mich, und vielleicht, ganz vielleicht, kann man, auch wenn man es früher gebraucht hätte, sogar im Nachhinein etwas heilen.

»Was willste machen?«, flüsterte sie.

»Da kannst' nix machen«, sagte ich tonlos.

»Genau.«

Wir saßen wieder im Zug, und die Schatten der Strommasten schlugen unbeirrt mit stetem Takt durch das Fenster. Ich trug ein weißes T-Shirt statt eines meiner Trikots.

Franzi hatte es bemerkt, aber unkommentiert gelassen. Sie griff vorsichtig nach meiner Hand, und ich dachte an das, was ich liebte. Sonne, die durch ein beschlagenes Teeglas auf dem Fensterbrett schien. Die Berührung unserer Nasenflügel, kurz bevor wir uns küssten. Eine zusammengefaltete Nachricht in einer verschwitzten Hand. Der Moment, kurz bevor ich an ihrer Tür klingelte. Ihr Lächeln, wenn sie mich erkannte.

Ich stand umständlich auf, um an meinen Tabak zu gelangen, legte Filter und Tabak in das geknickte Papier und drehte gleichmäßig und fest, bis alles sicher verstaut und eingepackt war, sodass kein Krümel herausfallen konnte.

Ich stellte mir Sophia vor, wie sie die Autobahn hinunterjagte und Ausfahrt um Ausfahrt verpasste. Ich fragte mich, wie viele Geschichten, die sie über andere erzählt hatte, sich in Wirklichkeit noch um sie selbst drehten. Ihre Reise nach Slowenien kam mir in den Sinn, ihr Aufbruch, ihr plötzliches, enthusiastisches Gefühl von Ruhe und Zugehörigkeit. Jetzt wurde mir klar, dass an der Geschichte selbst rein gar nichts so besonders war. Das Außergewöhnliche war einzig und allein ihr plötzliches, überwältigendes Glücksgefühl, unverhofft ausgebrochen, tausendmal erzählt, unwiederbringlich, nie wiederholt. Als ich das verstand, überkam mich eine heftige Traurigkeit.

Wozu würde meine Erinnerung diese Reise machen? Vielleicht zu einem Wendepunkt. Zu dem Beginn von etwas. Oder zum Ende. Wie Sophia um sich selbst zu kreisen schien. Ein paarmal während unseres Treffens war es fast so, als käme sie sich kurz näher, streifte ihr vertrautes Wesen. Alte Gesten, das abwartende Lächeln. Aber das war nur ein kurzes Glimmen, von dem sie sich gleich wieder entfernte. Ich versuchte, Franzi das zu erklären.

»Das geht doch allen so«, sagte sie. »Man hat doch fast nie das Gefühl, ganz bei sich zu sein.«

Wenn sie recht hatte, was war dann mein Zentrum? Das war schon immer mein Problem gewesen. Die Hoffnung, dass ich einen wahren Kern hatte, den ich irgendwie erreichen konnte. Aber da war nur eine Leerstelle, um die ich kreiste. Im Kopf eine Schusswunde ohne Projektil. Und Sophia konnte mir keine Orientierung mehr geben.

»Aber was«, fragte Franzi, »wenn die ganze Richtung, die sie dir gegeben hat, wenn das alles aus dir kam? Wenn du so ein Bedürfnis nach einem Weg hattest, dass du alles, was sie gesagt hat, entsprechend interpretiert hast?«

Vermutlich hatte sie recht. Ich würde später darüber nachdenken.

»Ich wünsch euch was«, hatte Sophia gesagt. Aber was genau?

Scherben, in Tausende kleine Teile zerklirrt, sodass ich nicht mehr erkennen konnte, aus welcher ursprünglichen Form sich das alles herausgelöst hat. Was Leute so alles verlieren, ohne es zu bemerken. Eine Kippe, die sich im Stufenbett der Rolltreppe dreht. Ein Hund, der sich im Kadaver eines Eichhörnchens wälzt. Ein Loch in der Wüste, das unerbittlich brennt. Franzis Bauch, der sich in steten Atemzügen unter meiner Hand hebt.

So oder so ist das Leben.
So oder so.
So.